小婦人
LITTLE WOMEN

露意莎・梅・艾考特 Louisa May Alcott

目次

1 演出天路歷程

「沒有禮物，聖誕節就不是聖誕節了，」躺在地毯上的喬嘟囔著說。「當個窮人好慘喔！」梅格嘆著氣，低頭看著自己一身舊衣。

「有些女孩有好多漂亮東西，有些女孩什麼也沒有，我覺得很不公平。」愛美加上一句，一邊傷心地吸吸鼻子。

「我們有爸爸媽媽和彼此呀。」待在角落的貝絲心滿意足地說。

爐火照亮的四張年輕臉孔隨著這句使人振奮的話而開朗了，但是當喬哀傷地說了下面這句話以後，卻又沉了下來——

「可是爸爸現在不在，我們也會有很長的時間看不到他。」她沒有說：「也許永遠也見不著了。」但是每個人心裡面都加上這麼一句，並且想到在遠處作戰的父親。

一時間沒有人開口，梅格語氣一改：「你們知道，媽媽提議今年聖誕節不要有禮物的，原因是這個冬天大家都不會好過，她認為我們不應該在男生在軍隊裡受苦成這樣子的時候把錢花在娛樂上。我們能做的不多，不過我們也可以做一點小小的犧牲，並且開開心心地去做。只是我想我並不開心。」梅格難過地想到她想要的那些漂亮東西，搖了搖頭。

「可是我想我們錢花得少也不會有什麼用處。我們每個人有一塊錢，把錢捐出去，對軍隊也沒有很大幫助。我贊成不要媽媽或是你們送禮物，可是我眞的很想買《水精靈和辛純》，我想好久了。」愛看書的喬說。

「我打算用我的錢去買些新樂譜。」貝絲輕輕嘆了口氣，聲音只有壁爐刷和隔熱抹布聽得到。「我要買一盒輝柏牌的繪圖鉛筆，我眞的很需要。」愛美語氣堅決地說。

「媽媽沒有提到我們的錢，她也不會希望我們把所有事情都放棄了。我們各買各的，快活一下嘛。我相信我們都是辛辛苦苦賺來這些錢的。」喬一邊說一邊用男人家的態度檢查她的鞋跟。

「我就是——教那些累死人的小孩子幾乎一整天，其實我是多麼想一個人待在家裡快活呢。」梅格又用抱怨的口氣說了。

「你的辛苦還比不上我的一半呢。」喬說。「你喜歡跟一個神經兮兮、愛挑毛病的老太婆關在一起好幾個鐘頭嗎？這個老太婆老讓你跑來跑去，永遠不滿意，又讓你煩得恨不得從窗子逃出去或是放聲大喊！」

「我知道不應該心煩的，不過洗碗碟和清理房子是世界上最糟的工作，我做了就會很生氣，我的手也會變得好僵硬，根本練不好琴。」貝絲嘆了一口氣，看著自己兩隻手，這次每個人都聽見她的嘆氣了。

「我相信你們誰都沒有我受的苦多，」愛美大叫，「因爲你們用不著和那些沒有禮貌的女生同班上課，你課聽不懂她們就會一直煩你，還會笑你的衣服。你爸爸沒有錢，她們就給你貼標籤；你的鼻子長得不好看，她們就侮辱你。」

「如果你說的是『誹謗』（libel），我同意，可別說是『貼標籤』（label），好像爸爸是一瓶醃黃瓜。」喬笑著提出勸告。

「我知道我說的是什麼，你說話用不著那麼『捉弄人』（嘲弄人）。多用點好的詞，增加你的『智彙』（字彙）總是件好事。」愛美神氣十足地回敬了一句。

「別互挑毛病啦，你們！你不希望我們像小時候那樣有錢嗎，喬？唉，如果沒有煩惱，我們會多麼快活呀！」還能記得往日好時光的梅格說。

「你前幾天才說你認爲我們要比金家的孩子快樂得多，因爲他們雖然有錢，卻總是吵鬧不停。」

「我是說過，貝絲。我認爲我們是快樂得多，雖然我們必須工作，我們也能自得其樂，就像喬說的，我們是快活幫呢。」

「喬就是會說這種話。」愛美說，並用責備的目光望著躺在地毯上的修長身軀一眼。喬立刻笑了起來，雙手插在口袋裡，開始吹起口哨。

「別吹，喬，太男孩子氣了。」

「就是因爲這樣我才要吹。」

「我討厭粗線條、一點女孩子樣都沒有的女生！」

「我討厭裝模作樣、故作優雅的小孩子。」

「『小小窩裡的鳥兒也同意』，」貝絲這個和事佬扮鬼臉唱了起來，兩個尖銳的聲音軟化成笑聲，於是這個「互挑毛病」的風波暫時止息。

「眞是的，兩位，你們兩個都有錯，」梅格擺出大姐的派頭，開始教訓她們。「你年紀已經大到可以丟開那些男生的把戲，表現優雅一些了，喬。年紀小的時候，沒有什麼關係，但是你現在卻長那麼高，又把頭髮都梳上去了，你就應該記住你是個年輕淑女了。」

「我才不是呢！如果把頭髮梳上去就會讓人變成年輕淑女，那我要梳兩個馬尾梳到二十歲！」喬大叫，伸手把髮網拿下，甩了甩頭，甩開一頭栗色的長髮。「我討厭長大變成瑪區小姐，穿長裙、一本正經的模樣。況且我明明喜歡男孩子的遊戲和工作及態度，卻偏偏是個女孩子，已經夠糟了。我不是男生已經夠失望了，現在又更糟糕，因爲我好想跟爸爸一起去打仗，但卻只能待在家裡打毛線，像個要死不活的老太婆！」喬甩動藍色的陸軍襪，抖得毛線針像響板一樣喀啦喀啦響，毛線團也滾到房間地上。

「可憐的喬！眞是太慘了，但是也沒辦法，所以你把名字改得像男生，假裝是我們這些女生的兄弟，這樣也可以心滿意足了。」貝絲說，她用一隻再怎麼洗碗、打掃也不會變粗的手揉著膝頭。

「而你呢，愛美，」梅格接著說，「你太講究又太正經了。你那種做作的模樣很可笑，但是如果你不留意，你長大以後就會是個裝腔作勢的小傻瓜。我喜歡你自自然然的有禮貌和文雅的說話方式，只是你那些荒謬的用詞和喬的俚語一樣的糟。」

「如果喬是個男人婆，愛美是個小傻瓜，那我是什麼呢？」準備一起聆聽訓示的貝絲問道。

「你是個道道地地的小可愛呢。」梅格柔聲地說。沒有人有異議，因為「小老鼠」是全家人都寵愛的。

年輕讀者都希望知道「她們長得怎麼樣」，我們就在這時候將這四姐妹大致描繪一下吧。十二月的冬雪靜悄悄地飄落在屋外，室內爐火起勁地燒著，發出劈啪的聲音，在這黃昏時分，她們四姐妹坐在屋裡織毛線。這是一間舒適的老屋子，雖然地毯已經褪了色，家具也都很簡單。牆上掛著一、兩幅圖畫，壁凹裡擺滿了書，窗台上是盛開的菊花和聖誕薔薇，屋內瀰漫著一種愉快的安詳家居氣氛。

四姐妹的老大是瑪格麗特，十六歲，體態豐腴，相貌秀麗，大大的眼睛，一頭濃密而柔軟的棕髮，嘴型甜美，還有一雙她頗為得意的白皙的手。十五歲的喬個兒高，很瘦，棕色的皮膚，讓人想到一匹小馬，因為她似乎永遠也不知道該怎麼擺放那礙著她的長手長腳。她有一張線條果決的嘴、一個俏皮的鼻子，以及一雙銳利的灰色眼睛，似乎能看穿一切，有時候嚴厲、有時候滑稽、有時候是若有所思的。她那頭濃密的長髮是她的外貌優點之一，但是她通常都將它塞進髮網，以免礙手礙腳。喬有個圓肩膀，大手大腳，衣著有種飄浮不定的感覺，整個人有種對於很快要成為女人這件事並不喜歡的那種不自在的神情。伊莉莎白——每個人都叫她貝絲——是個膚色紅潤、頭髮光滑、雙眸明亮的十三歲女孩，舉止害羞、聲音膽怯，神情總是安詳平靜，很少受到干擾。她父親叫她「小安」，這個小名再適合不過了，因為她似乎生活在自己的快樂世界中，只有在和她信任而且摯愛的人相見時才肯走出來。愛美雖然是老么，卻是最重要的人物——至少在她自己看來。她的皮膚白皙，有一雙藍色的眼睛，一頭黃色鬈髮垂在肩頭，細細瘦瘦，向來是注意自己舉止的少女的模樣。這四個姐妹的特點是什麼呢，我們留待以後再去發覺吧。

鐘敲了六下，貝絲先已掃過壁爐，這時她把一雙便鞋放到上面去烘乾。看到這雙舊鞋，對女孩子們倒有些好影響，因爲媽媽要回來了，每個人都開心地要迎接她。梅格停止教訓妹妹，把燈點燃，愛美不用人開口，自動從安樂椅上起身，喬坐直身體好把便鞋拿近爐火時也忘了自己有多疲倦了。

「這雙鞋都穿破了，媽媽應該要有雙新鞋才行。」

「我想用我那一塊錢給她買一雙。」貝絲說。

「不行，我要買！」愛美叫道。

「我是老大——」梅格才開口，喬就用堅決的語氣說了：

「爸爸不在家，如今我是家裡的男人了，我來買鞋，爸爸要我在他出門的時候特別照顧媽媽。」

「我告訴你們我們該怎麼辦，」貝絲說，「我們不要給自己什麼禮物了，我們每個人送媽媽一份聖誕禮物。」

「眞不愧是你！我們要送什麼呢？」喬驚嘆道。

於是每個人都冷靜地想了一會兒。或許是看到自己那雙漂亮的手而得到了暗示吧，梅格宣佈：「我要送她一副好手套。」

「陸軍鞋，這是最好穿的。」喬大叫。

「有縫邊的手帕。」貝絲說。

「我要買一小瓶古龍水，她喜歡，又不花很多錢，這樣我就可以留下一些錢好買我的鉛筆了。」愛美說。

「我們要怎麼送出這些東西呢？」梅格問。

「把它們放在桌上，請她進來，要她拆禮物。你們不記得從前我們過生日的時候是怎麼做的了嗎？」喬回答。

「以前該我戴著王冠坐在大椅子上，看到你們朝我走過來，送我禮物並且親我的時候，我都好害怕喔。我喜歡你們的禮物和親吻，可是你們坐在那邊看我拆禮物，那眞是好可怕喲。」貝絲說，她一邊烤著要配茶吃的麵包，臉也湊到一旁烘著呢。

「讓媽媽以爲我們是在互送禮物，然後給她一個驚喜。我們明天下午必須去買東西，梅格。聖誕夜的戲，我們還有好多事該做呢。」喬說，她邁著大步來回走著，雙手扳在背後，臉高高抬著。

「這次戲演完了我不想再演了，我年紀太大了，不適合做這種事了。」梅格說，她對於這種「裝扮」遊戲，其實是像個孩子一樣的喜歡的。

「只要你能夠把頭髮放下來，穿著白袍走來走去，戴著金紙做的首飾，我知道你是不會停止的。你是我們最好的演員，如果你不演，一切就沒意思了。」喬說。「我們今晚應該預演，過來這裡，愛美，來演那場昏倒的戲，你現在身體僵硬得跟個撥火棒一樣。」

「我沒辦法，我從沒有看過人昏倒的樣子，我可不想像你那樣直直倒下來，摔得全身青腫。如果我能很容易地倒下，我就用跌的，如果不行，我就倒進一張椅子上，姿態優美。我不在乎雨果是不是拿把槍對著我。」愛美回敬一句。她並沒有戲劇天分，之所以被選上，是因爲她個兒嬌小，可以哭叫著被戲裡的壞蛋抓著往外走。

「這樣子：兩手這樣子握住，搖搖擺擺走過房間，狂亂地喊叫，『羅德里哥！救我！救我！』」喬一邊走，一邊發出一聲很有撼動力的誇張叫喊。

愛美照著做，但是她兩手僵硬地伸在面前，一扭一扭地往前走，像是被機器帶動一樣，而她的「啊！」不像是悲慘焦慮的驚叫，只像是被針刺到身體。喬氣急敗壞地咕噥著，梅格立刻笑了出來，貝絲滿懷興趣地看著這有趣的場面，任由麵包都烤焦了。

「沒有用的啦！時間到的時候你盡量表現吧，如果觀眾笑起來，可別怪我。來吧，梅格。」

之後就進行得很順利了，因爲派德羅先生以一番長達兩頁、中間沒有停頓的言論挑戰這個世界；女巫海嘉對著一大鍋煮沸的蟾蜍唸著恐怖的咒語，產生了怪異的後果；羅德里哥神勇地扯斷了鎖鍊，而雨果在懊悔中死於砒霜的劇毒，死前還「哈！哈！」的狂笑兩聲。

「這是我們演過最好的戲。」梅格說，這時飾演死掉的惡徒的人坐起來，揉揉手肘。

「我眞不懂你怎麼會又寫又演出這麼棒的東西，喬。你眞是莎士比亞再世！」貝絲讚嘆道，她深信自己姐妹們在各方面都是奇才。

「哪裡哪裡，」喬很謙虛地說。「我認爲『女巫的詛咒』很不錯，不過我很想試試看《馬克白》，只要我們有活門可以讓班珂演出就可以了。我一直想要演殺人的那個角色。

『在我眼前的可是把匕首嗎？』」喬喃喃唸道，她眼珠骨碌骨碌地轉，雙手握拳，她看過一位著名的悲劇演員這麼做過。

「不是，那是燒烤叉，叉子上不是麵包而是媽媽的鞋子。喬是想演戲想瘋了！」梅格大叫，於是這場排演就在哄堂笑聲中結束。

「看到你們都很開心，我很高興呢。」門口傳來一個快活的聲音，於是演員和觀衆全都轉過身去迎接一位高尙的慈祥女士，這位女士身上有種「要不要我幫忙呀？」的神情，讓人感到非常愉快。她的衣著並不是很考究，但是看起來十分高貴。四姐妹都認爲在一身灰斗篷和過時的軟帽下的母親，是世界上最棒的母親。

「乖女兒們，今天你們過得怎樣？今天事情太多了，要把那些箱子準備好明天運走，所以我沒有回家吃午餐。有沒有人來家裡呀，貝絲？你的感冒怎麼樣了，梅格？喬呀，你看起來累得要死呢。過來親親我，小寶貝。」

瑪區太太一邊發出這些做母親的探問，一邊把濕衣服脫下，穿上暖和的便鞋，在安樂椅上坐下，把愛美抱到大腿上，準備享受她忙碌的一天中最快樂的時刻。四姐妹來回奔忙，各人都以自己的方式想使母親舒服自在。梅格擺放茶几；喬搬木柴、搬椅子，而把碰到的每樣東西都打翻、弄倒，發出碰撞的聲音；貝絲安靜而忙碌地在客廳和廚房間跑來跑去；而愛美兩手握著坐在那裡，對每個人發號施令。

她們圍在茶几旁後，瑪區太太特別開懷地說：「晚飯後我有個好消息要告訴你們喔。」

一抹燦爛的笑容像一道陽光般綻開在每個人臉上。貝絲不顧手上拿著的餅乾就拍起手來，喬把餐巾往上一拋，大叫：「信！信！我們替爸爸歡呼三聲！」

「是的，是一封很棒的長信。爸爸很好，他認爲他可以熬過寒冷的季節，不需要我們擔憂。他給我們各種聖誕節的祝福，還特別寫了些話給你們。」瑪區太太說，她拍拍口袋，彷彿那裡有份寶藏。

「那就快點吧！別再扳弄你的小指頭，也別對著你的碟子傻笑，愛美。」喬大喊，不小心被茶嗆到了，在急著想聽好消息的匆忙中，她把麵包掉在地毯上，而且還是塗奶油的那面朝下。

貝絲不吃了，她悄悄退到她那個陰暗角落裡，她思忖著即將來到的歡愉，等其他人都準備就緒。

「我想爸爸能去當軍中牧師，眞是太好了，因爲他年齡太大，不能被徵召，而又不夠強壯，不能當軍人。」梅格熱切地說。

「我多希望能去當個鼓手，當個隨軍[1]——那叫什麼呀？——或者是護士，那樣我就可以在他旁邊幫助他了。」喬嘆道。

「睡營帳、吃難吃的東西、用馬口鐵杯喝水，一定很不舒服。」愛美嘆口氣。

「媽媽，爸爸什麼時候才能回家呀？」貝絲聲音微微顫抖地問道。

1 喬想說的是隨軍販賣食品雜貨的女性，vivandiere，此處喬記不住全名。

「好幾個月都不能回來呢，親愛的，除非他生病。他會盡可能待在部隊裡，盡忠職守，人家不放他回來，我們連一分鐘也不會提早要他回家的。過來聽信吧。」

她們全都靠近爐火，媽媽坐在大椅子上，貝絲坐在她腳邊，梅格和愛美坐在椅子的兩個扶手上，喬靠在椅背後，這樣的話，如果這封信很感人，誰都不會看到有人流露出情感。

在這段艱困的日子裡，幾乎沒有一封信不感人，尤其是做父親的寫回家的信。在這一封信裡面，做父親的很少提到受的苦、面對的危險，或是克服了的思鄉愁緒，這是一封快活而且充滿希望的信，字裡行間全是對於軍營生活、行軍、軍聞的活潑生動的描述，只在信末才流露出對家中小女孩們的父愛和渴望。

「代我給她們我全部的愛和親吻。告訴她們我白天思念她們、夜晚為她們祈禱，而無時無刻不在她們的深情中找到最大的安慰。再見到她們還要一年的時間，似乎太久了，但是提醒她們：我們要一邊等待一邊工作，不要讓這些艱困的日子虛擲。我知道她們會記得我對她們說過的所有話，她們會是你的貼心孩子，也會盡責地做分內的事，勇敢地對抗自己的大敵、打場漂亮的勝仗，使我回到她們身邊的時候，會對我這些小婦人們更為疼愛、更為驕傲。」

聽到這裡，每個人都吸著鼻子。喬對於從她鼻尖落下的大粒淚珠並不感覺羞恥，愛美把臉埋在母親肩頭，放聲哭了出來，也不在乎自己的鬈髮弄亂。「我是個自私的人！但是我會努力改善，不要讓爸爸對我失望。」

「我們都要努力！」梅格哭了。「我只顧著外表，不喜歡做事，但是我以後不會再這樣了。」

「我會努力去做個爸爸叫我的『小婦人』，不要有粗野的動作，專心做好我在家裡的工作，而不是一心想到別的地方。」喬也說了，但是她心裡想，要她在家裡收斂自己的脾氣，那可是比在南方面對一、兩個南軍還要困難的工作呢。

貝絲什麼話也沒有說，只是用編織的藍色軍襪拭去眼淚，努力打起毛線來，不浪費一點時間，同時在她安靜的小小心靈中也下了決心，要讓自己在一年後父親返家時做到父親希望她做到的地步。

喬說完話後是一陣沉默。這時瑪區太太用快活的語氣說：「你們還記得你們小的時候都會演《天路歷程》嗎？你們最喜歡我把布包綁在你們背上，當作是背負的重物，還要我給你們帽子、手杖和一捲捲的紙，讓你們從地窖──也就是『毀滅之城』──一路在房裡旅行，一直上到屋頂，你們用各種收集到的好東西在那裡造了一座『天國』。」

「那是多麼有趣的事呀！尤其是經過那些獅子群和惡魔作戰，還有通過有妖魔的山岩！」喬說道。

「我喜歡包袱掉下來，滾到樓下去的那段。」梅格說。

「我最喜歡的部分是我們走到屋子的天台上，也就是放著我們的花和矮樹和好東西的地方，然後全體站在那兒，爲著陽光中的喜樂唱歌的那段。」貝絲露出微笑說著，彷彿那段快樂時光再次來到一般。

「我記不得很多了，只除了我很害怕地窖和那個陰暗的門口，還有我總是喜歡在屋頂上吃蛋糕喝牛奶。要不是我年紀太大，不適合這種事，我倒眞想再演一次呢。」愛美說，她已經口口聲聲說要在「成熟」的十二歲時拋開幼稚的玩意了。

「做這件事我們永遠也不嫌年齡大的，我親愛的，因爲這是一齣我們始終在用不同方式演出的戲。我們的包袱在這裡，我們的路在前面，而那善良和快樂的渴望，就是帶領我們走過許多困難和錯誤，走向平靜的嚮導，而平靜是眞正的『天國』。好啦，我的小小朝聖者們，你們不妨開始吧，不是玩笑式的，而是眞心眞意的，我們看看在爸爸回家以前你們能走多遠。」

「眞的嗎，媽媽？那我們的包袱在哪裡？」愛美問，她是個一板一眼的小女生。

「你們每個人都說說看此時此刻你們的包袱是什麼，貝絲除外，我猜她沒有什麼負擔。」母親說。

「我有的。我的包袱是碗盤和撢子，以及嫉妒家裡有好鋼琴的女孩子，還有怕生。」貝絲的包袱太可笑了，每個人都想笑，但是沒有人笑出來，因爲那會大大傷了她的心。

「我們就照做吧！」梅格沉思著說。「這不過是行善換個名字做罷了，而且這個故事還能夠幫助我們哩，因爲雖然我們有心行善，但是卻不容易，我們又常會忘記，而沒有盡力去做。」

「我們今天晚上是在『沮喪的深淵』裡，媽媽過來把我們救出去，就像書裡面那個『救援』。我們應該有路線圖的，就像基督徒一樣。這一點我們要怎麼辦？」喬發問了，盡本分這種枯燥工作，如果可以因爲想像而增加一些浪漫，她可是很開心的。

「聖誕節早晨到你們枕頭底下找，你們就會找到你們的路線指南了。」瑪區太太回答道。

於是在漢娜清理桌子的時候，她們就討論著這個新計畫，而後她們拿出四個女紅籃，為瑪區孀婆縫被單，縫衣針飛快地上上下下，這縫紉的工作十分無趣，但是今天晚上沒有人抱怨。她們採納喬的計畫，把被單分成四份，各叫做歐洲、亞洲、非洲和美洲，於是進行得非常順利，在縫著縫著時，還會談到各個不同的國家。

九點鐘，她們停下活兒，像平常一樣在睡前先唱唱歌。只有貝絲能從這架很舊的鋼琴上彈出很多音樂，而她自有一種方法去輕觸黃色琴鍵，為她們唱出的簡單歌曲彈出動人的伴奏。梅格的歌喉像笛音般清亮，這個小小合唱團就由她和母親擔任主唱。愛美吱吱喳喳地唱，像隻蟋蟀，喬是隨著自己的意思讓歌聲在空氣中飄蕩，而總是在不該停頓的地方停頓，發出咕嚕聲或是顫音，把最最憂傷的曲子都破壞掉了。她們從小時候還口齒不清地唱著「一閃一閃亮晶晶！」的時候就這麼做了，從此這也成為家裡的傳統，因為媽媽是個天生的歌唱好手。每天清晨的第一個聲音就是她的聲音，她會唱出雲雀般的歌聲，在房裡四處走動；夜晚最後的聲音也是同樣的快活歌聲，因為那熟悉的搖籃曲是女孩子們再怎麼大也聽不膩的。

2 快樂聖誕

喬是聖誕節當天第一個在灰濛濛的清晨起來的人。壁爐上沒有掛著襪子，一時間她覺得和好久以前她的小襪子因為塞滿了糖果而掉到地上時同樣失望。然後她想起母親的承諾，就把手往枕頭下面摸，摸出一本深紅色封皮的小書。這本書她很熟悉，因為這是描述最美好生命的美麗古老故事，喬認為這是任何一個要長途跋涉的朝聖者真正的指南。她用一句「聖誕快樂」把梅格叫醒，要她去看看她的枕頭底下有什麼。那是一本綠皮的書，裡面也有相同的圖，還有母親寫的幾句話，這使得她們的禮物在各自眼中都變得更為珍貴了。沒多久，貝絲和愛美也都醒來，並且在枕頭下翻出她們的小書——一本是灰色的皮，另一本是藍皮。於是四個人就在東方天空漸漸變為粉紅色之時坐在那裡談著這些書。

梅格雖然有點小虛榮，本性倒是溫柔而且虔誠的，這一點不自覺地影響了她的妹妹們，尤其是喬，喬非常喜歡她，也都會遵照她的話去做，因為她總是和顏悅色地給人建議。

「妹妹們，」梅格一本正經地說著，她把目光從身旁那個一頭亂髮的腦袋轉向房間另一頭兩個戴著睡帽的小臉蛋。「媽媽要我們讀這些書，要去愛它們、記住它們。我們必須立刻開始。我們從前一直都遵照書中的道理，但是自從爸爸走了以後，戰事又讓我們很不安，我們就疏忽了許多事情。你們可以隨便怎麼做，不過我要把我的書放在這個桌上，每天早上起床後就看一點，我知道它對我有好處，可以幫助我度過一天。」

於是她翻開她的新書，開始看起來。喬用手摟著她，靠過去，臉貼臉地也看了起來，她那張動個不停的臉上是難得見到的安靜表情。

「梅格多麼好哇！來，愛美，我們也照著做。我會告訴你比較艱深的字，如果我們看不懂，她們也會解釋給我們聽。」貝絲小聲說著，美麗的書和姐姐們的榜樣讓她大爲感動。

「我很高興我的書是藍色的。」愛美說。之後房裡非常安靜，只有書頁輕輕翻動著，冬天的陽光悄悄進到屋裡，帶來了聖誕節的問候，輕觸著陽光下那些明亮的腦袋和嚴肅的面孔。

「媽媽在哪？」半小時之後，梅格和喬跑下樓要謝謝母親的禮物，梅格問道。

「天知道去了哪裡。有個可憐人過來討飯，你媽媽就立刻去看看還需要什麼了。從沒看過這麼會把吃的、喝的、穿的、柴火送給人的女人。」漢娜說。漢娜從梅格出生以後就和這家人一起生活了，全家人都不把她看成僕人，而當成了朋友。

「她很快就會回來了，我想。煎你的餅吧，把一切都準備妥當。」梅格說，一邊檢視放在一個籃子裡的禮物，籃子放在沙發底下，準備要在適當時間拿出來。「咦？愛美那瓶古龍水呢？」她發現沒有看到那個小瓶子，又問了一句。

「她一分鐘前才把它拿出來，後來又拿走了，要在上頭綁緞帶或是那一類的東西。」喬回答道。她在房裡四處舞著，好讓新的軍人鞋穿起來沒那麼僵硬。

「我的手帕看起來多好呀，不是嗎？漢娜替我洗好、燙過。上頭的字全是我繡的呢。」貝絲說道，得意地看著她費好大氣力繡出來但有些不平的字母。

「天哪！她在上頭繡『媽媽』，而不是『M．瑪區』呢。多麼奇怪呀！」喬拿起一條手帕說著。

「這不對嗎？我還以爲這樣比較好，因爲梅格的姓名縮寫是M．M，而我不希望媽媽以外的人用這些手帕。」貝絲看起來很困擾地說。

「沒有關係的，親愛的，這是個很好的想法，也很合理，現在就不會有人弄錯了。媽媽一定會很開心的，我知道。」梅格說，她對喬皺起眉頭，又給貝絲一個微笑。

「媽媽來了。快把籃子藏起來！」門砰的一聲關上，門廳裡傳來腳步聲，喬立刻大叫。

愛美急匆匆走了進來，看到姐姐們全在等她，露出害羞的神情。

「你去哪裡了？你後面藏著的是什麼？」梅格問道，從她的兜帽和斗篷看來，這個懶惰的愛美一大早就出門了，梅格感到很驚訝。

「別笑我，喬！我本來是想要等時間到了才讓大家知道的。我只想把小瓶換成大瓶，而我用光所有的錢換到了，我眞的不要再做個自私的人了。」

愛美一邊說一邊把用便宜瓶子換的漂亮大瓶子拿給衆人看，她對於自己的努力，態度這麼地誠懇，這麼地謙卑，使得梅格當場就摟住她，宣佈說她是個「善人」，貝絲呢，就跑到旁邊，摘下最嬌美的玫瑰花，裝點這個氣派的瓶子。

「是這樣的，我今天早上看了書，又和大家討論過要做善事以後，就對我的禮物感到很慚愧，所以一起床就跑到街角去換了。現在我好高興，因爲我的禮物是最漂亮的禮物了。」
面街的大門上又是一聲敲門聲，籃子立刻被塞回沙發下面，女孩子們也圍到桌邊，急著要吃早餐了。

「聖誕快樂，媽媽！謝謝你送我們的書，我們已經看了一些，而且以後每天都要看呢。」她們齊聲喊道。

「聖誕快樂，女兒們！我很高興你們立刻就開始了，希望你們能繼續保持下去。但是在我們坐下來之前，我想要說一件事。離這裡不遠有個可憐女人和新生的小嬰兒躺在那裡。六個孩子擠在一張床上取暖，因爲他們家沒有生火，也沒有食物。他們家的大男孩告訴我說他們又餓又冷。孩子們，你們願不願意把你們的早餐給他們，當成是聖誕禮物？」

她們已經等了幾乎一個鐘頭，早就餓得很了，一時間沒有人開口，但也只有一下子，因爲喬激動地喊道——

「我眞高興你在我們開始吃以前回來！」

「我可不可以幫忙把東西拿去給那些可憐的小孩？」貝絲急切地問。

「我來拿奶油和鬆餅。」愛美加上一句，她很英勇地放棄了自己最喜歡的東西。

梅格已經把蕎麥煎餅用東西蓋住，並且把麵包堆到一個大盤子裡。

「我就猜你們一定肯的。」瑪區太太彷彿很滿意地笑著。「你們全都一起去幫我，回來以後我們就吃麵包喝牛奶當作早餐，晚餐再補回來。」

她們很快就準備妥當，於是一行人便出發了。幸好天氣很晴朗，她們從後街走去，這樣就不會有什麼人看見她們，也不會有人笑這群怪異的隊伍了。

那是一間四壁蕭條的陋室，窗子殘破，沒有爐火，床單也是破破爛爛。一個生病的母親、一個啼哭的嬰兒，還有一群面容蒼白的饑餓小孩，全都擠在一條舊被子下面保暖。

女孩子們走進屋裡的時候，那些大眼睛是怎麼樣地呆瞪著，那些青紫的嘴唇又是怎樣地綻開了笑容呀！

「啊，我的天哪！善心的天使來救我們了！」這個可憐的婦人說著，喜極而泣。

「戴著帽兜、戴著手套的怪天使呢！」喬說的話讓他們全都笑了起來。

幾分鐘的時間裡，那裡看起來還真像是有好心的仙子施了魔法一般：拿木柴過來的漢娜生了火，又用舊帽子和她自己的外衣把破了玻璃的窗子堵上。瑪區太太給那位母親茶和粥，又答應說會幫助她，將她安撫了；她又給小嬰兒穿上衣服，動作輕柔得就像是她的孩子一樣。這時候，女孩子們把桌子擺好、要孩子們圍坐在火邊，像餵饑餓的小鳥般餵他們吃東西。她們笑著、說著話，努力想要聽懂他們那口可笑的彆扭英文。

「Das ist gut!（這眞好哇！）」「Die Engelkinder!（是天使小孩呢！）」這些可憐的小朋友一邊吃東西，一邊把凍得青紫的手放在舒適的溫暖火光前烤暖，嘴裡這樣喊著。

女孩子們從沒有被人稱作天使小孩過，這個稱呼聽起來很教她們開心，尤其是喬，她從生下來就被人認爲是個粗枝大葉的人。這頓早餐很快樂，雖然她們一點也沒有吃到。當她們離開這家人而留下安慰給他們之後，我相信這座城市裡絕對不會有人比這些餓腸轆轆的女孩子更快樂的人了。她們奉獻出自己的早餐，在聖誕節早晨只吃麵包，喝牛奶，就心滿意足了。

「這就是愛鄰人勝過愛自己了，我喜歡這樣。」梅格說。她們正拿出各自的禮物，母親則在樓上收集送給可憐的胡梅爾家的衣服。

禮物看起來不是很豪華，不過這稀少的包裹裡卻包含了濃濃的愛心，而放在桌子中間那插著紅玫瑰、白菊花和拖垂著蔓藤的高高花瓶，為桌子增添十分優雅的氣氛。

「她來了！開始啦，貝絲！開門，愛美！為媽媽歡呼三聲！」喬得意洋洋地來回走著，梅格走過去，將母親領到貴賓席。

貝絲彈起最輕快的進行曲，愛美把門一推而開，梅格以莊嚴肅穆的神態護送著母親。瑪區太太既驚喜又感動，一一端詳了禮物，還看了附在禮物上的紙條，睜大著眼睛露出笑容。她立刻穿上新的室內鞋，把新手帕塞進口袋裡，手帕上已經灑了愛美的古龍水，所以聞起來香噴噴的，玫瑰花也別在她胸前，她還說那雙美麗的手套是「絕佳搭配」呢。

接著是她們的歡笑、親吻和解釋，這幕景象是那麼地單純而且充滿關愛，眾人和樂融融，日後更是甜蜜的回憶。之後所有人就開始工作了。

由於早晨的善行和送禮儀式用去太多時間，這一天其餘的時間就全部用來準備晚上的慶祝活動。四姐妹年齡還太小，不能經常去戲院，也沒有錢花大筆費用做私人的表演，因此就盡量發揮聰明心思，而因為「需要為發明之母」，所以她們缺什麼就自己做什麼。她們自製的東西有些非常巧妙，比方紙板做的吉他、用銀紙包住老式奶油碟做成的古式油燈、用舊棉布做的華麗袍子，上頭還有用醃黃瓜工廠拿來的錫片，閃亮耀眼，以及把鐵罐子剪去蓋子後裁成菱形鐵片做成的盔甲鱗片。家具東倒西歪放著，而大房間就成了許多嬉鬧的場景。

這裡是男士止步的，於是喬就可以痛快地扮演男人的角色，她對朋友送給她的一雙赤褐色靴子感到十分滿意。這個朋友認識一個演員的朋友。這雙靴子、一把舊的練習用鈍劍、某個畫家畫裡用過的一件男用緊身開衩上衣，這些就是喬的心愛寶貝，幾乎任何場合都會出現。劇團規模小，兩個主要演員就必須一人分飾數角，而她們辛苦地扮演三、四個角色、飛快穿脫不同戲服，還要管理舞台，確實值得人稱讚。這對於她們的記憶力是一種絕佳的練習，也是一項無傷大雅的娛樂，反正這些時間也無聊，再不就是耗在無益的交際上。

聖誕節的晚上，充作包廂的大床上擠了十幾個女孩子，面前是藍黃兩色的印花布幕，她們都以一種令人歡喜的神態滿心期待著。布幕後面傳來衣物的窸窣和低聲細語，些微油燈的煙味，偶爾還會有愛美的吃吃笑聲，在當前的刺激狀況下，她很容易就變得歇斯底里。不久後響起鈴聲，幕開了，這齣「悲歌劇」便開始了。

唯一的節目單上所寫的「一座陰暗的森林」，是用幾株盆栽、地板上的綠色羊毛氈，以及遠處一座山洞來表現。這個山洞的洞頂是用曬衣架做的，櫃子圍起來作牆，洞裡有一個熊熊燃燒著的小火爐，爐子上有個黑壺，一個老巫婆正彎身看著壺。舞台很暗，爐火產生很好的效果，尤其是巫婆把壺蓋打開，真正的水汽冒出來的時候。舞台上的情節暫停片刻，讓觀眾的第一陣驚訝漸漸平息。接著，劇中的惡徒雨果大搖大擺上場，腰間的劍發出喀啷喀啷的聲音。他戴著帽簷壓低的帽子，留著黑鬍子，穿著神祕斗篷，還有那雙靴子。他神情激動地來回踱著步子，然後一拍額頭，慷慨激昂地唱起歌來，唱到他對羅德里哥的恨、對莎拉的愛，以及他下決心要殺掉前者，贏得後者的心。雨果的歌聲沙啞，偶爾情緒激動時還會叫喊出來，但是他的聲音卻令人震撼，觀衆在他中間停下來換氣時候就鼓掌了。他以一種慣常受到衆人讚美的神情鞠躬答謝，然後悄悄走到山洞前，以一句命令的話：「嘿！僕人！你給我出來！」要海嘉出來。

梅格走出來了，灰色的馬鬃披散在她臉周圍，她穿著一件紅黑兩色的長袍，拄根枴杖，斗篷上還有祕術的符號。雨果要她做兩份藥，一份讓莎拉愛上他，一份讓羅德里哥上西天。海嘉唱著一首美妙的旋律，答應他的要求，並且開始召喚精靈把愛情神藥帶過來——

「精靈精靈，快快前行，
用玫瑰釀造，用露水滋潤，
這樣的靈符靈藥，你們可會製造？
用精靈的快速，
帶給我芳香的愛情靈藥；
藥要香甜，藥要迅速見效，
精靈精靈，快快回覆！」

一陣柔和的音樂響起，山洞後方出現一個小小身影，穿著雲朵白的衣服，背上還有閃閃發亮的翅膀，一頭金髮，頭上還戴著玫瑰花環。小精靈揮動魔棒，一邊唱著：

「我從仙家來，
家在遙遠的銀色月光中。

拿好這靈藥，

好好使用，

否則法力瞬間消逝無蹤！」

說著小精靈就把一個小小的鍍金瓶子丟到巫婆腳邊，然後就不見了。海嘉又唱了一首歌，引出另一個精靈，這個精靈就不可愛了。只見「砰」的一聲，出現了一個又醜又黑的鬼，用粗嗄的聲音回覆了巫婆，把一個黑瓶子丟向雨果，就發出嘲弄的笑聲消失不見。雨果用顫抖的聲音唱出他的感激之情，把兩瓶藥水放進靴子裡，就離開了。而後海嘉告訴觀眾，雨果從前殺死她幾個朋友，所以她詛咒他，並且打算破壞他的計畫，以便報仇。接著幕落了，於是觀眾略做休息，吃著糖果，一邊討論這戲的優點。

布幕升起之前，台上敲敲打打了好一陣子，但是當觀眾看到出現的是何等的舞台木工傑作之後，沒有人對延誤有任何抱怨。這眞是太了不起了！舞台上豎起一座高達屋頂的塔，塔高一半的地方有扇窗，旁邊還點著一盞燈，白色窗簾後出現身穿藍色和銀色美麗衣服的莎拉，她正在等候羅德里哥。羅德里哥穿著英挺的服裝，戴著羽毛帽，身披紅斗篷，耳畔還有緞帶綁的栗色垂髮，帶著吉他，當然，還穿著那雙靴子。他跪在塔底，用動人的音調唱了一首小夜曲。莎拉也回唱著，在一段男女對唱之後，她同意逃走。於是這齣戲最大的特效出現了：羅德里哥拿出一個有五級的繩梯，把一端往上拋，要莎拉爬繩梯下來。她膽怯地從窗子爬下來，一隻手搭在羅德里哥肩膀上，正要優雅地往下跳，這時候，「慘啦！莎拉慘啦！」她忘記自己的裙襬了，裙襬勾住窗子，於是高塔搖晃了起來，然後往前斜，啪啦一聲倒下來，把那對不幸的情侶埋在廢墟裡！

一屋子的人尖叫聲四起，這時一雙赤褐色的靴子從廢墟裡拚命揮動，然後一顆金黃色的腦袋探出來，大叫：「我早就告訴你了！我早就告訴你了！」派德羅先生——戲中兇殘的父親——鎮定地衝上場，把女兒拖出來，匆匆對她低聲說：「不要笑！若無其事地繼續演下去！」同時命令羅德里哥站起來，憤怒地把他逐出王國。羅德里哥雖然明顯地受到高塔壓在他身上的震撼，但仍然和這位老先生對抗，動也不肯動。這個勇敢的榜樣激起莎拉的勇氣，她也反抗起自己父親了。於是他下令把兩人關到城堡中最深的地牢。一個個結實的家僕帶著鎖鍊上場，把兩人帶走，看起來十分驚恐，顯然是忘了該說的台詞。

第三幕是城堡大廳。海嘉出現了，她是要來解救這對情侶，並且要解決掉雨果的。她聽到他走近就躲了起來。她看到他把靈藥分別倒進兩個酒杯裡，命令那個膽小的小僕人：「把它們拿去給地牢裡的犯人，告訴他們說我不久後就會過去。」僕人把雨果帶到一旁告訴他什麼事，於是海嘉就用兩杯沒有毒的東西換掉靈藥。家僕佛迪南度把兩杯酒帶走，海嘉把原本裝著要給羅德里哥喝的毒藥的杯子放回去。雨果顫聲唱了好久之後覺得口渴，就拿起來喝了，然後神智不清，好一陣子的緊握雙手、不住跺腳之後，直直倒下來死了，這時海嘉用一首充滿力量和旋律的歌曲告訴他她做了什麼。

這眞是一幕精采的景象，不過或許有人會認爲一大團長髮突然掉落地面是頗破壞惡棍死亡效果的。他被叫到幕前，非常有禮貌地出現，還帶著海嘉一起。海嘉的歌聲在觀衆聽來要比其他表演加在一起還要美妙。

第四幕是萬念俱灰的羅德里哥正要拿匕首自殺的那一刻，因爲他聽說莎拉已經拋下他。就在匕首要刺向胸口時，他的窗子下面有人唱起一首悅耳的歌，告訴他說莎拉對他仍然很忠貞，但是現在她有危險，只有他能夠救她。一枝鑰匙丟了進來，他用來打開了門，在一陣狂喜中，他把鐵鍊扯斷，急忙趕去找他的愛人，要去救她。

第五幕開始，這是莎拉和派德羅先生爭執的火爆場面。他希望她能進修道院，但是她不肯，在一番感人的懇求之後，她幾乎要暈過去，這時候羅德里哥衝進來，向她求婚。派德羅先生不肯，因爲他沒有錢。他們大喊大叫，比手畫腳，但意見始終分歧。羅德里哥正要把疲累的莎拉強行帶走，那個膽怯的家僕卻拿著海嘉的一封信和一個袋子走進來，海嘉已經神祕失蹤。信裡告訴大家她已經把無數的財富留給這對年輕男女，如果派德羅先生不肯讓他倆快樂，她就要詛咒他。袋子打開來了，於是大堆錫鐵做的錢撒落在舞台上，直到閃閃發亮的錢將舞台變得華麗耀眼。這個場面使「嚴格的父親」完全軟化，連哼也不哼一聲就答應了這個要求。於是所有人開心地大合唱起來，這對戀人跪下來，姿態優雅地接受派德羅先生的祝福，幕落。

接著是混亂的掌聲，但是掌聲突然停了，因爲權充包廂的輕便小床突然合了起來，將興奮的觀衆掩沒。羅德里哥和派德羅先生立刻跑過去，把所有人都安全救出來，不過有許多人已經笑得說不出話來了。激動的情緒幾乎還沒有減弱，漢娜就出現了，對她們說：「瑪區太太要招待各位，各位小姐請下樓用餐好嗎？」

這眞是個驚喜，就連這些演員也這麼覺得呢。而當她們看到桌上情形，她們又驚又喜的彼此望著。媽媽一向會爲她們準備一些點心，但是像這樣精緻的東西，從已經遠去的富裕日子之後就再也沒見過了。桌上有冰淇淋——共有兩盤，一盤是粉紅色、一盤是白色——和蛋糕、水果，以及教人愉快的法國糖果。在桌子中央還有四大束溫室栽培的花束呢！

這場面使她們屏氣凝神，她們先盯著桌子，然後望著母親，母親的表情似乎非常開心。

「是仙女送的嗎？」愛美問。

「是聖誕老人送的。」貝絲說。

「是媽媽做的。」梅格露出最甜美的笑容，雖然她還留著灰鬍子、白眉毛。

「瑪區嬸婆心情特別好，送我們一頓好東西。」喬靈機一動，大喊道。

「全都猜錯了。是老羅倫斯先生送的。」瑪區太太回答。

「羅倫斯男孩的爺爺！他怎麼會想到這種事？我們又不認識他！」梅格嘆道。

「漢娜把你們早上的事告訴他一個僕人。他是個古怪的老先生，但是這件事讓他很歡喜。他認識你們外祖父，那是好多年以前的事了。今天下午他派人送給我一張很客氣的紙條，說希望我讓他表達對我孩子們的心意，他要送些小東西給她們，來慶祝這個節日。我不能拒絕，所以你們晚上就有頓小小的饗宴，可以彌補那頓麵包和牛奶的早餐了。」

「那男孩告訴他的，我知道！他是個好人呢，我希望我們能認識。他看樣子很想認識我們，可是他很害羞，而梅格又太一本正經了，我們走過他身邊的時候她又不讓我和他說話。」喬說。這時候餐盤在她們之間傳遞著，冰淇淋開始融化，心滿意足的「噢」和「啊」聲此起彼落。

「你說的是住在隔壁那幢大房子裡的人吧？」一個女孩子問。「我媽媽認得老羅倫斯先生，可是她說他很驕傲，不喜歡跟鄰居來往。他的孫子沒有在騎馬或是和家庭教師一起散步的時候，他都把他關在家裡，要他認眞唸書呢。我們請過他來參加我們家聚會，他都不來。我媽媽說他人很好，只是從來沒有跟我們女生說過話。」

「我們家的貓有一次跑掉了，他把牠送回來，我們就隔著圍籬說話，我們聊得很好——聊些板球的事，等等——一直到他看到梅格走來，才走掉。我希望哪一天能認識他，因爲他需要有些娛樂，我確信。」喬堅決地說。

「我喜歡他的態度，他看起來像是個小紳士，如果有適當的機會，我不會反對你認識他。如果我知道你們在樓上做些什麼的話，我也會請他來的。他走開的時候也聽到了嬉鬧聲，看起來很想要加入的樣子，顯然他自己從沒有這樣玩鬧過。」

「幸好你沒有邀他來呢，媽媽！」喬笑著說，望著她的靴子。「不過我們有一天會演出一齣戲，他可以看。也許他還可以幫忙演個角色呢，那不是挺快活的事嗎？」

「我從來沒有收過這麼美麗的花束呢！多漂亮呀！」梅格滿懷興趣地檢查她的花。

「眞是好可愛呀！不過貝絲的玫瑰對我來說還更香呢。」瑪區太太聞著緞帶上已經半枯萎的花朵說道。

貝絲挨擠到她身邊，輕聲說：「我希望能把我的花送給爸爸。我想他的聖誕節恐怕沒有我們的快樂呢。」

3 羅倫斯家的男孩

「喬！喬！你在哪裡？」梅格站在閣樓樓梯底喊著。

「這裡！」上頭傳來一聲粗粗的回答。梅格跑上樓，發現妹妹裹著一條被單坐在陽光下的窗邊一把三條腿的舊沙發上，正一邊啃著蘋果一邊爲《雷克利夫的繼承人》流眼淚呢。這裡是喬最喜歡待的地方，她喜歡帶六、七個蘋果和一本好書躲到這裡，享受這裡的寧靜和一隻老鼠的陪伴，老鼠就住在附近，對她毫無戒心。梅格一出現，「史瓜寶」就一溜煙竄進牠的洞裡了。喬搖搖頭，甩開眼淚，等著聽消息。

「多有趣呀！你瞧瞧！葛帝納太太給我們一份正式請柬呢，邀我們明天晚上過去！」梅格叫道，揮動手裡這份珍貴的紙張，便懷著女孩子的歡喜心態看著內容。

「『葛帝納太太敬邀瑪區小姐與喬瑟芬小姐參加除夕夜舞會。』媽媽同意我們去了，那我們該穿什麼好呢？」

「你明明知道我們除了厚厚的黑呢裙以外也沒有別的衣服好穿，問這做什麼？」喬回答她，嘴裡塞滿東西。

「要是我有絲綢禮服就好了！」梅格嘆口氣，「媽媽說我十八歲的時候可以穿。可是兩年的時間像是一輩子呢。」

「我相信我們的黑呢裙子看起來像是絲綢，穿起來也夠好看了。你的衣服還像新的，不過我忘了，我衣服上還有燒焦和撕破的地方了。我該怎麼辦？燒焦的地方很明顯，我又不能把它弄掉。」

「你就盡量坐著別動，不要讓人看到你的背後，前面還好。我會用一條新的緞帶綁住頭髮，媽媽要借我她的珍珠胸針，我的新鞋很漂亮，手套也可以，只是沒有我想要的那麼好。」

「我的手套被檸檬汁弄髒了，又找不到新手套，那我就只好不戴手套了。」喬說，她從來不會爲衣著操太多心。

「你非戴手套不可，不然我不去。」梅格堅決地說。「手套比任何東西都重要，沒有手套你根本不能跳舞，如果你不戴手套，我會丟臉死的。」

「那我就不動好啦。反正跟別人跳舞我也不怎麼喜歡，踩著舞步走來走去一點也不好玩，我喜歡跑來跑去尋開心。」

「你也不能向媽媽要新手套，那太貴了，而你又粗心大意。上次你弄壞手套的時候，她就說這個冬天不會再給你買任何東西了。你能不能想想辦法？」梅格焦急地問。

「我可以把手套抓在手裡，就不會有人知道手套有多髒了，我只能做到這個地步。不對！我告訴你我們用什麼方法——我們各戴一隻好的手套，不好的那隻就拿在手裡，你明白了嗎？」

「你的手比我手大，你會把我的手套撐壞。」梅格說。手套是她的要害。

「那我就不戴手套。我才不在乎別人怎麼說哩！」喬說著把書拿起來。

「好吧，好吧，你拿去嘛！可是你別弄髒了，而且拜託你文靜一點。不要把兩隻手放在身後，或是瞪著別人，或者說『哎喲喂呀』，好嗎？」

「不用擔心，我會盡量一本正經，不跟人吵架的。你去回你的信吧，讓我把這個精采的故事看完。」

於是梅格就去寫「謝函」信，檢視她的衣裙，並且一邊開懷唱著歌一邊縫上她唯一的眞正蕾絲裙邊。而喬這時候也看完了故事，吃了四個蘋果，還和「史瓜寶」玩了一下。

除夕夜，客廳空盪盪的，因爲兩個小妹妹擔任起侍候更衣的女僕，而兩個大的姐姐則沉浸在「爲舞會準備」的這件最最重要的事情中。就連漱洗這麼簡單的事，也讓她們跑上跑下，又說又笑的，有一段時間屋裡瀰漫著濃濃的頭髮燒焦的味道。梅格想要在臉旁邊弄些鬈髮，喬就用一把火熱的鉗子去夾外面包上紙的鬈髮。

「那樣子冒煙對嗎？」趴在床上的貝絲問。

「這是要讓水汽蒸發掉。」喬回答道。

「好奇怪的味道喔！好像是在燒羽毛。」愛美說。她神氣地把自己那些漂亮的鬈髮撫整齊。

「好啦，現在我要把這些紙拿下來，你就可以看到一團小小的鬈髮了。」喬放下火鉗子說。

她的確把紙拿下來了，不過鬈髮並沒有出現，因爲頭髮隨著紙一起掉下來，這位驚駭的美髮師在她被害人面前櫃子上擺了一排燒焦了的一團團頭髮。

「噢，噢，噢！你做了什麼好事啦？我完了！我不能去了！我的頭髮，噢，我的頭髮！」梅格哀號起來，絕望地看著額頭上那參差不齊的鬈髮。

「都是我運氣壞！你不應該叫我弄的。我總是會搞砸每件事。我很抱歉，不過火鉗子太熱了，所以我就弄得一塌糊塗了。」可憐的喬哀鳴著，流著懊悔的淚，看著那些焦黑的鬈髮。

「沒有完蛋！你只要把它弄捲，再綁上你的緞帶，讓緞帶末端遮住一點額頭，這樣看起來就很像最新流行的式樣了。我看過很多女孩子都這樣子弄。」愛美安慰地說。

「是我活該，誰教我想要求好！眞希望我沒有碰我的頭髮。」梅格急躁地說。

「我也是，原本我的頭髮又光滑又漂亮。不過它很快又會長出來了。」貝絲說，她走過來親吻並且安撫這隻被剪了毛的羊。

經歷各種小災難之後，梅格終於打扮妥當，而在全家人的共同努力下，喬也把頭髮梳上去，衣服穿好了。她們穿著式樣簡單的衣服，非常出色——梅格穿著蕾絲荷葉邊的銀棕色衣裙，戴著一頂藍色天鵝絨兜帽，還別著一枚珍珠胸針；喬穿著茶色衣裙，上衣有一個亞麻布做的帥氣硬領，身上唯一的裝飾是一、兩朵菊花。她倆全都戴著一隻淺色的漂亮手套，把一隻髒手套拿在手上，而營造出十分「優雅和安逸」的效果。梅格的高跟鞋很緊，讓她腳痛，不過她是絕不會承認的；喬頭上的十九根髮夾全都像是直直刺進她腦袋裡，實在是不怎麼舒服，不過，不讓我們優雅動人，不如讓我們死掉算了！

「好好地去玩吧，親愛的，」兩姐妹優雅地走在路上時，瑪區太太說。「晚餐不要吃太多。十一點要回來，我會要漢娜去接你們。」大門在她們身後關上時，一扇窗子裡傳出叫喊的聲音——

「你們兩個！你們兩個！你們有沒有帶乾淨手帕？」

「帶了，帶了，乾淨得很呢，梅格的上面還灑了古龍水呢。」喬也叫著，還笑著加了一句，兩人繼續走著。「我相信就算我們在躲地震，媽媽也會問我們這句話。」

「那是她高貴的品味之一，也很對，因爲一個眞正的淑女，是可以從她整潔的鞋子、手套和手帕看出來的。」梅格答道，她自己也有不少小小的「高貴品味」。

「好，記住，不要讓人看到衣服燒到的地方，喬。我的披肩正嗎？我的頭髮看起來很糟嗎？」梅格對鏡梳整好長一段時間之後，從葛帝納太太的更衣室鏡前轉過身說。

「我知道我會忘記。如果你看到我做不對，你就眨眨眼提醒我，好嗎？」喬回答。她扯了扯領子，又匆匆把頭髮梳了梳。

「不行，眨眼睛太不淑女了，如果有什麼不對勁的地方，我就會抬眉毛，如果你做得沒錯，我就點點頭。你要抬頭挺胸，走碎步，如果人家把你介紹給別人，你可別去跟人握手，那是不對的。」

「你怎麼會知道這些禮節啊？我從來都不知道哩，這音樂不是很快活嗎？」

她們走下樓，心裡有些膽怯，因爲她們很少參加舞會，這個小小的聚會雖然不是正式的場合，但對她們來說卻也是件大事。莊嚴的葛帝納老太太親切地和她們打招呼，並且把她們交給她六個女兒中的老大去招呼。梅格認識莎麗，很快就非常自在，但是喬不太喜歡女孩子，也不喜歡女孩子間的閒談，所以小小心心地背對牆站著，覺得自己像小馬進到花園裡一樣的格格不入。六、七個活潑的男孩在房間另一邊談著溜冰鞋的事，她眞想過去加入他們，因爲溜冰也是她生活中的諸多樂事之一。她向梅格使了個眼色，表達她的想法，卻見那對眉毛警告般揚了起來，使她動也不敢動。沒有人過來和她說話，她旁邊的人群也一個個離開，最後她就孤零零地站在那裡了。由於衣服上燒焦的一塊，她不能四處走動找些樂事，只好可憐兮兮地看著別人，直到舞會開始。梅格立刻就有人邀舞了，而那雙很緊的鞋輕快地來回舞著，沒有人猜得到穿這雙鞋的人面帶微笑所承受的疼痛。喬看到一個紅頭髮的大塊頭青年朝她這個角落走來，她怕他會請她跳舞，便溜進一個掛著布幔的壁凹裡，打算從布幔裡面往外偷窺，安安靜靜獨享快活。不幸的是，還有一個害羞的人也選了同一個避難所：當布幔在她身後垂下時，她發現自己正和「羅倫斯家男孩」面對面。

「天哪，我不知道這裡還有人！」喬結結巴巴地說，打算用闖進來的同樣速度退出去。

不料男孩子卻笑了，表情略顯得驚訝，他愉快地說：「不用管我，你願意就留在這裡吧。」

「我不會打攪你嗎？」

「才不會呢。我進到這裡是因爲我認識的人不多，起初會覺得好奇怪，你知道。」

「我也是。請你不要走開，除非你想要走開。」

男孩又坐下了，一直盯著自己的輕便舞鞋，等到想表現出禮貌和自在的喬開了口：「我想我見過你，你住在我們家附近，是不是？」

「隔壁。」他抬頭往上看，直接就笑出來了，因爲他記得他把貓送回家時他們還討論過板球，而此刻喬的正經態度就顯得相當可笑。

這麼一來，喬倒是自在了，她也開懷大笑著說：「你們那份很棒的聖誕禮物讓我們開心了好一段時間喔。」

「是我爺爺送的。」

「但是是你告訴他的吧，對不對？」

「你的貓怎麼樣了，瑪區小姐？」男孩問，他力圖鎮靜，但是黑眼睛裡卻閃亮著興味十足的樣子。

「很好哇，謝謝你，羅倫斯先生，不過我不是瑪區小姐，我只是喬。」少女回答。

「我不是羅倫斯先生，我只是羅瑞。」

「羅瑞．羅倫斯——多怪的名字。」

「我本來名字是狄奧多，但是我不喜歡這個名字，因爲朋友都叫我『朵拉』，所以我就要他們叫我羅瑞了。」

「我也討厭我的名字——太多情了！我也希望別人不要叫我喬瑟芬，而是喬。你是怎麼讓那些男生不再叫你『朵拉』的？」

「我揍他們。」

「可是我也不能揍我瑪區嬸婆啊，我想我只好忍受了。」喬只得嘆口氣，認命了。

「你不喜歡跳舞嗎，喬小姐？」羅瑞問，他似乎認爲這個名字很適合她。

「如果地方夠大，每個人都很活潑，我是很喜歡的。但是在這種地方，我是一定會弄壞什麼東西、踩到別人的腳，或是闖出大禍的，所以我就避開，讓梅格去跳舞。你跳不跳舞？」

「有時候。我在國外待了很多年，跟這裡的人交往不多，不知道你們這裡的情形。」

「國外！」喬喊道，「噢，告訴我國外的事情吧！我好喜歡聽人家說起他們旅遊的事情呢！」

羅瑞似乎不知道該從何說起，不過喬那些急切的問題很快就使他侃侃而談了起來，他告訴她他在維威的學校裡的情形，說那裡的男生從來都不戴帽子，他們在湖上還有一支船隊，假日的娛樂就是和老師到瑞士各處遠足。

「我眞希望我能在那裡！」喬喊道。「你有沒有去過巴黎？」

「我們去年冬天住在巴黎。」

「你會說法語嗎？」

「我們在學校裡只准說這種話的。」

「你說一些嘛。我看得懂法文，但是不會唸。」

「Quel nom a cette jeune demoiselle en les pantoufles jolis?」羅瑞好脾氣地說。

「你說得好好哇！我看看——你說的是『穿那雙美麗鞋子的年輕女士是誰？』對不

對？」

「Oui, mademoiselle.（是的，小姐。）」

「那是我姐姐瑪格麗特，你也知道的！你看她是不是很漂亮？」

「是啊，她讓我想到德國女孩子，她看起來好清純、好文靜，跳起舞來像個淑女。」

喬對於這番對姐姐的孩子氣的稱讚很開心，便記在心裡，待事後說給梅格聽。他倆往外偷看，一起品頭論足、閒談，使他們覺得像是老朋友一樣。喬那種男生一樣的態度使羅瑞覺得很有意思，也就變得自在了，因此他的羞怯很快就消失，而喬也回復了快活的本性，因爲她已經忘了自己衣裙的事，而且也沒有人對她抬眉毛了。她比以前更喜歡「羅倫斯家的男孩」，於是好生打量了他幾眼，好讓她能夠跟姐妹們描述他。她們沒有兄弟，堂表兄弟又少，男孩子對她們來說幾乎是陌生的生物。

「鬈鬈的黑髮、棕色皮膚、大大的黑眼睛、漂亮的鼻子、整齊的牙齒、手腳都很小，比我高。以男孩子來說，很有禮貌，整個人是很不錯。不知道他多大？」

這句問話已經在她舌尖，不過她及時忍住了，並且用少見的技巧試圖以迂迴的方式找出答案。

「我猜你很快就要進大學了吧？我看到你辛辛苦苦在啃書——不，我是說你很用功唸書。」喬對自己不小心說出「辛苦啃書」感到很不好意思。

羅瑞笑了笑，看起來不很驚訝的樣子。他聳聳肩回答道：「一、兩年內是不會的。十七歲以前我反正也不能進去。」

「你才十五歲嗎？」喬問他，她注視這個她已經想成十七歲的高個子男孩。

「下個月十六歲。」

「我多希望是我要去上大學！你看起來好像不太喜歡。」

「我討厭上學！不是苦讀就是胡鬧。我也不喜歡這個國家裡一般人的行事方式。」

「那你喜歡什麼？」

「住在義大利，找我自己的快樂。」

喬很想問他的快樂是什麼，不過他皺起眉頭時那兩道黑眉看起來教人擔心，於是她就改變話題，在她的腳打拍子的時候說：「這是一首很棒的波卡舞曲呢！你怎麼不去試試？」

「除非你跟我一起去。」他殷切地鞠了個躬說道。

「不行，我告訴梅格說我不會跳的，因爲——」話說到這裡，喬停住了，看起來很猶豫，不知道是該說呢，還是該笑。

「因爲什麼？」羅瑞好奇地問。

「你不會說出去嗎？」

「絕對不會說！」

「是這樣的，我喜歡站在爐火前面，這個不良習慣會讓我的外衣燒到，我身上這件衣服就被我燒壞了，雖然補得很好，還是看得出來，所以梅格要我不能亂動，這樣就不會有人看到了。你想笑就笑吧，這的確很好笑，我知道。」

但是羅瑞並沒有笑，他只低頭看了一下，臉上的表情讓喬很困惑，他輕柔地說：

「別管這個啦。我告訴你我們怎麼辦：外面那裡有一個很長的大廳，我們可以跳個痛快，也不會有人看到。我們去吧，好嗎？」

喬謝了他，就高高興興去了，而看到她的舞伴戴著那隻漂亮的珍珠色手套時，她就希望自己能有兩隻好手套了。大廳空無一人，於是他們跳了一首波卡舞曲，羅瑞舞跳得很好，還教喬德國式舞步，讓喬很開心，因爲這種舞步充滿了搖擺和跳躍的動作。音樂停下來之後，他倆就坐在台階上喘口氣，羅瑞說起海德堡一種學生慶典的故事，說到一半，找妹妹的梅格就出現了。她招了招手，喬不怎麼情願地跟她走進一間側屋，看到她面色慘白地坐在一張沙發上，手握住一隻腳。

「我扭到腳踝了。那雙笨高跟鞋歪了一下，我就扭到了。好痛喔，我幾乎站不住，我也不知道要怎麼回家。」她說，身體痛苦地前後搖晃著。

「我就知道那雙愚蠢的鞋子會弄痛你的腳。我很難過，不過我看不出你能怎麼辦，除非去叫輛馬車來，不然就是在這裡待上一整晚。」喬說，一邊輕柔地揉著那可憐的腳踝。

「叫輛馬車一定得花很多錢。我敢說我連一輛也叫不到，因爲大部分的人都是坐自己的馬車來的，而到馬廄又是好遠的路，又沒有人可以去。」

「我去。」

「絕對不行！已經過了九點鐘，外頭黑得跟什麼一樣。我也不能在這裡過夜，因爲這裡已經住滿了。莎麗要一些女孩子陪她住下來。我就休息到漢娜來吧，然後就盡量看著辦了。」

「我去找羅瑞，他會去。」喬說，這個念頭使她看起來鬆了一口氣。

「老天爺，不行！不要找人，也不要告訴任何人。把我的橡膠套鞋拿來，把這雙高跟鞋和我們的東西放在一起。我不能再跳舞了，不過等到晚餐過後就要注意漢娜來了沒有，她一到就告訴我。」

「他們現在要出去吃晚餐了。我陪你，我喜歡這樣。」

「不用，親愛的，去吧，幫我拿點咖啡過來。我好累喲，我不能動。」

於是梅格就斜靠著休息，那隻橡膠套鞋遮得好好的。喬衝撞著去到餐廳，她先前撞上一座瓷器陳列櫃，又打開一扇房門，撞見老葛帝納先生正在偷偷喝酒，最後她找到餐廳。她衝向餐桌，拿起咖啡——咖啡立刻灑了出來，結果她的衣服前面也和後面一樣糟糕。

「噢，天哪！我眞是個大冒失鬼！」喬嘆道，用梅格的手套去擦拭她的禮服，因而讓這隻手套也報銷了。

「我可以幫得上忙嗎？」一個友善的聲音說，羅瑞出現了，一隻手拿著一個裝滿咖啡的杯子，另一隻手端著一個放冰塊的碟子。

「我正想替梅格拿點東西——她很累——然後有人碰到我，我就成爲這副模樣了！」喬回答，神情悽慘地看了看沾汙了的裙子，再看看已經成爲咖啡色的手套。

「太可惜了！我正想把這個給誰呢。我把它端給你姐姐好嗎？」

「噢，謝謝你。我帶你去她那裡。我不會自告奮勇拿去給她，因爲如果我這麼做，我只會再闖禍。」

於是喬在前頭帶路，而羅瑞像是侍候慣了女士一樣，搬開一張小桌子，又為喬端了第二份的咖啡和冰塊，態度殷切得連愛挑剔的梅格都說他是個「好孩子」。他們吃著糖果，聊著天，非常快活，當漢娜出現時，他們正和兩、三個無意間走過來的年輕人玩「比手畫腳」遊戲玩到一半。梅格忘了腳痛，猛地站起來，使她痛得大叫一聲，緊緊抓住了喬。

「噓！什麼都不要說！」她低聲說，然後大聲加上一句：「沒事的！我稍微扭了一下腳——如此而已！」說完就一跛一跛地上樓去穿戴整齊。

漢娜責罵起來，梅格就哭了，喬無計可施，最後她決定插手管這件事。她溜出去，跑下樓，找到一個僕人，問他可不可以幫她叫輛馬車。不巧這人是雇來的服務生，對這一帶毫無所知。於是喬四下張望，想找救兵，這時候羅瑞過來了，他聽到她說的話，主動要讓她們用他爺爺的馬車，馬車才剛到，要來接他，他說。

「現在還早呢！你不會眞的要走吧？」喬說，她看起來如釋重負，但是仍遲疑著，不知道該不該接受這個提議。

「我一向都早走——是眞的。請讓我送你們回家好嗎？這完全順路的，你知道。而且他們說現在下雨了。」

於是就這麼解決了。喬一邊告訴他梅格的不幸，一邊感激地接受了他的好意，而後衝上樓去把其他人帶下來。漢娜不喜歡下雨，所以一點也不囉唆。她們坐上這輛廂型豪華馬車。感覺既開心又優雅。羅瑞坐在車廂外的座位上，梅格可以把腳抬高，女孩子就可以自由自在談起舞會。

「我玩得好開心呀，你呢？」喬問，同時把她的頭髮撥得亂蓬蓬，讓自己舒適自在。

「我也是，一直到我扭傷爲止。莎麗的朋友安妮．莫法特很喜歡我，邀我跟莎麗去她家住一個星期。莎麗要在春天去她家，那時候歌劇也開始演出了，如果媽媽准我去，那就太好了。」梅格回答，這個念頭使她很開心。

「我看到你和那個我躲開的紅頭髮男人跳舞。他人很好嗎？」

「噢，非常好！他的頭髮是紅褐色，不是紅色！他人很有禮貌，我跟他跳了一首很美妙的『瑞得華』舞！」

「他跳那種新式舞步，看起來像一隻抽筋的蚱蜢。我和羅瑞都忍不住大笑。你有沒有聽到我們的笑聲？」

「沒有。不過你們那樣笑是很沒有禮貌的。那段時間你們都在做什麼，躲在那裡嗎？」

喬就把她的冒險經過告訴她，等到她說完，她們也到家了。連連道謝之後，她們互道「晚安」，就悄悄進入屋裡，希望不要打擾到任何人，沒想到她們的房間門才剛發出嘎吱的聲音，兩頂小小的睡帽就突然冒出來，兩個睡意很濃但急切的聲音喊了出來——

「說說看舞會的事！說說看舞會的事！」

喬以梅格說是「萬分失態」的方式藏了一些糖果給妹妹們，她們在聽完當晚最刺激的事情後也很快就去睡了。

「說實話，參加完舞會，坐馬車回家，穿著睡袍坐著，有個女僕侍候我，眞的讓我自覺像個優雅的淑女。」這話是梅格說的，因爲喬用山金車草包紮梅格的傷腳，又爲她梳頭髮。

「我不相信優雅的淑女會比我們快樂，雖然我們頭髮燙焦了、穿舊的禮服、只戴一隻手套，又笨得去穿緊緊的鞋子，而把腳踝給扭到。」喬的話很對。

4 包袱

「天哪，現在要扛起我們的包袱，繼續往前走，看起來的確好困難呢！」舞會後第二天早晨，梅格嘆口氣說了。假期結束，這一整個星期的歡樂使她更難面對她從來就不喜歡的工作。

「我希望天天都是聖誕節或是新年，那不是很有趣嗎？」喬回答，愁苦地打著呵欠。

「我們連像現在這樣的享受都不應該有。不過能夠有頓餐宴、有人送花，參加舞會，坐著馬車回家，看看書，休息休息，不用工作，倒真是不錯。就像別人一樣，你知道，而我一向羨慕能這麼做的女孩。我太喜歡舒適安逸了。」梅格說，一邊想要決定兩件破舊衣裙中哪一件比較不那麼破舊。

「反正我們是沒法子過這種生活的，就別抱怨了吧，扛起我們的包袱，學媽媽一樣快快樂樂地往前走吧。我相信瑪區嬸婆是個丟也丟不掉的傢伙，就像《天方夜譚》裡辛巴達背著的那個甩也甩不開的老人，不過我猜等我學會不要抱怨地背她以後，她就會掉下來，或者變輕了，使我不會在意了。」

這個想法激發了喬的想像力，也使她興致高昂，但是梅格卻沒有開朗起來，因為她的包袱是四個被寵壞的孩子，而這個包袱似乎比以前更重了。她甚至沒有心思把自己像往常一樣打扮漂亮、在脖子上繫條緞帶、梳個最好看的髮式。

「看起來好看有什麼用？除了四個壞脾氣的小鬼看得到我以外沒有人會看到，也沒有人在乎我好不好看！」她喃喃說著，用力關上抽屜。「我只能成日辛苦，偶爾有些小小樂事，慢慢變老變得壞脾氣，就因爲我沒有錢，不能像別的女孩子那樣享受我的生活。眞可悲！」

於是梅格滿臉悲憤地下了樓，早餐時候一點也不客氣。每個人似乎心情都不好，說起話都哭喪著臉。貝絲頭疼，躺在沙發上，陪貓咪和三隻小貓咪玩。愛美很煩躁，因爲她的課沒有聽懂，她又找不到橡皮擦。喬倒願意吹吹口哨，吵鬧一番。瑪區太太忙著要把一封信寫好，信必須立刻寄出去。漢娜很不高興，因爲她不習慣晚睡。

「從沒有看過這麼愛生氣的一家人！」喬叫道。她打翻了墨水瓶、扯斷了兩條鞋帶，又一屁股坐在自己帽子上，她立刻發了脾氣。

「你是全家最愛生氣的人！」愛美回敬她一句，她流下的眼淚把寫字板上那錯誤的數字也洗掉了。

「貝絲，如果你不把那些可怕的貓關到地窖裡，我就要把牠們淹死。」梅格想把爬到她背上的小貓趕下來，小貓卻緊緊巴在那裡，她又搆不著。

喬大笑，梅格叱責，貝絲苦苦哀求，愛美號啕大哭，因爲她不記得九乘以十二是多少。

「女兒們，女兒們，請安靜一分鐘好嗎？我必須趁早班郵件時把這封信寄出去，你們那些煩惱都讓我沒法專心了！」瑪區太太刪去信上第三段寫錯的句子，一邊叫道。

之後有片刻的平靜，卻被漢娜打斷了，她悄悄走進來，在飯桌上放了兩塊熱騰騰的捲酥餅，又悄悄走了出去。做這些捲酥餅是一種習慣，女孩子們叫它「暖手筒」，因爲她們沒有暖手筒，而她們發現在寒冷的早晨，熱騰騰的餅握在手裡很舒服。不管多忙，心情多麼不好，漢娜從來不會忘記給她們做捲酥餅，因爲那段路走起來又長又荒涼，這兩個可憐的孩子也沒有別的午餐，而且很少會在兩點鐘以前回得了家。

「抱住你的貓，讓頭痛快點好吧，貝絲。再見了，媽媽，今天早晨我們像是壞蛋一樣，但是我們回來時就會像個十足的天使了。走吧，梅格！」喬邁步走了，她覺得這些朝聖者並沒有做出該做的事。

她們轉過路口前總會回頭看，因爲母親總是會站在窗前點頭微笑，朝她們揮著手。不知怎麼的，她們好像不這樣就很難度過一天，因爲不論她們的心情如何，只要能再看母親一眼，那張臉就會像是溫暖的陽光一樣帶給她們暖意。

「就算媽媽不給我們飛吻，而是對我們揮拳頭，那也是我們活該，因爲從沒有看過比我們還不知道感激的壞坯子了！」喬喊道，對雪中的行走和冷冽的風有種自責的滿意。

「不要用這麼可怕的形容詞。」梅格從厚厚裹住自己的圍巾中開口，她那身裝扮像是一個憤世的修女。

「我喜歡用強烈而且有意義的字眼。」喬回答，一把抓住在她頭上跳起，差點要飛走的帽子。

「你愛怎麼罵你自己都隨你便，不過我既不是惡棍也不是壞坯子，我也不要人家這樣罵我。」

「你是個討厭的傢伙，今天更是暴躁，因爲你不能一直過著奢侈的生活。可憐啊，等我有錢，你就可以盡情享受馬車和冰淇淋和高跟鞋和花束和跟你跳舞的紅髮男孩了。」

「你多麼可笑啊，喬！」但是梅格卻被一番胡言亂語逗笑了，心情也好多了。

「那是你運氣好，如果我一副可憐兮兮的樣子，又像你一樣愁眉苦臉，我們就糟啦。謝天謝地，我總能找些事自己尋開心。別再哇哇叫了，要開開心心地回家，這才好呀。」

她倆分手要各過這一天的時候，喬在姐姐肩上鼓勵式地拍了拍，她們從這裡要走不同的路，各自握著手中溫暖的捲酥餅，試圖不受寒冬天氣、辛勤工作，以及年輕人玩心無法滿足的影響，依然保有開懷的心情。

瑪區先生因爲幫助一個不幸的朋友而失去所有財產時，兩個大的女兒央求父母讓她們做點事，至少可以養活自己一些。做父母的相信，培養力量、勤奮和獨立，任何年齡都不算早，便同意了，於是兩人便帶著一股熱切的好意開始工作。不論外在有什麼橫逆阻礙，只要有這種心，最後都能成功的。瑪格麗特找到一個保母的職位，微薄的薪資也使她感覺十分富足。誠如她所說，她的確是「喜歡奢侈的物品」，而她主要問題就是貧窮。她發現自己比其他人更難忍受，因爲她還能夠記得家裡很漂亮、生活充滿安逸與享樂、從不知匱乏爲何物的時候。她試著不去嫉妒或是不滿，但是少女渴望美麗的事物、快活的朋友、社交上的才藝和快樂的生活，是非常自然的事。在金家，她每天都會看到自己欠缺的一切，因爲那些孩子的大姐姐們才剛進入社交界，梅格經常會看到華麗的舞會禮服和花束，聽到關於戲院、音樂會、宴會、各種玩樂的熱烈閒談，也看到大筆的錢用在一些瑣事上，而這些瑣事卻可能對她而言非常珍貴。可憐的梅格不常抱怨，但是一種忿忿不平的感覺卻使她有時候會對每個人都很偏激。她還不知道自己在享有的恩賜中是多麼富有，單單這種恩賜就足以使得生活幸福了。

喬剛好很適合瑪區嬸婆，瑪區嬸婆腳不方便，需要一個活潑的人侍候。這位老太太沒有小孩，她們家出問題的時候曾經想要收養四姐妹中的一個，但是遭到拒絕，她非常生氣。其他朋友告訴瑪區家人說他們已經沒機會被列在這位富有老太太的遺囑裡了，然而瑪區這家對名利無動於衷的人卻只說：

「給我們再多的錢，我們也不會把孩子送人。不管是富是貧，我們都要在一起，快快樂樂地做伴。」

老太太有一段時間不肯跟他們說話，後來有一次在朋友家剛好遇到了喬，喬那張有喜感的臉和直率的態度十分討老太太的歡心，她想要喬陪她做伴。這工作一點也不合喬的興趣，但是她還是接受了，因爲眼前也沒有更好的工作。結果她倒是和這個暴躁的親戚處得相當好，讓每個人都嚇了一跳。偶爾兩人會有番大吵，有一次喬甚至還走回家，說她再也不能忍受了，不過瑪區嬸婆總是一下子就雨過天青，然後又急急忙忙找她回去，使她不能拒絕，其實在她心裡，她倒是挺喜歡這個火爆的老太太。

我猜，眞正吸引她的，是一個擺滿好書的大圖書室，自從瑪區叔公過世之後，這間房就任由灰塵滿佈，還有蜘蛛進駐。喬還記得那個慈祥的老先生，他從前常讓她用他的大字典搭建鐵路和橋梁，告訴她那些拉丁文書本裡頭一些奇怪圖片的故事。只要他在街上遇到她，都會給她買些薑汁餅乾。陰暗而滿佈灰塵的房間裡，那些胸像從高高的書櫃上方往下凝視，而舒適的椅子、地球儀，以及其中最好的——大片的書海，她可以隨自己的喜愛漫步其中——這一切都使得圖書室對她像是一個幸福的所在。瑪區嬸婆才打上盹，或是忙著招呼客人，喬就急忙來到這個安靜的地方，把自己縮在安樂椅中，貪婪地吞噬詩篇、浪漫小說、歷史、遊記和圖畫，像是一隻十足的書蟲。不過這也和所有的快樂一樣，維持不了很久，因爲只要她剛剛看到故事的精采處、詩歌最甜美的句子，或是旅人最危險的冒險經歷時，就會有個尖銳的聲音叫著：「喬瑟——芬！」她就只能告別她的樂園，而去纏毛線、給那隻獅子狗洗澡，或是唸上一小時貝爾沙的文章。

喬的志向是做了不起的大事，至於是什麼，她還不清楚，要讓時間告訴她。而在同時，她也發現自己最大的悲哀是她不能隨自己所願地看書、跑步、騎馬。一個脾氣壞、嘴巴毒、喜怒無常的人老要找她吵架，使她的生活成爲一連串的起伏情緒，既滑稽又可悲。不過她在瑪區嬸婆家所受的訓練正是她需要的，而且想到她也在謀自己的生計，這一點也教她很快活，雖然那「喬瑟——芬！」的呼喚永遠也叫不完。

貝絲害羞，不敢去上學，家人曾經試過讓她去，但是她卻非常痛苦，於是就放棄這個想法了，她在家接受父親的教育。即使父親遠行，母親被找去爲「軍人之友社」奉獻技術和氣力的時候，貝絲仍然規矩地自己唸書，也盡量用功。她是個賢妻良母型的小傢伙，會幫助漢娜把家整理得整潔而且舒適，從不想到任何報酬，只要大家愛她。她安安靜靜過著漫漫長日，但是她可不是孤單而且無聊的，因爲她的小小世界裡充滿了想像的朋友，而她天性就閒不下來。每天早晨她都要拿起六個玩偶，給它們穿衣打扮。貝絲還是個孩子，對她的寵物可是愛得很呢。這些娃娃沒有一個是完整的，也沒有一個稱得上漂亮。它們都是別人玩過丟棄了，被貝絲撿回來的。她的姐妹們玩膩了這些娃娃，而愛美不肯要舊的或是醜的，就會把它們給她。就因爲這樣，貝絲更是溫柔地對待它們，還爲受了傷的娃娃建了一間醫院。她不會在它們用棉花做的身上重要部位插進任何一根針，不會對它們說一句重話或揮一巴掌，對最不乖的玩偶也不會不理會而傷它的心。她一視同仁地給它們吃飯、穿衣、照料和安撫，那份疼愛是永遠不會停止的。這個「娃娃國」裡有個孤零零的娃娃，原來是喬的，在一段動盪的生活之後，成爲裝零星物品的袋子裡頭的一個破爛，後來貝絲把它從那個悽慘的貧民窟裡救出來，帶到她的避難所。它頭上光禿禿的，所以她就給它繫上一項可愛的小軟帽。它兩條手臂和兩條腿都不見了，於是她給它裹上一條毯子，遮掩了這些缺陷，又把她最好的床給這個慢性病患睡。要是有任何人知道她是多麼費心費力地照顧這個娃娃，我想他一定會深受感動的。她會送給它一些小小花束，唸書給它聽，帶它到屋外呼吸新鮮空氣，把它藏在她的大衣裡頭；她會唱搖籃曲給它聽，每天上床前都一定會親吻它那張骯髒的小臉，輕柔地低語：

「晚安，我可憐的孩子。」

貝絲也和其他人一樣，有她的困擾，由於她不是天使，只是個人類的小女孩，她經常會因爲不能學琴和有架好琴而——套句喬的話——「小哭一場」。她深愛音樂，辛苦地練琴，在叮叮咚咚的舊鋼琴上非常有耐心地練著，你會認爲應該有人（不是在暗示瑪區嬸婆）伸出援手幫助她。但是沒有人伸出援手，也沒有人看到貝絲一個人的時候把那已經不準的黃色琴鍵上的淚水抹去。她的歌聲有如雲雀一般，為媽媽和姐妹們彈琴永不嫌累，而日復一日她都滿懷希望地對自己說：「我知道如果我眞正乖的話，總有一天可以學琴的。」

世界上有許許多多的貝絲，她們害羞而且文靜，在別人需要她們之前都坐在角落裡。她們開開心心地為別人而活，所以沒有人看到她們所做的犧牲，一直到爐邊的小蟋蟀停止牠的唧唧叫聲，那甜蜜而陽光般燦爛的身影消失，只留下寂靜和陰影為止。

如果有人問愛美她生命中最大的磨難是什麼，她一定會立刻回答：「我的鼻子。」她還是嬰兒的時候，喬曾經不小心把她摔到煤斗裡，愛美一口咬定那次摔落永遠毀了她的鼻子。她的鼻子不大，也不紅，只是比較扁，再怎麼捏也捏不出有貴族味道的鼻尖來。除了她自己以外，誰也不在意，而這個鼻子也很努力地在長，但是愛美仍然深深感到自己欠缺了一個希臘式鼻子，於是畫了一張又一張漂亮的鼻子好安慰自己。

這個姐妹口中的「小拉斐爾」有明顯的繪畫天分，而她在臨摹花朵、設計仙女模樣，或是畫著古怪的故事插畫時候是最開心的。她的老師們抱怨說，她不去做算術，反而把寫字板畫滿了動物；她的地圖集空白地方也被她用來描地圖；運氣不好的時候，她的書裡就會散落出一些最滑稽的諷刺畫。她的課業都能應付裕如，還因為品行足以作別人的楷模而逃過責罰。她的脾氣溫和，又有輕易就能使人快樂的本領，所以在同學間人緣很好。她那些小小的做作和優雅態度相當討人喜愛，她的很多本事也深受敬佩，因為她除了畫畫之外，還會彈奏十二首曲子、用鉤針鉤衣物，還會唸法文，而且唸錯的音不會超過三分之二。她說：「當我爸爸很有錢的時候，我們如此這般……」的話時面露愁容，非常感人，而她咬文嚼字的話也被女孩子們認爲是「非常文雅」的。

愛美是很可能會被寵壞了的，因爲每個人都疼她，而她那小小的虛榮心和自私心態也漸漸滋長。不過有一件事倒是挫了她的虛榮心，那就是她必須穿她表姐的衣服。佛羅倫絲的媽媽一點品味也沒有，所以愛美不能戴藍色帽子，而得戴紅色的軟帽、穿著式樣不配的長裙和不合身的繁複的圍裙，她深感痛苦。每件衣服質料都很好、手工精細，穿過的次數也不多，但是愛美富有藝術眼光的雙眼卻很痛苦，尤其是今年冬天，她的上學衣裙是一種暗紫色帶黃點的衣服，沒有任何裝飾。

「我唯一的安慰，」她眼淚汪汪地對梅格說，「是媽媽沒有在我調皮的時候把我的裙子摺上去，瑪麗亞．帕克斯的媽媽就是這樣。天哪，那眞是可怕，因爲有時候她太不乖，長裙都摺到她膝蓋上了，她就不能上學了。我只要想到這種『羞恥』（羞辱），就覺得我的扁鼻子、有黃色高空煙火圖樣的紫色裙子都可以忍受了。」

梅格是愛美傾訴的對象，也是她的監督者，而因爲某種奇異的相反性格會互相吸引的道理，喬成爲溫柔的貝絲傾訴心事的對象和監督者。這個靦腆的孩子只把心事告訴喬一個人，而貝絲對於這個粗線條作風的姐姐所具有的不自覺的影響力，比起家中任何人都大。兩個姐姐彼此很親，但是她們卻也各自負責一個妹妹，照顧她、管教她，「扮媽媽」，她們這麼說，把妹妹們當成被丟棄的玩偶一般，用小女人的母性本能照顧她們。

「有沒有誰有事情可以說？今天過得很無趣，我可眞想要有些娛樂。」這天晚上她們坐在房裡做著縫紉活兒時梅格說。

「今天我跟嬸婆在一起的時候可是奇怪呢，而反正是我勝了，我就告訴你們這件事吧。」喬開始說，她非常喜歡講故事。「我正在唸那個永遠也唸不完的貝爾沙的文章，而且用我一貫的單調唸法在唸，因爲嬸婆很快就會低下頭睡著，然後我就可以拿出一本好看的書，拚命看著，看到她醒來。這次我很睏，她還沒有開始點頭，我就已經張嘴大打呵欠，呵欠打得太大，她就問我把嘴巴張得那麼大，可以把整本書一口吞下去是什麼意思。

「『我眞希望我可以吃下去，把它解決掉呢。』我盡量不把話講得太衝。

「於是她就長篇大論地訓斥起我的罪過，並且要我在她稍稍『打個盹』的時候坐在那裡好好想一想。她一向打個盹都不會很快回過神的。所以她戴著軟帽的頭才像個頭重腳輕的大理花一樣垂下來，我就把《威克斐牧師傳》從口袋裡抽出來，一隻眼看著書中的牧師，一隻眼看著嬸婆，就看了起來。我才看到他們全滾到水裡面，一時忘了就大聲笑出來。嬸婆醒來了，由於她小睡過後脾氣都比較好，她就要我唸一些，讓她瞧瞧我放著可敬而且有益人心的貝爾沙作品不看，偏要看的是什麼樣的輕浮作品。我極力表現，她倒很喜歡，不過她只說：『我不明白這些內容是怎麼回事。你從頭開始唸吧，孩子。』

「所以我就從頭開始啦，我盡可能讓故事情節聽起來趣味十足。有一次我故意搗蛋，在一個很緊張刺激的地方停下來，乖乖地說：『恐怕這些讓您聽了很疲倦，我就在這裡停下來好嗎？』

「她把從她手裡掉下的毛線拿起來繼續打，透過她的眼鏡朝我狠狠瞪了一眼，然後用她一貫的簡單扼要口氣說：『把這章唸完，還有，不得無禮，小姐。』」

「她有沒有承認她喜歡這個故事？」梅格問。

「噢，才沒有哩！不過她倒是讓老貝爾沙安息了。當我今天下午回去拿我的手套時，就看到她正在專心看那本《威克斐牧師傳》，專心到連我在門廳跳捷格舞又放聲大笑都聽不見了。我開心的是好日子要來了。她可以擁有多麼愉快的生活呀，只要她肯選擇。雖然她有很多錢，我倒不怎麼羨慕她，畢竟有錢人的煩惱也和窮人的煩惱一樣多，我想。」喬又加上一句。

「這倒提醒了我，」梅格說。「我也有事情要說。這件事不像喬的故事那樣有趣，不過在我回家時我想了很久。今天我在金家的時候，發現每個人都很惶恐，其中一個小孩說她的大哥做了一件很可怕的事，她爸爸就把他送走了。我聽到金太太在哭，金先生大聲說話，葛麗絲和艾倫走過我旁邊都轉過頭，不讓我看到他們的紅眼睛，我當然什麼都沒問，可是我很為他們難過，同時也挺高興我沒有任何行為暴戾的兄弟做壞事，讓家人蒙羞。」

「我想，在學校裡蒙羞，比起壞男孩做的事更要折磨人，」愛美邊搖頭邊說，彷彿她歷經各種人生經驗。「蘇西．帕金斯今天戴了一個好可愛的紅玉戒指來學校，我好希望能有這個戒指，也好希望我就是她。總之，她後來畫了戴維斯老師，給他畫了個醜怪的鼻子，又把他畫成一個駝子，還畫了一個像氣球的東西，裡面有字：『姑娘們，我的眼睛可是盯著你們的！』表示這些話是從他嘴裡說出來。我們看了都在笑，然後突然他的眼睛盯上我們了，他命令蘇西把寫字板交出去。她嚇壞了，不過她還是走過去了，噢，你猜他做了什麼事？他竟然揪住她的耳朵——耳朵呢！想想看那有多麼恐怖！然後把她帶到講台上，要她舉著寫字板讓大家都能看到，就站在那裡半個鐘頭。」

「女孩子們沒有對著那個圖畫笑嗎？」喬問，她對那種衝突的場面聽得津津有味。

「笑？沒有一個人敢笑！她們全都像老鼠一樣動也不動地坐在那裡，蘇西哭得唏哩嘩啦，我知道。那時候我就不羨慕她了，因爲我覺得經過這種事以後，再給我一百萬個紅玉戒指也不會讓我快活的。我永遠也無法從這種痛苦的羞辱中恢復過來的。」之後愛美繼續她的活兒，心中很爲了自己的品德和一口氣成功地說了兩個重要詞彙而得意。

「今天早晨我看到一件我很喜歡的事，本來我要在午飯時候說的，但是卻忘記了。」貝絲說，一邊把喬那個凌亂的針線籃整理好。「我替漢娜買牡蠣的時候，羅倫斯先生也在魚鋪子裡，不過他沒有看到我，因爲我躲在一個大桶子後面，而他也正忙著和魚店老闆庫特先生說話。然後一個拿著水桶和拖把的窮困婦人走進來，她問庫特先生可不可以讓她刷洗店裡，好換點魚，因爲她沒有早餐可以給孩子吃，而想要做一天的零工也都找不到。庫特先生正忙著，就兇兇地說『不行』，她正要走開，看起來又餓又難過，這時候羅倫斯先生用他手杖彎曲的一頭勾起一條大魚，遞過去給她。她又驚又喜，立刻把魚抱在懷裡，對他千謝萬謝。他要她『快回去把魚燒了』，她就快快活活地急忙走開了！他人不是挺好嗎？噢，她看起來眞是滑稽，一邊緊緊抱著那條滑不溜丟的大魚，一邊說羅倫斯先生將來在天堂會很『舒適』。」

她們對貝絲的故事哈哈大笑，然後她們要母親也說個故事，母親思索了一會兒，正色說道：

「我今天在剪裁室裡剪裁藍色法蘭絨外套的時候，爲你們父親感到很焦慮。我心想，要是他出了什麼事，我們會有多孤單和無助。明明知道這樣不對，可是我卻一直在擔心，一直到有個老人走進來，他要訂一些衣服。他在我附近坐下來，我就同他說話，因爲他看起來很可憐，又累又著急的樣子。

「『您有兒子在當兵嗎？』我問，因爲他拿來的紙條不是給我的。

「『是的，這位女士。我有四個兒子，兩個戰死，一個被俘，我現在要去看另一個，他在華盛頓一座醫院裡，病得很重。』他平靜地回答我。

「『您對國家有很大的貢獻，這位先生。』我說，我對他非常尊敬，倒沒有憐憫之心。

「『這只是我的本分而已，這位女士。如果我還有用，我自己都會去。既然我沒有用了，我願意獻出我的兒子，不求任何報酬。』

「他說得那麼開心、表情那麼誠懇，似乎很高興奉獻自己的一切，使我感到慚愧。我奉獻出一個人，還認爲這樣是太多了，但是他卻獻出了四個兒子，沒有一點不捨的心。我有女兒們在家安慰我，而他最後一個兒子卻遠在好幾哩之外，或許正等著向他道別呢！我想到自己的福氣，感覺好富有、好幸福，所以我爲他整理了一大包東西，還給了他一點錢，眞心感謝他教導我的教訓。」

「媽媽，再說個故事吧，再說個像這樣子可以發人深思的故事。如果這些故事是眞的，而且不要太說教，我都喜歡事後再好好地想一想。」過了一分鐘的沉默後，喬說。

瑪區太太笑了，立刻開始說。她對這一小群聽眾講故事已經講了好多年，知道怎麼樣會使她們開心。

「從前有四個女孩子，她們吃得飽，喝得足，穿得暖，有許多値得安慰和歡樂的事，有深愛她們的和善的朋友和雙親，但是她們卻不滿足。」（話說到這裡，聽者偷偷瞄著彼此，並且開始勤奮地縫著。）「這些女孩子一心想求好，也經常說『要是我們有這個就好了』，或是『要是我們能做那件事就好了』，她們忘了她們已經擁有許多，也忘了她們其實可以做多少的快樂事情。於是她們問一個老婦人說，她們要用什麼符咒使她們快樂呢？老婦人就說：『當你們覺得不滿足的時候，想想你們的福分，並且心存感激。』（這時候喬很快抬眼看，彷彿要說話，但是發現這個故事還沒有說完，就改變主意了。）

「因爲她們都是明理的女孩，所以決定試著照老婦人的建議去做，她們很快就發現她們自己是多麼幸福。一個人發現金錢也不能使富有人家遠離羞恥和悲愁；另一個人發現自己雖然窮，但有青春、健康和愉快的心境，她要比某個脾氣暴躁、身體孱弱、無法享受舒適生活的老太太快樂許多。第三個女孩發現，雖然幫人準備午餐不是件開心的事，但是向人乞討午餐卻更困難；第四個女孩發現的是，即使紅玉戒指也沒有良好的行爲珍貴。所以她們一致同意不要再抱怨，而要享受她們已經擁有的福分，並且努力讓自己不負這些福分，以免福分不增反減。我相信她們聽那個老婦人的勸告是絕對不會失望或是後悔的。」

「媽，您太厲害了，竟然用我們自己的故事來教訓我們，不告訴我們一個浪漫故事，反倒訓了我們一頓。」梅格叫道。

「我喜歡這樣的訓話，爸爸從前告訴我們的就是這種。」貝絲把毛線針直接放在喬的靠墊上，若有所思地說。

「我不像其他人那樣愛抱怨，從今以後我也會更加小心，因爲我從蘇西的倒楣事件已經得到警告了。」愛美道貌岸然地說。

「我們需要那個教訓，我們不會忘記的。如果我們忘了，您只管對我們說，就像老克羅在《黑奴籲天錄》裡面說的：『想想你的天賜恩惠，孩子們！想想你的天賜恩惠，孩子們！』」喬加上一句，她是怎麼也忍不住要從這小小的講道中找點樂趣的，雖然她也和其他人一樣，已經牢牢記住這個教訓了。

5 睦鄰

「你究竟要幹什麼呀，喬？」一個下雪的午後，梅格問道，這時候她妹妹穿著橡膠鞋、舊大衣，戴著兜帽，一手拿著掃帚一手拿著鏟子，大步跨過門廳。

「出去運動。」喬說，眼睛閃著促狹的亮光。

「我以為今天早晨兩次長時間的散步已經足夠。外頭又冷又無聊，我勸你待在火邊，又暖又乾，就像我一樣。」梅格打著寒顫說。

「我從不聽人勸！也不能一整天待著不動，而且我也不是小貓，不喜歡在火邊打盹。我喜歡冒險，我要去找尋一些冒險。」

梅格回去烘她的腳，一邊看《撒克遜英雄傳》，喬開始拚命在雪地裡挖出道路來。雪下得很少，她用掃帚很快就在花園四周挖出一條路，要讓貝絲帶著那些需要空氣的傷病娃娃在太陽出來後散步用。這座花園隔開了瑪區家和羅倫斯家。兩家的房子都在城郊，這裡仍然很像鄉下，有矮叢和草坪、偌大的花園，和寧靜的街道。一道低矮的樹籬將兩座莊園分開。一邊是一幢舊的棕色房屋，看起來老舊而且光禿，沒有在夏天裡可以遮住四牆的蔓藤，也沒有長在四周的花朵。樹籬另一邊是一幢堂皇的石造大宅，從寬敞的馬車車房和保養得宜的草地，到溫室花房，到偶爾可以從那富麗的窗簾之間瞥見的美好物品，清清楚楚地說明了這戶人家有各種生活上的舒適和豪華。然而它似乎是個寂寞而死氣沉沉的房子，因爲它的草坪上沒有孩童嬉戲，窗前沒有做母親的笑臉，除了那位老先生和他的孫子以外，幾乎沒有什麼人進出。

在喬生動的想像中，這幢華宅似乎是一座魔宮，充滿了神妙而且歡樂的事物，卻沒有人享受。她早就想要一睹其中那些隱藏著的光華，並且認識那個「羅倫斯男孩」，他看起來很想認識人，卻不知道該如何開始。自從那次舞會後，她比以前更渴望，並且還計畫了很多種方法要和他做朋友，只是最近她都沒有看到他。她原本猜想他已經離開了，後來有一天她看到樓上一扇窗戶後頭有一張棕色的臉，正羨慕地望著下方她們家的花園，貝絲和愛美正在互相丟雪球。

「那個男生好想要有社交和歡樂，」她自言自語。「他爺爺不知道什麼事對他有益，把他一個人關起來。他需要有一群快活的男生一起玩，或是一個年輕活潑的人。我很願意過去告訴那位老先生。」

這想法讓喬很快活，她喜歡做些大膽的事，總是用她那些奇怪的言行讓梅格憤慨不已。她沒有忘記這個「過去」的計畫，而當這個飄著雪的下午時分到來時，喬決定試試看。她看到羅倫斯先生駕車出去，就衝出家門，用掃帚一路掃到樹籬邊，再停下來探查一番。這裡是靜悄悄的——樓下窗戶的窗簾全都拉上，一個僕人也看不到，除了樓上窗裡一個黑鬈髮腦袋支在一隻細瘦的手上之外，看不到一個人影。

「他在那裡，」喬心想。「可憐的人！在這種陰沉日子裡孤單一人，又生著病。眞可憐！我丟個雪球上去，要他往外看，然後跟他說些安慰的話。」

於是一顆柔軟的雪球丟上去了，那顆腦袋立刻轉過來，出現了一張臉，那原本無精打采的表情立刻消失，只見那雙大眼睛亮了起來，嘴角也開始漾出笑意。喬點點頭，笑了起來，一邊喊一邊揮舞她的掃帚。

「你好嗎？你是不是生病啦？」

羅瑞打開窗戶，用烏鴉一般的粗嘎聲喊著：

「已經好多了，謝謝你。我得了重感冒，已經關了一個星期了。」

「我很遺憾。你做什麼消遣呢？」

「什麼也沒有。這裡跟墳墓一樣無聊。」

「你不看書嗎？」

「不太看。他們不准我看。」

「別人不能唸給你聽嗎？」

「爺爺有唸，有時候，可是我的書他沒有興趣，我也不喜歡老是要布魯克唸給我聽。」

「那你可以找人去看你呀。」

「我沒有什麼想要看到的人。男孩子會很喧鬧，而我的頭又受不了。」

「難道沒有什麼願意唸書給你聽的好女孩嗎？女孩子都文靜，也喜歡當護士，照顧別人。」

「我不認識任何女生。」

「你認識我們呀。」喬說，然後笑了起來，但又停住了。

「對呀！那你過來好嗎，拜託？」羅瑞叫道。

「我可不文靜，也不乖巧，不過我願意去，只要我媽准我。我去問她。你關上窗子，等我。」

說完，喬扛起掃帚就大步進了屋裡，一邊想她們會對她說什麼。羅瑞想到有人要來，簡直興奮得不得了，來來回回忙著準備，因為，他正如同瑪區太太所說，是「一位小紳士」，為了表現對即將光臨的客人的敬意，特地梳了梳他的鬈髮，換了新的衣領，還試著把他的房間清理了一下，他家雖有五、六個僕人，但是這個房間卻一點也不整齊。很快地傳來一陣很大聲的鈴聲，接著是一個口氣明確的人聲，要見「羅瑞先生」，然後是一個滿臉驚訝的僕人跑上樓，說有位年輕女士來訪。

「好，請她上來，那是喬小姐。」羅瑞說，他走到他那間小客廳門口迎接喬。喬出現了，神情愉快，十分親切，也很自在，一手拎著一個蓋起來的碟子，另一隻手抱著貝絲的三隻小貓咪。

「我來啦，帶著全部家當呢。」她簡短地說著。「我媽要我替她問候你，她很高興我能為你做點事。梅格要我帶一些她的奶凍，她做得很好；貝絲認為她的貓可以給你安慰。我知道你會笑的，可是我不能拒絕，她那麼急著想要做點事。」

結果貝絲借出來的小貓咪卻是再恰當不過的，因為羅瑞看到這些小貓咪就笑了，忘掉了自己的靦腆，立刻就可以自在說笑了。

「這些看起來太漂亮了，教人捨不得吃。」喬把碟子拿出來，奶凍周圍是由綠葉和愛美最喜歡的天竺葵的深紅花朵形成的花圈，他高興地笑著說。

「這不算什麼，她們都是好意，想要表達出來。你叫女僕把它拿去放，配你的茶吃。這很簡單，你可以吃，而且它很軟，一吞就滑進你肚子裡，不會讓你已經很痛的喉嚨傷到。這間屋子好舒服呢！」

「如果有好好整理的話或許是吧，不過女僕們都好懶惰，我也不知道要怎麼讓她們用心一些。不過我挺煩惱的。」

「我可以在兩分鐘之內整理好，你只需要把爐子這裡掃一下——像這樣——壁爐台上的東西放整齊，像這樣；書放在這裡，瓶子放在那裡，你的沙發椅轉過來，背著光；再把枕頭拍鬆一點。好啦，這樣就弄好啦。」

果眞如此。因爲喬在說說笑笑之際也很快就把東西擺放到適當位置上，使房裡的氣氛大爲不同。羅瑞充滿敬意地默默看著她，當她招手要他坐到沙發上時，他滿意地嘆口氣坐下來，感激地說：

「你眞好心呢！沒錯，這房間就是需要這樣子。現在請你坐那張大椅子，讓我做些事娛樂我的客人吧。」

「不，我是來娛樂你的。要不要我唸書給你聽？」喬以愛慕的眼光望著附近一些很吸引人的書。

「謝謝你，這些書我全都看過了。如果你不介意的話，我倒願意聊聊天。」羅瑞回答道。

「我一點也不介意。只要你讓我開始說話，我可以說上一整天。貝絲說我永遠也不知道該什麼時候住嘴。」

「貝絲是那個粉嫩皮膚、常常待在家裡，有時候會拎著小籃子出門的那個嗎？」羅瑞很有興趣地問。

「是的，那是貝絲，她是歸我管的，她的確非常乖。」

「很漂亮的那個是梅格，頭髮鬈鬈的是愛美吧？」

「你怎麼知道？」

羅瑞臉紅了起來，但是回答得倒坦白：「是這樣子的，我時常聽到你們彼此叫喚，當我獨自一人在這個樓上，我總忍不住會往你們家看去，你們好像總是很快樂。請原諒我這麼沒禮貌，但是有時候你們忘了拉下種著花的那扇窗戶的窗簾，等到點亮燈的時候，就很像是看著一幅圖畫，看到燈火，看到你們和母親圍坐在桌旁，你母親的臉正對著我，從花的後面看過去，她的臉好祥和哩，我忍不住會一直看。我沒有母親，你知道。」羅瑞撥著壁爐火，掩藏他忍不住的嘴唇抽動。

他那孤單而渴望的眼神直入喬溫暖的心中。她從小的教導就很單純，所以腦中沒有一絲邪念，十五歲的她純真無邪得像個小孩一樣。羅瑞生病了，又很寂寞，她感到自己在家庭親情和幸福當中是多麼富有，所以樂於和他分享。她的神情非常友善，她那尖銳的聲音也在說話時變得少見的溫柔：

「我們永遠也不會把窗簾拉上了，而且我准你愛看多久就看多久。不過我希望你不要偷看，而是到我們家來看我們。我媽媽手藝好了不起，會給你做好多好多好吃東西；貝絲會唱歌給你聽，如果我求她的話；愛美還會跳舞。我和梅格滑稽的舞台道具會讓你大笑，我們會很開心的。你爺爺會不會讓你來？」

「如果你母親問他的話，我想他會的。他人很好心，只是看起來不像；他通常都准我做我要做的事，只是他害怕我會給陌生人帶來麻煩。」羅瑞說，他越來越開朗了。

「我們不是陌生人，我們是鄰居呢，而且你不用認爲會給我們帶來麻煩。我們想要認識你，而且我早就想要這麼做了。我們住在這裡並不久，你知道，可是我們已經認識所有的鄰居了，除了你們。」

「你知道，我爺爺活在他的書當中，不太理會外界發生的事。布魯克先生，他是我的家庭老師，他又不住在這裡，我旁邊沒有什麼人，所以只好待在家裡。」

「那樣不好。你應該試試看，人家請你去你就去，這樣你就會有許多朋友，還有愉快的地方可以去了。不要在意你多麼害羞，只要你經常出去，這種情形也不會長久的。」

羅瑞臉又紅了，但是被人說很害羞，他倒不生氣，因爲喬的話是好意，她那些直率的話不可能不被當成出自好意。

「你喜歡你的學校嗎？」兩人間有一段短短的停頓，這時候他盯著爐火瞧，而喬滿意地打量著四周，之後男孩子換個話題問道。

「我沒有上學，我在做事——是個職業婦女呢。我的工作是侍候我嬸婆，她還眞是個壞脾氣的老太太呢。」喬回答。

羅瑞張口正要問另一個問題，及時想到打探別人太多私事是沒有禮貌的，就閉上嘴，看起來很不自在。喬很喜歡他的好教養，也不在意說瑪區嬸婆的笑話，於是她對他生動描述了這位壞脾氣的老太太、她那隻肥獅子狗、那隻會說西班牙語的鸚鵡，還有她愛沉迷其中的圖書室。羅瑞聽得津津有味，當她說到有一個一本正經的老先生到家裡追求瑪區嬸婆，而一番動人的話正說到一半，卻被「普兒」把他的假髮扯下來，使他大驚失色時，羅瑞仰頭大笑，笑到眼淚都流出來，一名女僕也探頭進來看出了什麼事。「噢！這對我有數不盡的好處呢。請你再說下去。」他說，他的臉也從沙發靠墊裡伸出來，臉孔因爲高興而漲得通紅，閃閃發亮。眼見自己作法奏效，喬大爲開心，果眞就「再說下去」了，說起她們的戲劇和計畫，說起她們對父親的期望和憂慮，以及在姐妹生活的小小世界中的趣事。

他們接著又談到了書，而讓喬開心的是，她發現羅瑞和她一樣的愛書，看過的書甚至比她還多。

「如果你那麼喜歡書，我們下樓去，你可以看看我們的書。爺爺出去了，所以你不用害怕。」羅瑞說著站了起來。

「我什麼都不怕。」喬把頭一揚，回答他。「我相信！」男孩嘆道，以無比的羨慕眼神看著她，不過私底下他猜想，如果她碰巧遇上爺爺情緒差的時候，她對這位老先生就會有幾分畏懼了。

這整幢房屋的空氣像夏天一樣暖和，羅瑞領著她從一個房間走到另一個房間，而任由喬停下來檢視任何引起她注意的東西。終於，他們來到了圖書室，她拍著雙手，歡喜地跳了起來，她特別開心的時候都會這麼做。圖書室裡擺滿了書籍，還有畫和雕像，以及擺滿錢幣和珍奇物品的小櫃子、躺椅和古怪的桌子，以及銅器，最棒的是，還有一座大型的開放式壁爐，壁爐周圍鋪著奇特的磁磚。

「多麼富有呀！」喬嘆道，跌坐在一張天鵝絨椅的深處，用大爲滿足的神色打量四周。「狄奧多·羅倫斯，你應該是全世界最幸福的男孩子了。」她強調地加上一句。

「人不能只靠書本生活。」羅瑞說，他坐在對面一張桌子上，搖搖頭。

他還來不及再說話，鈴聲響起，喬立刻跳起來，驚恐地叫道：「天哪！是你爺爺！」

「如果是的話，又怎麼樣呢？你什麼也不怕呀，你知道。」男孩回道，看起來一臉促狹的樣子。

「我想我是有一點怕他的，只是我不知道爲什麼會怕他。我媽媽說我可以來，我想你身體也沒有因此變差。」喬強自鎮定，不過眼睛仍然直盯著門。

「我已經好太多了，而且感激不盡。我只怕你跟我說話會感到厭煩，這眞是太愉快了，我不想停止。」羅瑞很感激地說。

「大夫來看您了，先生。」女僕邊說邊招手。

「你不介意我離開你片刻吧？我想我必須見他。」羅瑞說。

「別管我。我在這裡快活得很呢。」喬回答道。

羅瑞走開了，於是他的客人也自得其樂起來。她站在那位老先生的精細畫像前，這時門又開了，她頭也不回地用堅定的語氣說：「我現在很確定，我應該不會害怕他了，雖然他的嘴好像很嚴厲，他的人看起來非常有主見，但是他卻有一雙慈祥的眼睛。他沒有我外公好看，可是我喜歡他。」

「謝謝你，女士。」她身後響起一個沙啞的聲音，她驚惶失措起來，原來老羅倫斯先生就站在身後。

可憐的喬，臉紅得不得了，她想到自己說過什麼話，心跳就不自在地加快了起來。一時間，她只想快快逃走，但是那樣太懦弱了，姐妹們也會笑她，所以她決定待在那裡，並且盡量想法子脫困。再看第二眼，她發現這對濃濃的灰色眉毛下活生生的雙眼，甚至要比畫裡頭的還要慈祥，而這雙眼睛中閃著一抹狡黠的光亮，使她的恐懼大爲減輕。在這段恐懼的暫停時刻過後，老先生突然開了口，他那沙啞的聲音變得更沙啞了：「這麼說來，你不怕我囉？」

「不太怕了，先生。」

「而你認爲我沒有你外公好看？」

「不太比得上，先生。」

「而我非常有主見，是嗎？」

「我只說我覺得如此。」

「不過你還是喜歡我就是了？」

「是的，先生。」

這個回答使老先生很滿意，他笑了兩聲，和她握了手，然後把手指放在她下巴下方，將她的臉抬起來，神色嚴肅地端詳著，再放開手，點點頭說：「就算你沒有你外公的長相，你也有他的精神。他是個好人，我親愛的；但更好的是，他也是個勇敢而且誠實的人，我很榮幸能做他的朋友。」

「謝謝您，先生。」這番話之後喬就相當自在了，因爲她對這話深有同感。

下一個問題是：「你對我這個孫子做了什麼事呀？」問得很尖銳。

「只是想要敦親睦鄰而已，先生。」於是喬就把自己怎麼會來的情形告訴了他。

「你認爲他應該快活點，是不是？」

「是的，先生。他看起來有點寂寞，年輕人對他也許會有幫助。我們只是女孩子，不過我們很樂意幫助他，因爲我們沒有忘記您送給我們的美好的聖誕禮物。」喬熱切地說。

「嘖，嘖！那是我孫子的事呀。那個可憐婦人怎麼樣了？」

「很不錯呢，先生。」於是喬很快地說起胡梅爾家情況。她母親已經要一些富裕的朋友開始關心這家人了。

「跟她父親行善是一個樣。哪一天我會去探望你母親。你告訴她一聲。喝茶鈴聲響了，我們喝茶時間比較早，是因爲我孫子的關係。我們下去吧，你繼續做你的睦鄰工作吧。」

「如果您願意讓我加入的話，先生。」

「如果我不願意，我就不會問了。」羅倫斯先生以老派的禮貌把手臂伸向她，讓她搭著。

「不曉得梅格對這些事情會怎麼說呢？」喬被羅倫斯先生帶開時心裡想道，她想像自己在家裡說起這件事的情形，眼光也流露出興味。

「嘿！這傢伙是怎麼回事呀？」老先生說了。這時候羅瑞正跑下樓梯，看到喬和他那令人敬畏的爺爺手挽著手這幅驚人的景象，嚇了一大跳，突然停下步子。

「我不知道您回來了，爺爺。」他說，喬用勝利的眼光望了他一眼。

「從你乒乒乓乓衝下樓的情形看來，顯然如此。來喝茶吧，先生，舉止要像個紳士一樣。」羅倫斯先生疼愛地抓了抓孫子的頭髮，便繼續走著，而羅瑞在他們背後做出一連串滑稽的動作，幾乎讓喬笑出聲來。

老先生連喝了四杯茶，沒說什麼話，不過卻觀察這對年輕人，只見他們很快就像老友一般的聊起天來，而孫子的改變可沒有逃過他的眼睛。如今他的臉上有了神彩、有了光亮，也有了生命；他的態度活潑，他的笑聲中也有眞正的快活。

「她的話沒錯，這孩子是很寂寞。我倒要看看這些小女生能幫他什麼忙。」羅倫斯先生一邊看他們，聽他們說，一邊心裡想。他喜歡喬，因爲她那種古怪而且率直的作風很合他意，而且她了解這個男孩，幾乎像她自己就是個男孩一樣。

如果羅倫斯祖孫是喬所說的「古板又遲鈍」的人，她根本就不會和他們相處，因爲這種人總會教她害羞而且尷尬。發現他們其實是很自在、親切之後，她就更爲自在，也給他們留下很好的印象。他們站起來以後，她提議要走了，但是羅瑞說他還有東西要給她看，就把她帶到溫室花房去，花房的燈已經先爲她點了起來。對喬來說，這裡眞像是童話仙境，她來回走在走道上，享受兩旁盛開的花朵、柔和的燈光、香甜的潮濕空氣，和她上方垂吊下來的美麗蔓藤和樹木——這時候她的新朋友剪下最嬌美的花朵，直到他雙手捧滿了花。而後他把花綁成一束，帶著喬喜歡的快活神情說：「請把這些花送給你母親，告訴她我非常喜歡她給我的藥。」他們發現羅倫斯先生正站在大客廳的壁爐前面，但是喬的注意力卻完全被一架打開著的平台鋼琴所吸引。

「你會彈琴嗎？」她轉身面對羅瑞，用一種尊敬的神情問。

「有時候。」他謙虛地說。

「請你現在彈一下，我想聽聽，好告訴貝絲。」

「你先彈吧！」

「我不會彈。太笨，學不會，不過我非常喜歡音樂。」

於是羅瑞就彈起琴來。喬把鼻子深深埋進向日葵花和薔薇中，對於「羅倫斯家男孩」的敬意增添了許多，因爲他琴彈得眞好，又不擺架子。她眞希望貝絲也能聽到，不過她沒有說，只是一個勁地稱讚他，使他漲紅了臉，還是他爺爺過來解了圍。「這樣就行了，這樣就行了，小姑娘。太多的讚美對他可不好呢。他的琴彈得不錯，不過我希望他在重要的事情上做得也同樣好。要走了嗎？噢，眞謝謝你了，我希望你能再來玩。替我向你母親問好。晚安，喬大夫。」

他和氣地握了手，但是看起來好像有什麼事不悅的樣子。他們走到大廳以後，喬問羅瑞說她是不是有什麼地方失言了，他搖搖頭。

「不是，是因爲我的關係。他不喜歡聽到我彈琴。」

「爲什麼呢？」

「改天再告訴你。約翰要送你回家，我不能去。」

「用不著，我又不是小女生，而且也只有兩步路。好好保重，好嗎？」

「好。但是你會再來吧，我希望？」

「只要你答應病好了就到我們家來玩。」

「我會的。」

「晚安，羅瑞！」

「晚安，喬，晚安！」

這場下午的冒險故事統統說完之後，全家人都想一起去拜訪一下，因爲每個人都發現樹籬另一邊的那個大房子裡有吸引人的東西。瑪區太太想和那位仍未忘記她父親的老先生談談父親，梅格很想到溫室花房走走，貝絲爲那架平台鋼琴嘆著氣，愛美好想欣賞那些精美的圖畫和雕像。

「媽媽，爲什麼羅倫斯先生不喜歡羅瑞彈琴？」天生就好發問的喬問道。

「我不清楚，不過我猜那是因爲他兒子——也就是羅瑞的父親——娶了一個義大利女孩，那女孩是個音樂家，老先生對這件事很不高興，因爲他是個很自負的人。那個女孩子人很好、很可愛、又有才華，但是他不喜歡她，在兒子結婚以後就再也不肯見兒子了。羅瑞小時候父母親就去世了，於是爺爺就把他帶回家。我猜這個在義大利出生的男孩身體不是很強壯，老先生很怕失去他，所以他才那麼小心翼翼。羅瑞天生就喜歡音樂，因為他像他母親，我敢說他爺爺一定是害怕他當音樂家，不管怎麼說，總之他的琴藝使老先生想起那個他不喜歡的女人了，所以他才會『大皺眉頭』——像喬說的那樣吧！」

「哇！好浪漫呀！」梅格嘆道。

「好可笑呀！」喬說。「如果他願意，就讓他去做音樂家嘛，明明他不喜歡進大學何必非要他去，讓他痛苦得要命！」

「所以他才會有那麼漂亮的黑眼睛和優雅的風度，我猜。義大利人一向都很溫文有禮。」梅格說，她是有點感情豐富的人。

「你知道什麼眼睛和風度呀？你幾乎從沒有跟他說過話呢！」喬大叫，她可不是多愁善感的人。

「我在舞會上看過他呀，而且從你說的話裡可以看出他很懂得分寸。他說起媽媽送給他的藥那番話，就說得很好。」

「我猜他指的是奶凍吧。」

「你怎麼那麼笨呀，孩子！他說的是你呀，當然嘍！」

「是嗎？」喬睜大了眼睛，好像她從來都沒想到一樣。

「我從來沒見過這種女孩子！人家稱讚你，你都還不知道！」梅格說，她流露出對這件事知道得清清楚楚的神情。

「我認爲讚美全都是胡說八道，而我還要謝謝你沒有做傻事，破壞我的玩興呢。羅瑞是個好孩子，我很喜歡他，我對那些讚美之類的廢話是不會感情用事的。我們都要對他好喔，因爲他沒有媽媽，而且他也可能會過來看我們，媽媽，他可不可以來我們家？」

「當然可以呀，喬，我很歡迎你的小朋友呢，而我希望梅格能記住一件事，就是小孩子盡可能保有小孩子的樣子。」

「我不認爲我是小孩子，我也還沒有到青少年的年紀呀，」愛美說。「你的看法呢，貝絲？」

「我在想我們的《天路歷程》呢。」貝絲答道，她根本沒有聽到半句話。「我們要怎麼走出『絕望的泥沼』，透過試煉，爬上陡坡，而走出『邊門』。也許隔壁那幢房子，那幢滿是美好東西的房子，就是我們的『美麗宮殿』呢。」

「那我們還得先通過書裡面『獅子』那一關呢。」喬說，她倒像是挺喜歡那幕景象的呢。

6 美麗宮殿

那幢大宅果然是座「美麗宮殿」，不過所有人還是過了一些時間才進得去，而貝絲發現要繞過「獅子」還非常困難呢。老羅倫斯先生是最大的「獅子」，不過在他來拜訪她們，對每個女孩子都說了些有趣或是和氣的話，並和她們母親談天憶舊之後，就沒有人會那麼怕他了，只除了膽怯的貝絲。另一頭「獅子」是她們家和羅瑞家貧富懸殊這件事，因爲這一點使她們不好意思接受她們還不起的好意。不過過了一段時間以後，她們發現其實他倒把她們當成恩人，而對瑪區太太慈祥的關愛、她們歡樂的相伴，以及他在她們那簡陋的家中得到的慰藉，他只怕自己做的不足以回報呢。於是她們很快就忘了自尊心，自在地付出好意也接受好意，不會去停下來思量到底何者多何者少了。

在這段期間發生了各種各樣快活的事情，因爲這新的友誼像春天的青草一般欣欣向榮。每個人都喜歡羅瑞，而羅瑞私底下也告訴他的家庭老師說：「瑪區家的女孩子都是非常好的女孩子。」她們用年輕人那種令人開心的熱情，把這個孤獨的男孩帶到她們當中，也非常看重他，而他在這些單純女孩子天真的陪伴中也發現一些迷人的東西。從小沒有母親也沒有姐妹的他，很快就感受到她們帶給他的影響；而她們忙碌又活潑的態度也使他對於自己過的懶散生活感到羞恥。如今他對書本已經厭倦了，反而覺得人才是有趣的東西，這使得布魯克先生不得不告狀，因爲羅瑞老是逃課，跑到隔壁瑪區家。

「沒關係的，讓他放個假吧，過後再補上好了，」老先生說。「隔壁的好心女士說他唸書唸得太辛苦了，需要結交年輕朋友、要有娛樂和運動。我想她的話沒錯，而我也一直太呵護他，好像我是他奶奶一樣。就讓他愛做什麼就做什麼吧，只要他開心就好。在隔壁那個小小修道院裡，他做不出什麼調皮事情，況且瑪區太太給他的比我們能給他的還要多。」

他們過了多少快樂時光啊！演戲劇、乘雪橇、溜冰玩耍；在老客廳度過快活夜晚；偶爾在大宅子裡舉行歡樂的小小派對。梅格可以隨時到溫室花房裡散步，沉迷在花束之中；喬貪婪地在新的圖書室中瀏覽，她的高談闊論總會讓老先生捧腹大笑；愛美臨摹那些圖畫，開懷地欣賞美麗事物；羅瑞則以最教人快活的方式扮演「莊園主人」的角色。

但是，對平台鋼琴無限渴望的貝絲，卻鼓不起勇氣前去「幸福宅邸」——梅格這麼稱呼那裡。貝絲和喬去過一次，但是老先生不知道她性情柔弱，而從他粗粗的眉毛下嚴厲地瞪著她，用好大聲說了「嗨！」一個字，把她嚇得「兩隻腳在地板上打顫」——她這麼告訴母親——她就跑走了，並且宣佈再也不去了，就算去看那架好棒的鋼琴也不去了。不論人家怎麼勸說，怎麼利誘，都克服不了她的恐懼，後來這件事以一種神祕的方式傳到羅倫斯先生的耳中，他便決定要做點補償。在一次短暫的拜訪中，他很有技巧地把話題轉向音樂，談起他見過的偉大聲樂家，他聽過的好管風琴，還說起許多有趣的軼事，實在太有趣了，使得貝絲覺得不可能待在遠遠的角落裡，只能越靠越近，像是被迷住了一樣。走到他的椅子後面時，她停住了，睜著大眼聽，因爲他絕佳的表演興奮得兩頰通紅。羅倫斯先生對她毫不在意，彷彿她是隻蒼蠅，而逕自說起羅瑞的課和老師們，然後，像是突然想到了一樣，他對瑪區太太說：

「這孩子現在疏忽音樂，我倒很高興，因爲他太喜歡它了。可是鋼琴不用也不好，你們家女孩子可不可以偶爾過來練練琴，免得琴走音了？」

貝絲上前一步，緊緊按住兩隻手，以免自己拍起手來，因爲這是一項教人難以抗拒的誘惑，而用那了不起的樂器練琴的想法，簡直要讓她喘不過氣來。瑪區太太還來不及回答，羅倫斯先生就很奇怪地微微點點頭，笑道：

「她們用不著去看到誰或是跟誰說話，儘管隨時進來，因爲我都關在房子另一頭的書房裡，羅瑞又常常跑到外頭，而僕人們過了九點以後是絕對不會走近起居室的。」

說到這裡他站了起來，像是準備走了一樣，而貝絲也下定決心要說話了，因爲這最後的一項安排已經使她別無所求。「請把我的話告訴那些姑娘，如果她們不想來，唉，那也沒關係。」這時候，一隻小手伸進他手裡，貝絲滿臉感激之情仰頭看他，熱切而又膽怯地說：

「噢，先生，她們很想很想去的！」

「你就是那個喜歡音樂的小姑娘嗎？」他低下頭，慈祥地看著她問，沒有說出什麼嚇人一跳的「嗨！」

「我是貝絲。我很喜歡呢，如果您確定不會有人聽到，而且不會被我打擾的話，我會去的。」她害怕自己太魯莽，還加了一句，並且爲了自己的大膽渾身顫抖呢。

「絕對不會有一個人聽到呢，小姑娘。我的房子半天都是空的，所以請過來，隨你愛彈多久就彈多久，我會很感激你的。」

「您好好喲，先生！」

在他友善的神情注視下，貝絲臉紅得像朵玫瑰一樣，不過現在她不怕了，所以她感激地握了這隻大手，因爲她無法用言語表達她對這份珍貴禮物的謝意。老先生輕輕摸了摸她額頭上的頭髮，彎腰親了親她，並且用一種幾乎沒有人聽過的語氣說：

「我也曾經有一個小女孩，眼睛也像你一樣。上天保佑你，我親愛的！再會了，夫人。」於是他急匆匆走了。

貝絲和母親欣喜若狂了好一會兒，然後急忙跑去把這個天大的好消息告訴她那個殘障家庭，因爲她的姐妹們都不在家。當天晚上她唱歌唱得多快活呀！又因爲她在夜裡把正在睡覺的愛美的臉當鋼琴練，結果吵醒了愛美，全家都笑她。第二天，貝絲眼看著隔壁一老一小兩個男生都離開家了，又退卻了兩、三次之後，終於走進邊門，邁著老鼠一般無聲無息的步子走到起居室，她心中的偶像就立在那裡。當然啦，正巧鋼琴上放著一些漂亮又容易彈的樂譜，於是貝絲終於伸出顫抖的手指，在停頓多次、四下張望以後，碰觸了這架偉大的樂器了，而立刻她就忘了恐懼、忘了她自己，以及其他的一切，心中只剩音樂給予她的那種無法言喻的快活，因爲音樂正像是一個親愛的朋友說著話。

她一直待到漢娜來接她回去吃晚飯，但是她毫無食欲，只能坐在那裡，用一種處於幸福中的神情對著每個人微笑。

從此以後，那個小小棕色兜帽就幾乎每天都會穿過矮樹籬，而那間偌大的起居室像是有個音樂精靈住在裡頭似的，沒有人看到精靈的來去。但是她從不知道羅倫斯先生常常打開書房門，聆聽他喜愛的古老旋律；從沒有看過羅瑞站在大廳當守衛，警告僕人不得靠近；從沒有猜到她在架子上發現的練習本和新樂譜都是別人特別為了她放的，而當他在家中跟她談起音樂的時候，她只想到他眞好心，還會告訴她能給她很大幫助的事情。於是她開心極了，也發現自己唯一的願望成眞——雖然世事並不是永遠如此。或許是因為她對這項賜福非常感激，所以上天給了她更大的福分吧，總之，這兩樣福分她都受之無愧。

「媽媽，我要做雙鞋子送給羅倫斯先生。他對我眞好，我必須要謝謝他，而我也不知道別的方法可以謝他。我可以嗎？」在老先生那次重大的拜訪之後的幾個星期，貝絲問道。

「可以呀，親愛的。那會使他很開心呢，而且也是很好的道謝方式。你姐姐們會幫你，鞋子的材料錢我會出。」瑪區太太說，她對於能答應貝絲的要求特別快樂，因為貝絲很少為自己要求過任何東西。

經過和梅格及喬幾次愼重的討論之後，花樣選好，材料也買了，於是鞋子的縫製工作就開始了。貝絲在深紫色的底上縫上一簇暗色但卻令人開心的三色堇，十分大方而且美麗。她早也做，晚也做，偶爾遇到困難的部分會需要人幫一下忙。她是個靈敏的小小裁縫師，所以在誰都還沒有厭煩的時候，這雙鞋就做好啦。於是她寫了一封短箋，在羅瑞的幫助下，在一早上老先生還沒起床的時候把鞋子偷偷放到書房的書桌上。

等這陣興奮過後，貝絲就等著看會有什麼事情發生。當天過去了，第二天也過了一半，卻沒有任何回卡送到，她開始害怕她惹這個脾氣不好的朋友生氣了。第二天下午她出去跑腿，順便也帶可憐的瓊安娜——那個殘障娃娃——做每天必做的運動。等她走在回家的街上時，她看到三個——噢，是四個人的腦袋在起居室的窗子裡探進探出，而一看到她，好幾隻手就揮了起來，還有好幾個快活的聲音尖叫著——

「隔壁老先生有信來！快回來，快來看呀！」

「噢，貝絲！他送你——」愛美開始用並不適當的氣力比手畫腳起來，但是沒比畫多久，喬就把窗子用力拉下，止住了她。

貝絲惶惑不安地匆忙回家。走到門口，她的姐妹們就抓住她，以一個勝利的遊行隊伍之勢把她推到起居室，所有人同時手指著說：「你看那裡！你看那裡！」貝絲看了，立刻因為歡喜和驚訝臉色發白，因為房裡立著一架小型的直立式鋼琴。光滑明亮的鋼琴蓋上擺著一封信，像塊招牌一樣，寫著「伊莉莎白．瑪區小姐」收。

「給我的嗎？」貝絲倒抽一口氣，緊抓著喬，覺得自己快要昏倒，這件事太教人吃驚了。

「是呀，全是你的呢，乖孩子！他可眞是個好人呢，不是嗎？你不覺得他是全世界最最可愛的老人家嗎？這是信裡面附的鑰匙。我們沒有把信打開，可是我們好想知道他說些什麼呢！」喬喊道，她摟住妹妹，並且把信交給她。

「你唸信吧！我不能唸，我感覺好怪喔。噢，這實在是太好了！」說著貝絲把臉埋進喬的圍裙裡，被這份禮物攪得心緒不寧。

喬一打開信就笑了起來，因爲她看到的第一段句子就是：

瑪區小姐：

親愛的女士——

「聽起來多好聽呀！我眞希望也有人能這樣子寫信給我哪！」愛美說道，她認爲這種老式的稱謂非常典雅。

「我一生中有過許多雙便鞋，但是從沒有穿過像你送我的那麼合腳的鞋，」喬繼續唸下去：「野生三色堇是我最喜歡的花，這些花無時無刻不使我想到那位溫柔的送禮者。我希望能表示我的謝意，因此我知道你會准許『這個老先生』送給你一樣曾經屬於他已失去的小孫女的東西。懷著衷心的感謝以及誠摯的祝福，我仍然會是

『感激不盡的朋友及謙卑的僕人』詹姆斯．羅倫斯敬上」

「你看看，貝絲，這眞是值得驕傲的榮幸呢！羅瑞告訴過我羅倫斯先生很疼他那個死去的孩子，還說他都小心保存她的小東西。想想看，他把她的鋼琴都送你了。這是因爲你有雙大大的藍眼睛，又喜歡音樂呢。」一心想安慰貝絲的喬說。貝絲全身顫抖，從沒有這麼興奮過。

「你看看這放蠟燭的可愛支架，還有這綴起來的綠綢巾，中間還有一朵金色玫瑰；還有漂亮的譜架和琴椅，一樣不缺。」梅格加上一句，一邊打開琴蓋，展現琴的美麗。

「『謙卑的僕人，詹姆斯．羅倫斯』，想想看，他這麼寫著呢。我要去告訴那些女生，她們會認爲這眞是太棒了。」愛美說，字條上的話讓她大爲感動。

「試試這架琴吧，親愛的。讓我們聽聽這架鋼琴寶寶的聲音。」漢娜說，家人的喜怒哀樂，她總願意一起分享。

於是貝絲試彈了一下，每個人都說這眞是她們聽過最好的鋼琴了。這琴顯然才調過音，也仔細整理過，但是，琴雖然完美無缺，我倒認爲它眞正的魅力，是在貝絲用鍾愛的神情彈著那些美麗的黑白鍵，腳踩著光亮的踏板時，在那些湊過去的快樂臉龐中最快樂的那張臉上。

「你必須去當面謝謝他。」喬開玩笑說道，其實她腦中從來沒有想到要讓這孩子眞的去謝謝人家。

「是呀，我想要去。我想我現在就去吧，趁我還沒有一想到就害怕。」於是，在全家人的驚異當中，貝絲竟然當眞走到花園，穿過矮樹籬，走到了羅倫斯家門口。

「哎呀，這可眞是我見過最奇怪的事了呢！這架鋼琴讓她昏了頭啦！要是她腦筋清楚，她是絕對不會去的！」漢娜盯著她的背影大喊，而其他女孩子全被這幕奇蹟嚇得說不出一句話來。

要是她們看見貝絲後來做了什麼事，她們會更驚異。各位且聽我說，她還沒讓自己有時間想呢，就去敲書房門，等到一個沙啞的聲音往外喊：「進來！」她也就眞的進去，並且直直走到看起來嚇了一跳的羅倫斯先生面前，用微微顫抖的聲音說：「我是來謝謝您——」但是她話沒說完，因爲他看起來那麼地友善，她忘了該說什麼，又由於她只記得他失去了疼愛的小女孩，就用兩手抱住他的脖子親親他。

就算這幢房子突然被風吹得掀了頂，老先生也不會更驚訝，不過他很喜歡這個舉動——噢，是的，他可喜歡呢！——這親暱的小小親吻使他大為感動又歡喜，他所有的暴躁脾氣都不見了。他讓她坐在他膝頭，用他皺紋滿佈的臉貼著她紅潤的臉蛋，感覺他自己的小孫女又回來了。從這一刻起，貝絲就不再怕他，而坐在那兒自在地和他說著話，就像她已經認識他一輩子了呢，這是因為愛會逐走恐懼，而感激可以征服驕傲。她回家的時候，他陪她走到家門口，誠誠懇懇地和她握了手，碰了碰帽子，再大步走回家，身體挺直又莊嚴，像個英俊又英勇的老紳士，他本來就是這樣的人。

女孩子們看到這一幕，喬跳了一段捷格舞，表示她的滿意；愛美驚訝得幾乎摔出窗子；梅格舉起雙手嘆道：「噯，我真的相信世界末日來臨了！」

7 飽嘗羞辱

「那個男生是個百分之百的『賽克羅普斯』[2]，不是嗎？」有一天羅瑞騎馬咯啦咯啦走過，經過的時候他皮鞭一揮，愛美就說了。「你怎麼敢這樣說呢？他明明就有兩隻眼睛啊！而且眼睛還很漂亮呢！」喬喊道，她不喜歡有人對她的朋友有任何批評。

「我沒有說他的眼睛呀，我在稱讚他的騎術，你有什麼好生氣的？」

「噢，我的天哪！這個小傻瓜指的是『森陶兒』[3]，結果卻說成是『賽克羅普斯』了。」喬哈哈大笑說著。

「你也用不著那麼兇，這只不過是『誤入歧途』，就像戴維斯老師說的。」愛美反言相譏，用了一句錯誤的成語要制止喬。「我只是希望我能有一點點羅瑞用在那匹馬身上的錢而已。」她又加上一句，這句話像是說給自己聽，卻又希望姐姐們也能聽到。

「爲什麼呢？」梅格好心地問她，因爲喬已經又對著愛美第二次的說錯話大笑了起來。

2 Cyclops，希臘神話中的獨眼巨人。
3 Centaur，希臘神話中人首馬身的怪物。

「我很需要錢，我欠了好多的債；又還要一個月才能有零錢。」

「欠債，愛美？這是什麼意思？」梅格神情凝重。

「噢，我欠人家至少十幾個醃萊姆，可是我又要等到有錢了才能還人家，你知道的，因爲媽媽不准我到店裡賒帳。」

「還用得著你說嗎？現在流行用萊姆了嗎？以前我們都是把橡皮擦削成小球。」梅格努力不讓她難堪，愛美看起來一本正經、神氣活現的樣子。

「你知道嗎，那些女生老是在買萊姆，除非你想要被人家認爲很小氣，不然也非得照做。現在大家都在迷萊姆，因爲上課時每個人都在座位上吸萊姆汁，下課以後又用萊姆去換鉛筆呀、珠珠戒指呀，或是紙娃娃之類的東西。如果一個女生喜歡另一個女生，她就會送她一個萊姆；如果她生她的氣，她就在她面前吃萊姆，連一口也不給她吸。她們會輪流請客，我拿了人家太多了，可是都沒有回請她們，而我是應該回請的，因爲這些是光榮的債，你知道。」

「要多少錢才能還清欠人的萊姆，恢復你的信用呢？」梅格拿出錢包問道。

「兩毛五分就很夠了，還可以剩下幾分錢，請你吃一些。你不喜歡萊姆嗎？」

「不怎麼喜歡。我那一份可以給你。錢在這裡，盡量不要用完，因爲其實這也不多，你知道。」

「噢，謝謝你！有零用錢一定很好！我要大吃一頓了，因爲我這個星期連一個萊姆都還沒有吃過。人家給我萊姆，我就不知道該不該收，因爲我沒辦法還她們，而我又眞的好想吃呢。」

第二天，愛美到學校挺晚，但是她卻抵不過誘惑，用一種可以原諒的得意展示一個濕牛皮紙袋，讓同學看過才把它放進書桌最裡面。接下來幾分鐘，話就在她那夥人當中傳了開來，說愛美．瑪區帶了二十四個好吃的萊姆（她在路上吃了一個），等會兒要請大家吃呢，而她朋友們的關注也如排山倒海般湧來。凱蒂．布朗當場就請她參加她下一次的派對；瑪麗．金斯利堅持要把錶借她戴到下課；珍妮．史諾那個愛諷刺別人的女生，之前曾經卑劣地挖苦過愛美沒有萊姆，這會兒卻立刻要和好了，還要告訴她一些算術題的答案呢。不過愛美可沒忘記史諾那些刻薄的話，史諾說：「有些人哪，她們的鼻子沒有塌到聞不到別人的萊姆，說她們自大嘛，可是又沒有驕傲到不會去向人討萊姆的程度。」所以她就用一句教人閉嘴的話——「你用不著突然變得有禮貌，因為你一個也別想得到。」——立刻粉碎了「那姓史諾的女孩」的希望。

剛好這天早上來了個有名的大人物到學校參觀，而愛美畫得很漂亮的地圖受到了稱讚，這項榮譽在她的敵人史諾看來更是痛恨，也使得這位瑪區小姐有股洋洋自得的小孔雀的神態。可是，哎呀呀！驕者必敗，那個一心想復仇的史諾扭轉了形勢，而且大獲成功。客人才說完老套的讚美之詞、鞠躬離去，珍妮就假裝要問一個重要問題，向老師戴維斯先生告了一狀，說愛美．瑪區書桌抽屜裡有醃萊姆。

要知道，戴維斯先生曾經宣佈說萊姆是違禁品，並且誓言第一個被發現違反這條規定的人，他一定會公然懲處。這個十分堅持的人已經在一場漫長而猛烈的戰爭後驅走了口香糖，又放火燒了沒收來的小說和報紙，還查封了一所私人郵局，禁止扮鬼臉、取綽號、畫諷刺畫，盡一切力量維持五十個調皮少女的秩序。說實在的，男孩子已經夠磨人了！可是女孩子更是，尤其是對於脾氣兇暴、沒有布林堡博士的教書天分、神經緊張的男士而言。戴維斯先生熟諳希臘文、拉丁文、代數，各種各樣的學科，所以人家說他是個好老師；至於禮貌啦、道德啦、感覺啦、榜樣啦，一般人卻不認爲有任何重要性。這時刻愛美被告實在是最最不幸的了，珍妮知道。這天早上戴維斯先生顯然喝了過濃的咖啡；吹的又是東風，東風總是會影響他的神經痛；他的學生又沒有給予他應該享有的好表現。所以囉，我們可以用一個女學生的話來說——雖然這話並不文雅——「他像個巫婆一樣神經緊張，像頭大熊一樣發火。」而「萊姆」這個詞無異是火上加油，只見他那張蠟黃的臉漲得通紅，用力拍著講桌，力量之大把珍妮都嚇得用少見的迅速動作溜回座位。

「各位同學，請注意！」

厲聲命令之下，喧鬧的嗡嗡聲停了下來，五十雙藍的、黑的、灰的、棕的眼睛全都乖乖盯著他那嚇人的表情。

「瑪區小姐，到講桌這裡來。」

愛美外表鎮定地乖乖站起來，但是私底下卻有種恐懼壓迫著她，因爲那些萊姆已經成爲她良心的重擔了。

「把你書桌裡的萊姆拿過來。」這句沒有料到的命令使她還沒走出座位就停住了。

「不要全拿去。」坐在她隔壁一個非常鎮定的女孩說。

愛美急忙倒出六個來，把其餘的放在戴維斯先生面前，她覺得任何有人性的人只要聞到這麼香甜的味道都會懊悔的。不幸的是，戴維斯先生特別討厭這種流行的醃果子味道，而嫌惡使他的怒氣更大。

「這些是全部嗎？」

「不算是。」愛美結結巴巴地說。

「其餘的也立刻拿過來。」

她用絕望的目光瞥了她那些醃萊姆一眼，乖乖照做了。「你確定沒有了嗎？」

「我從不騙人的，先生。」

「我知道了。現在你把這些討人厭的東西兩個兩個拿著，丟到窗外。」

最後的希望也沒了，教室裡眾人同時發出一聲嘆息，像是一陣小小的風，可以開懷大吃的好東西就這樣被人從她們嘴邊搶走了。愛美又羞又怒，臉漲得通紅，來回走了六趟，每當一對對遭逢惡運的萊姆——噢，看起來是多麼飽滿又多汁呀！——從她不甘不願的手裡落下時，街上都會有一陣大叫，使女孩子們的心痛達到頂點，因爲叫喊聲告訴她們，她們的死敵——那些愛爾蘭小孩子——正爲了她們的大餐興高采烈呢。這——這簡直是太過分了！所有人都朝著這個冷酷無情的戴維斯投過去責難或是懇求的眼光，有一個狂熱的萊姆愛好者甚至痛哭流涕。

愛美走完最後一趟，正往回走的時候，戴維斯先生發出一聲很不祥的清喉嚨聲，然後用他最最讓人不敢輕忽的態度說了：

「各位同學，你們都記得我在一個禮拜前對你們說過的話。我很遺憾發生了這件事情，但是我絕對不許有人破壞我的規矩，我也從來不食言。瑪區小姐，伸出手來。」

愛美嚇了一跳，把兩手放到身後，轉向老師，露出懇求的眼神，這種眼神要比她說不出口的言語更能替她求情。其實「老戴維斯」——當然，這是學生對他的稱呼——挺疼她這個學生，而且我個人相信，要不是有一位壓抑不住的少女的滿腔憤慨藉著一聲噓聲發洩出來，他其實是會食言的。而這噓聲呢，雖然很輕，卻惹惱了這位脾氣暴躁的先生，於是這個罪犯的命運就此決定了。

「伸手，瑪區小姐！」是她沉默的懇求得到的唯一答覆，於是愛美——她自尊心很強，不肯哭出來也不肯開口求情——把牙咬緊，把頭往後不屑地揚起，就毫不畏縮地讓小小的手心上挨了幾次刺痛的抽打。打的次數不多，也不重，但是對她來說卻沒有什麼差別。她這輩子第一次被打，而這種羞辱在她心中就像把她打到地上去一樣的深。

「你現在就站到講台上，站到下課。」戴維斯先生說，既然事情已經開始，他就下決心要貫徹到底。

這眞可怕。回到座位上，眼看她朋友們憐憫的臉孔，或是她少數敵人那滿意的表情，已經夠糟了，但是自己才剛剛蒙了羞，還得面對全班，這簡直是無法想像。有一秒鐘的時間，她覺得自己簡直可以當場倒地，痛哭到心碎腸斷。氣憤自己受到不公平的對待，加上想到珍妮·史諾，倒幫助她忍受這種難堪，於是她站在這個可恥的位置，把目光集中在此刻看起來是一片臉海之上的火爐煙囪上，動也不動地站在那裡，臉色慘白。這樣一個可憐兮兮的人兒站在面前，使得全班女生很難唸得下書。

在後來的十五分鐘裡，這個自負而又敏感的小女孩飽受她永遠也忘不掉的屈辱和痛苦。別人看起來或許覺得這是件滑稽或是微不足道的事，但是在她看來卻是個不好受的經驗，因爲在她十二年的生命中，管教她的只是愛，從沒有碰過這樣的打擊。而手心的疼和心中的痛在「我回家以後必須說這件事，而她們會對我好失望！」的想法刺痛之下，全忘光了。

十五分鐘像是有一個小時那麼久，不過也終於熬完了，而「下課！」這句話從來沒有現在這麼受她歡迎過。

「你可以走了，瑪區小姐。」戴維斯先生說，他的表情和他的感覺都不怎麼自在。

愛美臨走投給他的責備眼光，他久久難忘。她一句話也不跟人說，逕自走到前室，一把抓過自己的東西，就「永遠」——她熱切地向自己宣稱——離開這裡了。回到家時，她人還處在一個哀傷的狀態中，而等到姐姐們過後也回到家，她們立刻開了一場憤怒的會議。瑪區太太沒說什麼，但是面露愁煩，而用最最溫柔的態度安慰她痛苦的小女兒。梅格用甘油——和淚水——塗在她那隻受到侮辱的手上；貝絲覺得要撫平像這樣的哀痛，就連她最喜愛的小貓咪都不夠呢；而喬氣憤地提議說，戴維斯先生應該立刻被捕；漢娜對這個「惡棍」揮著拳頭，她搗著晚餐要用的馬鈴薯，就像她那杵下搗的是他一樣。

除了同伴外，沒有人注意到愛美逃學，不過眼尖的女孩子們倒發現戴維斯先生下午挺和善，也有少見的神經緊張。在學校快放學的時候，喬一臉嚴肅地出現，不慌不忙邁著大步走向講桌，遞出去一封母親寫的信，收拾好愛美的東西就離開了，還小小心心地把鞋上的泥在門口踏腳墊上刮掉，像是要把這裡的灰塵從她腳上甩掉一樣。

「好，你可以暫時放個假，不去上學，但是我要你每天讀一點書，跟貝絲一起。」這天晚上瑪區太太說。「我不贊成體罰，尤其是對女孩子體罰。我也不喜歡戴維斯先生教書的方法，我更不認爲你交的朋友對你有任何益處，所以我得先問問你爸爸的意見，再看看把你送到什麼地方。」

「那好好哇！我希望所有同學都離開，讓這間老學校完蛋！想到那些好好吃的萊姆，我簡直要氣死了。」愛美用壯烈的神氣嘆了口氣。

「你丟掉那些萊姆我並不可惜，因爲你違背規矩，本來就應該受到不聽話的懲罰。」這句嚴厲的回答讓這位少女頗失望，她原以爲別人對她只有同情，沒有其他想法。

「你是說你很高興我在全班面前丟臉嗎？」愛美喊道。

「我不會用這種方法去糾正一個錯誤，」她母親回答。「不過我不確定這種方法比起溫和的方法是不是對你更有好處。你變得自負了，我親愛的，而現在你也該改一改了。你有很多小小天賦和好德行，但是你用不著一一炫耀，因爲自負會破壞最好的天才。眞正的才能或是善良，是不太可能被長久忽視的，就算是被忽視了，你知道自己擁有這種才能或是善良，並且可以發揮出來，就應該可以讓你滿足了，況且所有力量最大的魅力就是謙虛。」

「的確沒錯！」正在角落裡和喬下棋的羅瑞喊道。「我從前認識一個女孩子，她對音樂眞的是有了不起的天分，但是她不知道，她從來也沒有想到自己一個人時作的曲有多麼好聽，就算是有人告訴她，她也不相信呢。」

「我希望我認識那個好女孩，也許她會幫我，我好笨喔。」貝絲說，她站在他身旁，正熱切地聽著。

「你的確認識她，而且她比任何人都能幫你呢。」羅瑞回答道，他那雙快活的黑眼睛中帶著促狹的意味看著她，貝絲突然臉色漲得通紅，把臉埋進沙發靠墊中，突然的發現讓她很不好意思。

喬讓羅瑞贏了棋，以報答他對貝絲的讚美，而貝絲在接受讚美之後，卻沒有被說動彈琴給他們聽。於是羅瑞就盡他的力量，高高興興地唱起歌來，心情特別地開朗。對瑪區家人，他很少展露自己個性中喜怒無常的一面。他走後，整個晚上都在想心事的愛美突然說了話，彷彿腦子裡忙著某個新念頭：「羅瑞是個很有才藝的男孩嗎？」

「是呀，他受過很好的教育，多才多藝，只要不把他寵壞，他會是個很優秀的人。」她母親回答。

「而他也不自負，對不對？」愛美問。

「他一點也不自負，所以他才這麼討人喜歡，我們才都這麼喜歡他。」

「噢。有才藝、有教養，但卻不炫耀或是得意，這樣眞好。」愛美若有所思地說。

「這些特質即使只是稍加運用，你也會在一個人的言談舉止中看得出來，但是你沒有必要故意去展現出來。」瑪區太太說。

「就像你也沒必要一次把你所有的帽子都戴在頭上、衣服都穿在身上，好讓別人知道你有這些東西一樣。」喬加上一句，於是這番訓話在一陣笑聲中結束。

8 報復

「嘿，你們要去哪裡呀？」愛美問。一個星期六下午，愛美正走進她們房間，卻發現她們神祕兮兮地準備要出去，這激起了她的好奇心。

「你別管。小女生不可以問問題。」喬厲聲回她。

好啦，如果我們小時候會被什麼事傷到感情，那就是聽到別人對我們說這種話了，而被人叫說「走開吧，親愛的」，那就更是難堪了。愛美被這番侮辱氣得抬起頭來，同時下定決心，即使她得苦苦哀求一個小時，她也要找出究竟是什麼祕密。於是她轉向從來不會拒絕她任何事很久的梅格，用撒嬌的語氣說：「告訴我嘛！我想你也許會讓我也去的，貝絲在忙她的鋼琴，我又沒有事好做，好寂寞喲。」

「不行呢，親愛的，因爲人家沒有邀請你去，」梅格才開始說，喬就不耐煩地插嘴了：「梅格，別說了，不然你就把整件事破壞了。你不能去，愛美，所以別像個小娃娃那樣，哭哭啼啼的。」

「你們要跟羅瑞去什麼地方，我知道。你們昨天晚上在沙發上說悄悄話，還一起笑，我一走進屋裡你們就停住了。你們不是要跟他一起去嗎？」

「對啦，我們是要一起去。好啦，安靜，別再煩人了。」

愛美住嘴了，但是她用眼睛看，看到梅格把一把扇子塞進她口袋。

「我知道了！我知道了！你們要去戲院看《七城堡》！」她大叫，並且堅決地又加上一句：「那我要去，媽媽說我可以看，我也有零錢，你們不早點告訴我，眞的很壞心呢。」

「你聽我說一下嘛，乖，」梅格安慰她。「媽媽不希望你這個星期去，因爲你的眼睛還沒有好，受不了這齣神仙戲的燈光。等到下星期你就可以跟貝絲和漢娜一起去看，快快活活地看戲了。」

「跟她們去沒有跟你們和羅瑞去的一半好。拜託你們讓我去嘛，我傷風都這麼久了；別再說了，我好想有些樂事呢。拜託啦，梅格！我會很乖很乖。」愛美哀求著，看起來是極盡可能的可憐兮兮的樣子。

「假使我們帶她去，我想媽媽不會在意的，只要我們讓她衣服穿得夠多。」梅格開始說。

「如果她去，我就不去；而如果我不去，羅瑞不會高興的。況且他只邀請我們兩個，我們把愛美也拖去，會很沒有禮貌。而我認爲她會討厭待在一個人家並不要她去的地方。」喬光火地說，她不喜歡在自己快活的時候還要照顧一個煩躁不安的小孩。

她的語氣和態度惹惱了愛美，她開始穿鞋，又用她最激怒人的樣子說：「我就是要去，梅格說我可以去。而如果我出自己的票錢，羅瑞就跟我一點關係也沒有。」

「你不能跟我們坐在一起，因爲我們的座位是預訂了的；可是你又不能自己一個人坐，所以羅瑞就會把他的座位讓給你，那樣就破壞我們的樂趣了，再不然他會再弄個座位給你，那又不妥當，因爲人家並沒有邀你。你一步也不能動，所以你最好待在這裡吧。」喬罵她。喬在急急忙忙中把一根手指扎到，火氣更大了。

愛美一隻腳穿著鞋，坐在地上就開始哭了，梅格才要跟她講道理，羅瑞已經在樓下喊，於是兩個女孩子急忙下樓，丟下妹妹在那裡大哭——她不時會忘掉自己的大人態度，做出被寵壞了的孩子氣舉動。就在一夥人要出門的時候，愛美靠在樓梯欄杆上用威脅的口氣大叫：「你會後悔的，喬．瑪區，你等著看好了！」

「胡說八道！」喬也回敬一句，並且把門用力甩上。

他們看得好快活，因爲《鑽石湖七城堡》就像你預期的那麼精采。但是，雖然有那些滑稽的紅小鬼、閃閃發亮的小精靈，以及俊美的王子和嬌豔的公主，但是喬的快活當中卻有一絲絲感傷：仙后的黃色鬈髮讓她想起愛美，而在兩幕戲之間，她就猜想妹妹會做什麼事讓她「後悔」。她倆在成長過程中有過許多次轟轟烈烈的衝突，兩人脾氣都急躁，只要適度一激，很容易就會變得猛烈。愛美會揶揄喬，而喬會激怒愛美，於是偶爾又偶爾的爆發場面就會出現，事後兩人都會感到十分羞愧。喬雖然比她大，卻最沒有自制力，又不容易按捺住經常會使她惹上麻煩的火爆脾氣。她的怒氣從來都不會持續很久，每次她都會謙卑地認錯，眞心悔過，並且想要有更好的表現。她的姐妹們常說她們挺喜歡讓喬發脾氣，因爲她在事後簡直像天使一樣的善良溫柔。可憐的喬拚命想要做個好人，無奈她的心腹大患隨時都會發作，將她打敗，需要多年耐心的努力才能壓抑住它。

回到家裡，她們發現愛美在起居室看書。她們走進來的時候，她是帶著一種受了傷的神色，目光壓根兒沒有從書上抬起，也沒有問一個問題。要是貝絲沒有在場問她們，並且得到她們眉飛色舞地對這齣戲的描述的話，或許好奇心可以征服憎恨。喬上樓收好自己最好的帽子，她第一眼就是朝著五斗櫃看了看，因爲上次吵架的時候，愛美平息怒氣的方法是把喬的衣櫃最上層抽屜倒在地板上。不過此刻每樣東西都在原位，而喬在匆匆檢查了各櫥櫃、皮包和箱盒以後，認定愛美已經忘了她的不是，也原諒了她。

殊不知，喬錯了，因爲第二天她發現了一件事，就此釀成了一場風暴。下午稍晚時，梅格、貝絲和愛美一起坐著，這時候喬神情激動地衝進房裡，氣喘吁吁地問：「有沒有人拿了我的書？」

梅格和貝絲立刻說「沒有」，並且露出驚訝的表情；愛美撥著壁爐爐火，一句話也沒說。喬看到她臉轉成紅色，立刻衝到她面前。

「愛美，是你拿了嗎？」

「沒有，我沒拿。」

「那你知道書在哪裡嗎？」

「我不知道。」

「你騙人！」喬大喊，抓住她兩個肩膀，表情兇得足以把比愛美勇敢得多的小孩都嚇到。

「才沒有。我沒有拿你的書，我不知道書在哪裡，我也不在乎。」

「你知道書的事！你最好馬上說，否則我會逼你說出來。」喬輕輕擰了她。

「隨便你怎麼罵，你都別想再看到你那本又笨又舊的書了！」愛美大叫，這回輪到她激動了起來。

「爲什麼？」

「我燒了。」

「什麼？我那麼喜歡的那本小書，我那麼辛辛苦苦地寫，想要在爸爸回家以前寫好的書嗎？你是眞的把它燒了嗎？」喬說著，她的臉色發白，眼神發亮，雙手緊張地緊抓著愛美。

「對啦，我就是燒了！我告訴過你，我要你爲了昨天發那麼大的脾氣付出代價，我就是把書燒了，所以——」

愛美沒能再說下去，因爲喬的火爆脾氣已經控制了她，她搖撼著愛美，搖到愛美只聽見牙齒格格作響，而她自己在激動的哀傷和氣憤中也哭了出來——

「你這個壞透、壞透了的女孩子！我再也寫不出來了啦，我一輩子也不會原諒你的！」

梅格飛快跑過去救愛美，而貝絲也很快過去安撫喬，但是喬已經接近瘋狂了，她衝出房門——臨出去前賞了妹妹一記耳光——跑到閣樓的舊沙發上，獨自發脾氣。

樓下這陣風暴倒平靜了，因爲瑪區太太回來了，並且在聽說這件事了以後立刻讓愛美了解對姐姐做的事是不對的。喬的書是她相當自豪的事，家人也都把它看成是前景可期的文學新作。這書只是六、七篇小小的童話故事，但是卻是喬全心投入、耐心寫出的東西，希望能寫成一本好書付印。她才剛仔仔細細謄寫好，把舊的草稿撕了，所以愛美那把火毀掉的是好幾年的心血。也許這在別人看來只是小損失，但是對喬而言卻是可怕的災禍，她覺得永遠也無法補償了。貝絲難過得像是死了一隻小貓咪，梅格也不願意爲她寵愛的妹妹辯護，瑪區太太神情凝重而且難過。愛美覺得除非要爲這個行爲請求寬恕，否則沒有人會再愛她了，如今她比誰都後悔自己的行爲。

喝茶鈴聲響起，喬出現了，但是她看起來冷冷的，教人不敢接近，愛美鼓足了勇氣才柔聲問：

「請你原諒我嘛，喬。我非常非常對不起。」

「我永遠也不會原諒你的。」這是喬嚴厲地回答，從這時候起，她對愛美完全不加理睬。

沒有人提起這件大禍——就連瑪區太太也不提——因爲大家都從經驗中知道：喬如果是這種心情，言語都是白費，最聰明的辦法就是等，等到出了件小意外，或者是喬自己的寬宏大量軟化了她的氣憤，嫌隙才能修復。這個晚上可不快樂了，因爲雖然她們跟往常一樣的做著活兒，母親唸著布瑞瑪、史考特或是艾吉渥斯的作品，但是卻少了什麼東西，而甜蜜的家中平靜也受到干擾。唱歌時間到的時候，她們的感受最深，因爲貝絲只能彈琴，喬像個石頭一樣呆站著，愛美傷心洩氣，所以就只有梅格和媽媽兩個人唱歌。不過，雖然她倆努力想要像雲雀般那麼快活，那銀笛一樣的歌聲卻不像平日那麼和諧。

瑪區太太親吻喬道晚安時，輕柔地對她說：

「我親愛的，不要在太陽下山時還留著怒氣；要互相原諒，互相幫助，明天重新開始。」

喬很想把頭靠在母親胸前，哭出她的哀傷和憤怒，可是眼淚是很沒有氣魄的弱點，況且她覺得自己受到重重的傷害，現在還不能眞正地原諒對方，於是她拚命眨眼，不讓自己哭出來，並且搖了搖頭，用粗嗄的聲音說——因爲愛美也在一旁聽——

「這件事太可惡了，她不配我原諒。」

說完這句話，她大步走向床前，當天晚上沒有人說悄悄話。

求和還被拒絕，愛美很生氣，恨不得自己沒有那麼卑下地求原諒過，她覺得自尊比之前更受到損傷，卻也爲自己高貴的品行頗爲得意，得意到令人生氣的地步。喬仍然看起來像陰晴不定的烏雲，一整天沒有一件事對勁：早晨天氣奇冷、她把她那珍貴的捲酥餅掉到水溝裡了、瑪區嬸婆突然心情煩躁了一陣、梅格憂心忡忡、貝絲回到家就會露出那憂愁又若有所思的神情，而愛美又不停地說有些人老是說要行善，可是當別人給她們立了個好榜樣的時候，自己又不肯照做。

「每個人都好討厭，我去找羅瑞溜冰去。他一向和氣又快活，他會讓我恢復正常，我知道。」喬自言自語，說罷就出門了。

愛美聽到溜冰鞋的喀啦喀啦聲，便往外瞧，一邊還不耐煩地說：

「你看！她答應過我下次可以去的，這是湖水結冰的最後一段時間了。可是要這麼個壞脾氣的人帶我去是沒有用的啦。」

「別這樣說話。你的確是調皮的呀，而且要她原諒你毀掉她那本珍貴小書的錯也眞的很難，不過我想她現在也許可以原諒你了，而且我猜如果你在適當的時候試試看，她就會原諒你了，」梅格說。「你跟他們去，先什麼話都不要說，等到喬和羅瑞在一起心情好了以後，再趁個安靜時刻去親她，或者做件貼心的事，我相信她又會眞心地跟你和好的。」

「我要試試看。」愛美說，因爲這個建議很適合她。一陣混亂後她準備妥當了，於是就去追趕那兩個朋友，而他倆才剛剛翻過山丘。

到河邊的路並不遠，不過愛美還沒趕上他倆，他倆卻已經準備好了。喬看到她過來，就背對著她；羅瑞正小心翼翼地沿著河岸溜冰，試探河面的冰——因爲冷鋒到來之前有幾天是暖和日子——所以沒有看到愛美。

「我溜到第一個河灣，看看是不是沒問題，然後我們再比賽溜冰。」愛美聽到他溜開時這麼說。他穿著毛邊外套，戴著毛邊帽，看起來像個俄國青年。

喬聽到愛美在她身後喘氣、跺腳、對著指頭吐氣，想要把溜冰鞋穿上，但是喬就偏不轉過身，反而不慌不忙地用「之」字形的路線在河面上溜著，對妹妹的問題產生一種狠心的報復快感。她任由怒氣滋長，控制了她，如果你不立刻將邪惡的念頭和感覺逐出腦海，也會變成這樣。羅瑞滑過河灣時回頭高喊：

「盡量靠岸邊溜，河中間不安全。」

喬是聽到了，但是愛美正掙扎著想要站起來，所以一個字也沒聽到。喬往身後一瞥，而她心中藏著的小惡魔卻在她身邊說：

「不管她有沒有聽到，就讓她自己小心吧。」

羅瑞繞過河灣，看不見了，喬正要轉過去，而遙遙在後的愛美則是剛往河中央比較平滑的冰面出發。喬定定站在原地一分鐘，心裡有種很奇怪的感覺，然後她下決心繼續往前溜，但是有什麼東西攔住她，並且讓她轉過身，卻正好看到薄脆的冰面突然喀啦一聲破開，愛美兩手往上一揮，在嘩啦啦的濺水聲和一聲教喬心驚膽戰的叫聲中，人就落到水裡了。

她想要叫羅瑞，但是她發不出聲音；她想要衝過去，但是兩條腿似乎完全沒有力量，一時間她只能動也不動地站著，帶著驚恐的表情盯著黑忽忽的河水上方那頂小小的藍色兜帽。有樣東西飛快衝過她身邊，羅瑞的聲音大喊：

「去拿根欄杆木頭，快，快！」

她是怎麼做到的，她根本不知道，但是接下來幾分鐘裡她卻像是著了魔似的盲目聽從羅瑞指揮做事，羅瑞倒是非常地鎮定，他平躺在河面，用手臂和曲棍球棒抓住愛美。等到喬從籬笆裡抽出一根木頭，兩個人才合力把愛美救出，要說愛美受傷，還不如說是驚嚇到了。

「好啦，我們現在必須盡快陪她走回家；把我們的東西給她蓋上，等我把這雙該死的溜冰鞋脫下。」羅瑞喊道，一邊把他的外套給愛美披上，一邊想把鞋帶扯下來，這些鞋帶從來沒有這麼複雜難解開過。

他們把全身發抖滴著水、哭哭啼啼的愛美送回家，在一陣慌亂之後，她裹著毛毯在溫暖的爐火前睡著了。喬在這陣忙亂中幾乎沒有說話，只是面色蒼白而慌張地來來回回，她的外套脫了，裙子也破了，兩隻手被冰和木頭和堅固的釦環割傷，撞得瘀青。愛美舒舒服服地睡著了，房裡也安靜下來後，瑪區太太坐在床邊，把喬叫過去，開始包紮她受傷的手。

「你確定她現在安全了嗎？」喬低聲問。她用懊悔的眼神望著那金髮的腦袋，它很可能沉到那奸險的冰面之下，永遠也見不到了。

「很安全，親愛的。她沒有受傷，甚至也沒有著涼，我猜，你們很快把她包暖和，送回家，這作法很對。」她母親開心地回答。

「那都是羅瑞做的，我只是任由她自己去。媽，如果她死了，那全是我的錯。」喬跌坐在床邊，在一陣悔罪的淚水中，把事情一五一十地全說了，一邊痛罵自己的鐵石心腸，一邊哭哭啼啼地說自己差點受到嚴重的懲罰，實在是謝天謝地。

「都是我那可怕的脾氣！我想要改好，我自以爲已經改了，沒想到情況卻比以前更糟。噢！媽，我該怎麼辦呢？我該怎麼辦呢？」可憐的喬絕望地哭著。

「自己要留意，要祈禱，親愛的，絕對不要厭倦，也絕不要認爲你不可能克服缺點。」瑪區太太說，她把那頭髮蓬亂的腦袋拉向自己肩膀，溫柔地親吻喬濕濕的臉頰，她的親吻十分溫柔，使喬哭得更厲害了。

「你不知道，你不可能知道那有多糟糕！我發起脾氣來好像什麼事都做得出來，我會變得好殘暴，我會傷害任何人，而且還很開心。我好怕有一天我會做出什麼可怕的事，毀了我的一生，使每個人都討厭我。噢，媽，你幫幫我，你要幫幫我！」

「我會的，孩子，我會的。別哭得這麼傷心，但是要記住今天，並且痛下決心，再也不要有像今天這種情形。喬，親愛的，我們都有各自的誘惑，有些比你的還嚴重，我們要用一輩子的時間去克服它們。你以爲你的脾氣是全世界最差的，可是從前我的脾氣也像你呢。」

「你的脾氣？媽？嘿，你從來不生氣的呀！」喬暫時因爲吃驚而忘了懊悔。

「四十年來我一直想要改掉這個毛病，可是也只做到能夠控制它而已。我這輩子幾乎每天都在生氣，喬，不過我學會不表現出來，而我仍然希望能學會不去生氣，不過那可能又要花去我四十年時間吧。」

在這張她如此深愛的臉上那種耐心和謙和，對喬來說是比最聰明的訓示、最嚴厲的譴責都要好的教誨。母親給她的同情和信賴立刻撫慰了她，知道母親也有像她那樣的缺點，並且也試圖去糾正，這使她自己的缺失比較好受一些，也加強了她要糾正這缺失的決心，顯然對於一個十五歲的女孩子而言，要留意和祈禱四十年，實在是挺長的時間呢。

「媽，當瑪區嬸婆罵你或是有人讓你心煩，而有時候緊閉嘴唇走出房間的時候，你是不是很生氣？」喬問道，她覺得現在她越來越親近母親了。

「是呀，我學著克制那些差一點就脫口而出的話，當我感覺那些話快要脫口而出的時候，我就走開，讓自己放鬆一段時間，反省自己的軟弱和惡毒。」瑪區太太嘆口氣，笑了笑回答，一邊把喬蓬亂的頭髮梳平，綁起來。

「您怎麼學會不說話的？我就是這一點很困擾，因爲那些尖銳的話在我還弄不清自己在做什麼的時候就已經衝口而出了，而我說得越多就越糟糕，一直到傷人家的感情、說出兇惡的話都變成樂趣了爲止。告訴我你怎麼做到的嘛，親愛的媽咪。」

「以前你好心的外婆都會幫我——」

「就像你幫我們一樣——」喬感激地親吻她，打斷了她的話。

「可是我在比你大一點的年紀就失去了她，有好多年都只能獨自奮鬥，因爲我太自負了，不願意向任何人承認自己的弱點。我過了一段很不好受的日子呢，喬，也爲了我的失敗流了不知道多少眼淚，因爲雖然我努力，但是我卻似乎總是不能進步。然後我認識了你爸爸，因爲我好快樂，所以我發現要做個好人是很容易的事。可是不久後我生了四個女兒，家裡又沒錢，於是舊日的問題重新出現了，因爲我個性本來就是沒有耐心，看到我的孩子缺少任何東西都會讓我很痛苦。」

「可憐的媽媽！那有什麼東西幫助你呢？」

「是你爸爸，喬。他從來不會沒有耐心——從來不會懷疑或者是抱怨——只是永遠懷抱希望、努力工作，歡歡喜喜地等待著，使得你在他面前會不好意思不照做。他幫助我、安慰我，讓我知道我必須表現出我希望女兒擁有的所有德行，因爲我就是她們的榜樣。爲你們努力要比爲我自己容易得多，當我說出兇狠的話，你們當中一個人驚嚇的眼神會比任何言語更能譴責我；而我努力成爲我希望孩子們仿效的女人，獲得的最甜美的報酬，就是孩子們的愛、尊敬和信賴。」

「噢，媽媽，要是我能有你的一半好，我就會心滿意足了。」喬大爲感動。

「我希望你能更好呢，親愛的，不過你必須時時提防你的『心腹大患』——就像你爸爸說的——否則就算它不會毀了你的生活，也會讓你的生活變得很悲慘呢。你已經得到一次警告了，要牢牢記住，並且要全心全意去控制你這種火爆的脾氣，以免它會給你帶來比你今天這件事更嚴重的哀傷和後悔。」

「我會努力去做的，媽媽，我眞的會。可是你一定要幫助我、提醒我，使我不要發脾氣。我從前看到爸爸有時候會把手指伸到嘴唇上，用很溫柔卻也很冷靜的神情看你，而你總會把嘴唇緊緊閉上，再不就是走開，他都是在提醒你嗎？」喬輕聲問道。

「是的，是我要他這樣幫助我的，他從來也沒有忘記，而且還用小小的動作和溫柔的神情使我少說了很多尖刻的話。」

喬看到母親的雙眼噙著淚水，說話時雙唇也顫抖著，她害怕自己說太多的話，就焦急地低聲問：「我觀察你而且還告訴你，這是不是不對呢？我不是故意要不禮貌，可是能把我所想的事全都告訴你，實在是好自在的事，我覺得好安全又快活。」

「我的喬呀，你可以跟媽媽說任何事的，因爲我的孩子們肯把心事告訴我，也知道我有多麼愛她們，這是我最大的快慰和驕傲。」

「我還以爲我讓你難過了呢。」

「沒有呀，親愛的，不過說到了你父親，倒使我想到我有多麼想念他、有多麼虧欠他，還有，我應該努力教育他的女兒們，使她們安全又優秀呢。」

「可是你還要他上前線呢，媽媽，而且他走的時候你也沒有哭，到現在也從沒有抱怨過，或是需要任何幫助。」喬說著，她十分納悶。

「我把我最好的奉獻給我所愛的國家，也一直忍著淚水到他離去爲止。我們兩個人都只是盡了我們的責任，而最後也一定會更爲快樂，那我有什麼好抱怨的？如果說我看起來用不著幫助，那是因爲我有一位甚至比你父親還要好的朋友，能安慰我、支持我。我的孩子，你生命中的困擾和誘惑才正要開始，以後或許還會有很多，但是只要你能學著去感受天父的力量和溫柔，就像你感受到在世間的父親的力量和溫柔，那麼你就可以克服它們、勝過它們。你越是愛祂、信任祂，越能感覺到與祂親近，你就越不會去依賴人的力量和智慧。祂的愛和關懷是永遠不會疲倦或是改變的，也永遠不會被人搶走，只會成爲一生的平靜、快樂和力量的來源。你要眞摯地相信這件事，並且帶著你所有的小小憂慮、希望、罪過和哀傷去到上帝面前，就像你走到你母親面前一樣的自在，願意傾吐心事。」

喬唯一的回答是把母親緊緊摟住，在接著而來的靜默中，她最眞誠的禱告使她心中已經沒有任何疑慮，因爲在那哀傷卻又快活的時間中，她不但了解悔恨和絕望的沉痛，也體會到自制和無私的甜蜜美好。而在母親的引導下，她也更趨近那位「朋友」，那位「朋友」用一種比任何父親都強烈、比任何母親都溫柔的愛歡迎每一個孩子。

愛美身體動了動，在睡眠中還嘆了口氣。喬像是急著要馬上彌補自己的過失一樣，用一種從未出現過在她臉上的表情抬頭看了看。

「我讓憤怒持續到太陽都下了山，就是因爲我不肯原諒她，而今天，要不是羅瑞，可能一切都太遲了！我怎麼可以這麼壞心眼？」喬把身體轉向妹妹，微微提高聲音說道，一邊輕撫著散在枕頭上的濕濕頭髮。

愛美像是聽到了一樣，她睜開眼睛，伸出雙臂，露出一個深入喬心坎裡的笑容。兩人都沒有說話，但是她們卻隔著毯子緊緊擁抱，在姐妹深情的親吻中，一切過錯都得到諒解，也被忘卻了。

9 上流社會

「金家孩子們這時節剛好得痲疹，眞是全世界最幸運的事了！」四月裡的一天，梅格正在房裡收拾那個「出門皮箱」時說道，周圍是她的妹妹們。

「好在安妮．莫法特也沒有忘記她的諾言，整整兩個星期的玩樂，眞是太好了！」喬回答。她用那雙長長的手臂摺起裙子，看起來眞像座風車。

「而且天氣又這麼好，我眞高興呢。」貝絲加上一句，她正俐落地整理她的寶物盒裡的那些領巾和髮帶，這個盒子因爲這件大事而借出去了。

「我眞希望是我要出去快活，而可以穿這些漂亮衣服呢。」愛美說，她嘴裡咬滿了針，正用藝術手法爲姐姐的衣服塡塞襯裡。

「我希望你們全都能去，不過，既然你們不能去，我會記住這次經歷，回來以後說給你們聽。我起碼能做到這一點，你們都對我那麼好，借我東西，幫我準備。」梅格說，她把目光從周遭移到那件在她們眼裡看來幾乎是十全十美的樸素服裝。

「媽媽從藏寶箱裡拿出什麼給你呀？」愛美問，她們打開杉木箱子的時候她不在場。箱子裡是瑪區太太當年的燦爛光華殘餘物，在適當時候可以送給女兒們當禮物。

「一雙絲質長襪、那把漂亮的雕花扇，和一條可愛的藍色緞帶。我本來想要紫羅蘭色的絲緞衣服，但是沒有時間改，所以我那舊的薄紗裙就可以了。」梅格說。

「配我那件新的印花布裙子會很好看，而且緞帶也會把它襯托得很美。真希望我的珊瑚手鐲沒有被我打破，不然你還可以戴。」喬說，她喜歡把東西送人或是借人，只可惜她的東西通常都太破舊了，沒有多大用處。

「藏寶箱裡有一套很美麗的老式珍珠首飾，可是媽媽說年輕女孩子最漂亮的首飾是鮮花，而羅瑞說我要多少就給我多少。」梅格說。「好，讓我看看，這是我新的灰色散步裝——你把我帽子的羽毛捲起來就好了，貝絲——然後是我的厚呢衣服，這是星期天要穿的，還有小型宴會時候穿——春天裡穿上它看起來好厚重喲，不是嗎？紫羅蘭色絲緞就會很好了，噢，天哪！」

「不要緊的，反正你在大型宴會時候有那件薄紗裙，而且你穿白色衣裙總是像個天使一般呢。」愛美說，她對著這零星幾件漂亮衣飾沉思著，好東西總會教她心中歡喜。

「這衣服不是低領，裙襬也不夠寬，不過不這樣也不行了。我那件藍色的家居服改過又新換了邊，看起來很好，好像我又有了一件新的一樣，我的綢緞包包一點也不時興，我的軟帽也不像莎麗的帽子那樣，我並不想說什麼，不過我的洋傘真教我失望。我跟媽媽說是黑色的傘，白色把手，可是她忘記了，買了一把綠傘，帶黃色的把手。傘很牢固，看起來也挺秀氣，所以我不應該抱怨，但是我知道和安妮那把傘頂是金色的綢緞傘放在一起，我會感到很羞愧的。」梅格嘆了一口氣，用很不滿意的神情打量這把小傘。

「那換掉呀。」喬建議。

「媽媽費好大心力準備我的東西，我不會這麼傻，傷了她的心。這只是我一個無稽的想法，我才不會去做咧。我的絲襪和兩雙新手套可是我莫大的安慰呢。你眞好，肯把手套借我，喬。我現在有兩雙新手套，舊的那雙也整理了，預備平時戴，使我覺得自己好富有，而且也有些優雅了呢。」說著梅格往她的手套盒投過去新奇的一眼。

「安妮・莫法特的睡帽上有藍色和粉紅色的蝴蝶結，你要不要在我的帽子上也加一些蝴蝶結？」她問道，這時候貝絲剛從漢娜手裡拿過來一堆雪白的棉布。

「不要，因為花稍的帽子和沒有任何裝飾的簡單袍子並不配。窮人家不應該刻意打扮。」喬堅決地說。

「不知道我這輩子可不可能有那麼一天，會為了衣服上有眞的花邊、帽子上有蝴蝶結而開心？」梅格不耐煩地說。

「你那天才說過，如果你能到安妮・莫法特家，你就會非常快樂了。」貝絲靜靜說道。

「是呀！哎，我是很快樂，而且我不會再煩惱了。不過好像你得到的越多，你就會想要更多，不是嗎？好啦，每樣東西都放進去了，除了我的舞會裝，那要留給媽媽放的。」梅格開懷地說，她的目光從半滿的行李箱轉到幾經熨燙、修補的白色薄紗裙，她很神氣地稱它作她的「舞會裝」。

第二天天氣晴朗，梅格也隆重地出發，預備過新奇和快活的兩個星期。瑪區太太其實是不怎麼樂意她去的，因為她怕梅格回來以後會比去之前更不滿。只是她苦苦哀求，莎麗又保證會好好照顧她，再說做了一個冬天的厭煩工作後，一點小小的娛樂似乎也令人開心，於是做母親的同意了，而做女兒的也就去初嘗時髦生活的滋味了。

莫法特家人的確是很時髦，單純的梅格起初還被那房屋的華美和屋裡人們的優雅嚇了一跳。不過他們雖然過著輕佻嬉鬧的生活，人倒是挺親切，所以很快就使她們的客人輕鬆自在了。也許是梅格感覺到——不知道為什麼——他們並不是特別有教養或是聰明的人，而他們所有的虛飾仍不太能掩藏他們天生的凡俗資質。過奢華日子、坐豪華馬車、每天穿上最好的衣服，除了讓自己開心外什麼事也不做，這當然是教人快活的事。這種日子正合她意呢，於是她很快模仿起身邊那些人的行為舉止和言談，略略裝腔作勢，說些法文詞語、把頭髮燙捲、把衣裙改小，並且盡可能談些時尚的事。她看到安妮．莫法特的漂亮東西越多，就越是羨慕她，也渴望能夠做有錢人。如今她一想到家，就只覺得那兒空盪而且淒涼，工作變得比以前都要辛苦，而她覺得自己雖然有新手套和絲襪，但卻是個貧窮、飽受傷害的女孩。

不過她倒沒有時間埋怨就是了，因為這三個女孩子正忙著「快活」呢。她們成天去買東西、散步、騎馬、出訪、看戲、看歌劇，或是晚上在家裡嬉鬧，因為安妮的朋友很多，又懂得招待他們。她的姐姐們也都是優雅的淑女，其中一個姐姐還訂婚了，梅格認為這眞是有趣又浪漫極了的事。莫法特先生是個開朗而且胖嘟嘟的老先生，認識她父親；莫法特太太也是個開朗而且胖嘟嘟的老太太，她跟女兒一樣很喜歡梅格。每個人都很疼她，於是「黛西」——她們都這麼稱呼她——可以說是昏頭轉向了。

「小宴會」要舉行的晚上，她發現那件厚呢裙根本不能穿，因為其他女孩子都穿著薄裙，顯得非常秀氣，於是她拿出那件薄紗裙，但是在莎麗那件嶄新紗裙旁邊，這件裙子看起來更是老舊、軟趴趴，又寒酸。梅格看到其他女孩子先是望了這件裙子一眼，然後彼此看了看，她的臉頰就開始發熱了，因爲她雖然溫婉，卻也非常自負。沒有人對這件裙子說一個字，而莎麗說要幫她梳整頭髮，安妮要幫她綁飾帶，那個訂了婚的姐姐蓓兒，也對她粉白的手臂大加讚揚。但是梅格卻只在她們的好意中看到自己的寒傖，所以當其他人歡笑、交談，像蝴蝶般來來去去之際，她就獨自站在一旁，只覺得心情萬分沉重。她這種難受的感覺正變得更糟時，女僕拿進來一盒花。安妮還沒開口就把盒蓋打開，於是所有人都對著盒裡美麗的玫瑰、石南和羊齒植物大表讚嘆。

「這是送給蓓兒的，當然。喬治每次都會送她花，不過這些可眞是太迷人了。」安妮用力聞了聞花大喊著說。

「那個人說是要送給瑪區小姐的。這裡還有一張紙條。」女僕插嘴說，並且把花交給梅格。

「多有趣呀！花是誰送的？我們還不知道你有情郎了呢！」衆家女孩子在又好奇又驚訝的興奮中繞著梅格喊著。

「字條是我媽媽給的，花是羅瑞送的。」梅格簡單說了，但很感激他沒有忘了她。

「噢，可不是嘛！」安妮露出一個滑稽表情說，這時候梅格正把字條塞進口袋，彷彿它是個護身符，可以避開嫉妒、虛榮、浮華，因爲字條上短短幾個字已經發揮了效力，而花朵的美麗也使她開心起來。

她感覺自己幾乎已經又快樂了，於是留下幾根羊齒植物和一些玫瑰花，很快地把其餘的花草做成嬌美的花束，可以別在朋友的胸前、髮梢或是裙子上，她很有風度地把這些花送給她們，使得這家的大姐克萊拉對她說，她是「她見過最最乖巧的小東西」了，而她們也全都被她這小小的貼心舉動吸引住。不知怎地，這個好心舉動使她的沮喪一掃而空，而當其他女孩子都去莫法特太太面前展示了以後，她把羊齒植物插在她呈波浪般的頭髮上，再把玫瑰花繫在如今看來並不太寒酸的衣服上，而在鏡中看到一張快樂的明亮臉孔。

這天晚上她開心極了，因爲她舞跳得可盡興了，每個人都好和善，而她又受到三種讚美：安妮要她唱歌，有個人說她有副好得不得了的嗓子；林肯少校問人說：「那個有一雙美麗眼睛的清純少女是誰？」還有莫法特先生堅持要和她跳舞，因爲她「不拖泥帶水，而是充滿活力」——他如此文雅地說。所以，總而言之，她玩得非常愉快，一直到她無意間聽到一段對話，而使得她非常困擾。當時她坐在花房裡面，正在等舞伴去爲她拿冰水，忽然聽到花牆另一邊有個聲音在問：

「她多大歲數？」

「十六、七歲吧，我想。」另一個聲音回答。

「這對其中一個女孩子會是件好事，不是嗎？莎麗說她們現在很親近，那位老先生很疼她們。」

「我敢說『瑪』太太有她的計畫，而且也會走對棋子的，雖然現在看來還太早。那個女孩子顯然還沒有想到這件事。」莫法特太太說。

「她還扯些什麼她媽媽送的那種謊話，那花送到的時候她臉都紅了，紅得還眞可愛呢，可憐的人！如果她能打扮得更像樣就好了。你想如果我們借她一件衣服讓她星期四穿，她會不會生氣？」另一個聲音問。

「她很驕傲的，不過我相信她不會介意，因爲她只有那件式樣老舊的薄紗裙。也許今天晚上會不小心把它扯破，那就有理由借她一件像樣裙子穿了。」

「我們再看看好了。我會邀請小羅倫斯來，然後就可以看好戲啦！」

這時候梅格的舞伴出現了，發現她看起來面紅耳赤，神情相當激動。她確實是很驕傲的，而她的驕傲這會兒卻非常有用，因爲它幫助她藏起對方才聽到的話感到的屈辱、氣憤和憎惡；雖然她天眞無邪，對人不會起疑，但是她卻不可能不明白她朋友們的閒話。她想要忘卻忘不了，而只會不斷地對自己重複「『瑪』太太有她的計畫」、「她還扯些她媽媽送的那種謊話」和「式樣老舊的薄紗裙」這些話，說得自己都要哭出來了，也準備衝回家訴說自己的困擾，求家人指點。而由於這是不可能的，她就盡她所能地表現出歡欣的樣子，更由於她相當興奮，表現得很逼眞，誰也沒想到她是費了多大的勁。等一切都結束之後，她眞是好高興，靜靜地躺在床上，思忖、納悶、生氣，直到頭都疼了起來，火熱的臉頰也被幾滴自然滴下的眼淚澆涼。那番愚蠢但是好意的話爲梅格展現一個新的世界，大大地破壞了昔日那個世界的平靜，她原本在那個世界像孩子一樣快樂地生活著，一直到現在。她和羅瑞純眞的友誼，被她無意間聽到的無稽談話破壞；她對母親的信任，被莫法特太太那個用自己的想法去判斷別人的人所聲稱的庸俗計畫稍稍動搖了；而原本她懂事的下決心穿著和窮人家女兒身分相符的簡單衣服，卻也被女孩子們不必要的憐憫減低了氣勢，那些女孩子認為寒酸的衣著是天底下最悲慘的災難。

可憐的梅格一夜不得安眠，而眼皮沉重、悶悶不樂地起了床，半痛恨她的朋友、半為自己沒有坦誠說出實話，把事情糾正而慚愧。這天早晨大家都在閒晃，過了中午，女孩子們才有氣力做著各自的織毛衣活兒。梅格立刻發現到她朋友們態度有異，她們好像是對她更為尊敬、對她說的話有一種溫柔的興趣，而且用顯然表露出好奇心的眼神看著她。這些都讓她很驚訝，也挺開心的，只是她起先還不明白，一直到蓓兒小姐從她寫的東西上抬頭看她，並帶著感情地說：

「黛西，親愛的，我已經給你的朋友羅倫斯先生送去星期四的請帖了。我們很想要認識他，禮貌上是應該這樣做的。」

梅格臉紅了，但是一個想要捉弄這些女孩子們的念頭卻使她故意一本正經地說：

「你眞好心呢，不過恐怕他不能來。」

「為什麼不能呢，親愛的？」蓓兒小姐說。

「他太老了。」

「我的孩子，你說的是什麼意思？他年齡多大？請告訴我！」克萊拉小姐叫了起來。

「差不多七十歲了，我相信。」梅格說，她故意數著針數，好掩蓋她眼中的促狹笑意。

「你這個淘氣鬼！我們當然是說年輕的那個呀！」蓓兒小姐笑著說。

「他們家沒有年輕男人，羅瑞還只是個小孩子。」梅格也笑了。這些姐妹以為她說到情人而彼此交換的怪異眼神，只讓她感到好笑。
「但是跟你年紀差不多。」南恩說。
「比較接近我妹妹喬的年齡；我到八月就十七歲了。」梅格猛抬頭回了一句。
「那他送你花眞是非常好的呢，不是嗎？」安妮說，她看起來像是完全弄不清狀況。
「是呀，他常常這樣，對我們所有人，因爲他們家種滿了花，而我們都很喜歡花。我媽媽和老羅倫斯先生是朋友，你知道，所以很自然地我們小孩子都在一起玩。」梅格希望她們不要再說了。
「很顯然黛西還沒有入社交界。」克萊拉小姐點點頭對蓓兒說。
「——所以周遭一片純眞無邪的狀態。」蓓兒小姐聳聳肩答道。
「我要出去爲我們的女娃兒們買點小東西了，各位姑娘，要不要我替你們帶點什麼回來？」穿著一身絲綢和蕾絲的莫法特太太像頭大象般踩著沉重步子走進來。
「不用，謝謝您，」莎麗說。「我星期四有新的粉紅色絲質衣裳，什麼也不缺。」
「我也是——」梅格才剛開口就停住了，因爲她想到她的確需要幾樣東西，但卻沒能準備好。
「你要穿什麼？」莎麗問。
「還是我那件舊的白色裙子，如果我能把它補得可以見人的話，不幸昨天晚上我卻把它撕破了。」梅格極力要輕鬆自在地說，但卻感到非常不舒服。
「你爲什麼不把它送回家，再換一件？」莎麗問，她不是個善於觀察的女孩。

「我沒有別件。」梅格好不容易才說出口，但是莎麗卻不明白，還好意地驚訝嘆道：「只有那件嗎？多奇怪呀——」

她的話沒有說完，因爲蓓兒朝她搖頭，又很好心地插嘴說：

「一點也不奇怪，她又沒有入社交界，要那麼多衣服幹什麼？你不必回家拿，黛西，就算你有十多件也不用，因爲我有一件藍色絲綢裙放著沒有用，那件我已經穿不下了，你可以穿，好讓我開心嘛，好嗎，親愛的？」

「你非常好心，但是我不在乎我的舊衣服，只要你不在意就行。對我這樣的小女孩，這件就夠好了。」梅格說。

「你就讓我開心嘛，讓我把你打扮得時髦吧。我好想這麼做呢，而只要這裡妝扮一些，那裡妝扮一些，你會變成個小美人的。在把你打扮好以前我不會讓任何人看到你，然後我們再像灰姑娘和她的教母一樣突然現身到舞會裡。」蓓兒用她很有說服力的語氣說。

這麼好心的提議，梅格不能拒絕。想要看看自己在打扮後能不能成爲「小美人」的念頭，使她接受這個提議，而將先前對莫法特家人那些不自在的感覺全忘了。

星期四的黃昏，蓓兒和她的女僕關在房裡，合二人之力把梅格變成了一位窈窕淑女。她們把她的頭髮弄捲，用香粉撲在她的頸子和手臂上，再用深紅色唇膏塗在她的嘴唇上，要不是梅格反抗，荷丹絲早就給她抹上「一點點胭脂」了。她們把她塞進一件天藍色禮服，禮服緊得她幾乎沒法子呼吸，領口又低得使樸素的梅格看到鏡中的自己都漲紅了臉。她們又給她加上一組銀絲首飾，有手鐲、項鍊、胸針，甚至還有耳環，荷丹絲把首飾用粉紅色絲線綁牢了。胸前一束薔薇的蓓蕾和一個領口花邊褶，讓梅格安心展現她那美麗的雪白肩膀；一雙高跟的藍色綢緞鞋更滿足了她心裡最後的希望。最後加上一條蕾絲手帕、一把羽毛扇、一把裝在銀花插的花束，就大功告成啦！蓓兒小姐用一個剛剛給洋娃娃打扮好了的小女孩的滿意神情打量她。

「小姐好迷人，好可愛，不是嗎？」荷丹絲叫道，她在感染到的歡樂中把兩手握住。

「過來展示吧。」蓓兒小姐說，一邊帶頭走到衆人正在等著的房間裡。

梅格跟在後頭，拖著長裙窸窸窣窣的走著，耳環發出清脆的聲音，鬈髮也不住晃動、心裡撲通撲通跳著，這時候她才覺得她的「快活」終於眞正要開始了，因爲鏡子已經很明白地告訴她說她確實是個「小美人」了。她的朋友們一再熱切地重複這個教人快活的詞，有幾分鐘的時間，她就像寓言故事裡那隻穴鳥一樣，得意於一身借來的羽毛，聽著其他人像一群喜鵲一樣的嘰喳說著話。

「我穿衣服的時候，南恩，你要教教她怎麼弄裙子，還有那雙高跟鞋，不然她會把自己絆倒的。克萊拉，用你的銀蝴蝶髮夾把她左邊那綹長長的鬈髮夾起來，你們誰也不可以破壞我親手造就的美好成果喲。」蓓兒匆匆離開時候說，她看起來相當滿意自己的成功。

「我好怕下樓，我覺得好奇怪、好不自然，衣服還沒穿好的樣子。」鈴聲響起，莫法特太太要人來請女孩子們立刻出去時，梅格對莎麗說。

「你一點也不像原來的你了，可是你很好好呀。我比起你差得遠呢，因爲蓓兒好有品味，而你看起來眞有法國味兒呢，我向你保證。你的花就讓它垂放著，不要太在意，而且千萬要留意，不要絆倒了。」莎麗回答她，極力不讓自己在乎梅格比她漂亮。

梅格牢牢記住這番警告，終於平安地走下樓，翩然走進客廳，莫法特家的人和幾個早到的賓客已經聚在這裡了。她很快就發現，華美的服裝是有某種魅力的，可以吸引某種階級的人，並且獲得他們的尊敬。有幾個之前並沒有注意到她的年輕女孩，突然之間對她變得十分熱絡；有幾個在上場宴會沒有瞧過她一眼的青年，現在不僅盯著她瞧，還要人爲他們介紹，並且對她說盡愚蠢卻很讓人舒服的話；幾個坐在沙發上對著其他人說長道短的老太太們，紛紛流露出有興趣的神情打聽她是何許人。她聽到莫法特太太回答其中一個人說：

「她叫黛西．瑪區，父親是軍中一位上校，原本是我們這裡數一數二的家庭，但後來時運不濟，你知道的。她和羅倫斯家很親近，是個乖孩子，我向你保證，我的耐德對她好迷喲。」

「天哪！」老太太說著，然後再戴上眼鏡仔細端詳梅格，梅格卻做出沒有聽到，也沒有被莫法特太太的話嚇了一跳的樣子。

「奇怪的感覺」並沒有消失，不過她想像自己正在扮演窈窕淑女這個新的角色，所以表現得倒也非常稱職，只是這身緊繃的服裝讓她腰側痛了起來，她又老是踩到長裙的裙襬，又總是害怕耳環會鬆掉而弄丟或是摔壞。這會兒她正揮著扇子，對著一個想要顯得風趣機智的年輕男人的無趣笑話笑著，卻突然止住了笑，面露不解之色，因爲她看到羅瑞就在她正對面。他正用毫不掩飾的驚訝盯著她，這其中還有不以爲然，她想。因爲雖然他鞠躬微笑，但他那雙誠實的眼睛中有某些東西使她面紅耳赤了起來，並且希望自己是穿著一身舊衣服。而讓她更困惑不解的是，她看到蓓兒用手肘推擠安妮，兩個人再把目光從她轉到羅瑞身上，羅瑞看起來很孩子氣，又害羞得厲害，這一點倒是讓她挺高興。

「這些人眞可笑，竟然會要我有這種想法！我才不在乎哩，我也不會讓它改變我一絲一毫。」梅格想道，她拖著裙子窸窸窣窣地走過房間，和她的朋友握手。

「很高興你來了，我起先還怕你不會來呢。」她擺出大人樣子說。

「喬要我來這裡，然後告訴她你看起來怎麼樣，所以我才來的。」羅瑞回答道，他雖然微微對著她那種媽媽般的語氣笑著，但卻沒把眼光投注她。

「你要告訴她什麼？」梅格問，她心中充滿了好奇心，想要知道他對她的看法，然而卻又有點感到不安，這還是她頭一次會對他的回答不安呢。

「我會說我都不認得你了，因爲你看起來好像大人，不像你自己，而我變得很怕你了。」他說，一邊撥弄著手套鈕釦。

「你怎麼這麼荒唐！這些女孩子爲了好玩才把我打扮起來的，我還挺喜歡這樣呢。如果喬看到我，她會不盯著我看嗎？」梅格一心一意想知道他覺得她有沒有改進。

「我想她會的。」羅瑞嚴肅地回答。

「你不喜歡我這樣嗎？」梅格問。

「不喜歡。」這是他很直接的回答。

「爲什麼？」她語氣焦急地問。

他看看她一頭的鬈髮、光裸的肩膀，和裝飾繁複的衣著，表情要比他的回答還讓她困窘，在他的回答中不見一絲他平日的禮貌。

「我不喜歡過度招搖和羽毛。」

這話出自一個比她小的男孩口中，實在是太過分了，梅格立刻走開，還暴怒地說：

「你是我見過最粗魯無禮的男生！」

盛怒之下，她走到一扇安靜的窗邊站著，讓自己的臉頰涼一涼，這身緊繃的衣服讓她臉色漲得很不舒服的亮紅。她站在那裡，林肯少校走過她身邊，一分鐘以後，她聽到他對他母親說：

「她們讓那個姑娘出盡了洋相，我本來想要你看看她的，可是她們把她毀了，今天晚上她只是個玩偶。」

「噢，天哪！」梅格嘆著氣。「眞希望我有點頭腦，穿我的舊衣服，那我就不會讓別人那麼討厭我，也不會這麼不自在，又羞辱了自己。」

她把額頭抵著涼涼的窗玻璃，半掩藏地站在窗簾邊，也不在乎她最喜歡的華爾滋舞曲都開始了，一直到有個人碰了碰她，她轉過身，只見羅瑞滿臉懺悔之意地鞠了個躬，伸出一隻手說：

「請原諒我方才的無禮，和我跳支舞吧。」

「恐怕你會覺得這太可厭了。」梅格說，她想做出生氣的樣子，卻完全失敗了。

「一點也不會，我想得很呢。來嘛，我會乖乖的。我不喜歡你的禮服，不過我眞的認爲你——實在是豔光四射呢。」他揮著雙手，彷彿言語無法表達他的讚嘆。

梅格露出笑容，心軟了。在兩人站在那裡等著節拍開始時她低聲說：

「要小心，別讓我的裙子絆到你，它眞是討厭死了，我竟然還穿，眞是個傻瓜。」

「把裙襬繞往你的脖子就有用了。」羅瑞說，他低頭注視她那雙小小的藍色鞋子，顯然他對這雙鞋是頗讚許的。

於是他倆以輕快而優雅之姿走了過去。他們在家中都練習過了，彼此配合得天衣無縫，因此當他們快活地轉來轉去跳著舞，感覺和對方在這陣小小爭執之後更爲友好之時，這對歡樂的男女可眞是悅目的景象呢。

「羅瑞，我想拜託你一件事好嗎？」梅格說，這時候他站在那裡幫她搧扇子，她很快就氣喘吁吁了起來，不過她不承認自己爲什麼會喘。

「怎麼會不好？」羅瑞欣然同意。

「請別把今天晚上我這件禮服的事告訴她們。她們不會明白這是個玩笑，而且這樣會讓我媽媽擔心。」

羅瑞露出「那你爲什麼要這麼做？」的眼神，這眼神的意思太明顯了，使得梅格急忙又加上一句：「我會自己把這件事告訴她們，並且向我媽媽認罪，說我有多麼地傻，不過我希望是由我來說，所以你不要說好嗎？」

「我保證不說，可是她們問我的話我要說什麼呢？」

「只要說我看起來很好，玩得很開心就行了。」

「前面這一句我可以眞心眞意地說，可是另外的那句話怎麼辦？你看起來並不像玩得開心的樣子呀，不是嗎？」

羅瑞望著她的表情使她輕聲回答：「是不開心，只是現在不開心。別認為我很討人厭，我只想要尋些快活，但是這種卻不值得呢，我發現，而我感到煩了。」

「耐德．莫法特走過來了，他要做什麼呀？」羅瑞說著，皺起了濃眉，看起來似乎不認為這位年輕的主人會給宴會帶來歡愉。

「他講好了要和我跳三支舞，我猜他是要來跟我跳舞了。多無聊呀！」梅格說著，人也變得無精打采了，這倒讓羅瑞樂不可支。

一直到晚餐時間，他才再有機會跟她說話。他看到她和耐德以及耐德的朋友費雪喝著香檳，這兩個人，照羅瑞告訴自己的，舉止簡直「像對傻瓜」一樣，他自覺對瑪區家女孩子有一種兄弟般的權利，要去照顧她們，在需要有人護衛時為她們而戰。

「如果你喝太多這種東西，你明天會頭痛得要命，要是我就不會喝太多，梅格。你媽媽不會高興的，你知道。」耐德轉過身將她酒杯斟滿，費雪也低下身去撿起她的扇子的時候，他彎身到她椅子上方，低聲說道。

「今天晚上我不是梅格，我是個『玩偶』，專門做各種瘋狂的事。明天我就會收拾起這些輕率行為，做個乖寶寶啦！」她故意輕笑著回答。

「那我眞希望現在就是明天呢。」羅瑞低聲說著就走開了，對於她的改變很不高興。

梅格像其他女孩子一樣的跳舞、賣弄風情、嘰嘰喳喳地說著話，又吃吃笑著。晚飯後她開始說起德文，說得結結巴巴、錯誤百出；她那件長裙又幾乎把舞伴給絆倒；她還蹦蹦跳跳地走動，讓羅瑞非常反感，本想要訓她一頓，但是一直沒有機會，因為梅格總是離他遠遠的，直到他過來道晚安。

「要記得喔！」她說，並且想要露出笑容，因為那頭疼已經開始了。

「跟死人一樣的閉上嘴。」羅瑞離去時比著誇張的手勢回答道。

這段小小的插曲激起了安妮的好奇心，但是梅格卻累得沒力氣閒聊，只能上床睡覺，而覺得自己像是參加了一場化裝舞會，又沒有預期玩得盡興。第二天一整天她人都很不舒服，星期六就回家了，兩星期的玩樂讓她筋疲力盡，覺得自己「奢侈富貴」的日子過得已經夠久了。

「能夠安安靜靜，不用時時刻刻拘禮，的確是很快活的事。家是個好地方，即使不富麗堂皇。」星期天晚上，梅格和母親、喬坐著的時候，用一種平靜的表情打量四周說道。

「我真高興聽你這麼說呢，親愛的，我還怕你住過好地方以後，會認為家裡又沉悶又破敗呢。」母親回答道，她在這天當中已經焦慮地看過她好多次了，因為做母親的眼睛很快就能看出孩子臉色的絲毫改變。

梅格開心地說了她的經歷，而且又一再地說她玩得有多麼盡興，但是她似乎仍然有心事。妹妹們上床睡覺之後，她若有所思地坐在那裡盯著爐火，沒有說什麼話，神情像是在發愁。鐘敲了九下，喬提議說要去睡覺了，梅格突然離開椅子，坐在貝絲的椅凳上，把兩隻手肘放到母親膝頭，勇敢地說：

「媽媽，我要『認罪』。」

「我猜也是，是什麼事呢，親愛的？」

「要不要我避開？」喬謹愼地問。

「當然不要，我不是總把每件事都告訴你的嗎？我不好意思當著妹妹們說這件事，但是我要你知道我在莫法特家做的所有可怕的事。」梅格說。

「我們準備好了。」瑪區太太笑著說，但是她看起來有點焦急。

「我告訴你們說她們幫我打扮，可是我沒有說她們給我塗了粉、把我塞進緊身的衣服，還把我頭髮弄成鬈髮，讓我看起來像個時髦女郎。羅瑞認爲我不夠莊重，雖然他沒有這麼說，可是我知道他這麼想，還有一個男人說我是『玩偶』，我知道這很可笑，可是她們滿口誇我，說我是個大美人，還說了好多胡扯的東西，所以我就任由她們讓我出醜了。」

「就這樣嗎？」喬問，這時瑪區太太靜靜看著她這個漂亮女兒低下的臉龐，不忍心責備這小小的愚行。

「不只，我還喝了香檳酒，又蹦蹦跳跳，又賣弄風情，總之非常糟糕。」梅格自責地說。

「還有別的吧，我想。」瑪區太太撫摸那張突然間變得緋紅的柔軟臉頰，而梅格也緩緩說道：「是的，很荒唐，可是我想要說，因爲我討厭別人這樣子說我們和羅瑞。」

於是她就把在莫法特家東聽一些西聽一些的閒話說了，她說的時候，喬看到母親緊緊抿著嘴唇，似乎對於竟然有這樣的想法進到梅格純眞的心裡十分不悅。

「哎，這可眞是我聽過最最胡扯的話了！」喬忿忿地喊道。「你怎麼不當場就告訴她們？」

「我不能，那樣好尷尬。起先我是沒辦法不聽到，然後我又氣又羞，就忘記該走開了。」

「你等我看到安妮．莫法特吧，我會讓你見識一下要怎麼去解決這麼荒謬的事情，竟然說會有什麼『計畫』！還說什麼對羅瑞好是因爲他有錢，不久後會娶我們！等我告訴他說她們怎麼說我們窮人家孩子以後，看他不大叫才怪！」說完喬倒笑了起來，彷彿她再想了想，反而覺得這是個很好笑的笑話了呢。

「如果你告訴羅瑞，我永遠不會原諒你！她不可以去說的，對不對，媽？」梅格看起來很心煩的樣子。

「不可以。不要重複那種愚蠢的閒話，而且你要盡快把它忘了。」瑪區太太正色說。「讓你去到那些我並不了解的人家當中，實在是不智之舉，她們人很和善，我相信，但是太現實了，沒有很好的修養，對於年輕人又滿是這些粗俗的想法。我對於你這一次拜訪別人帶給你的傷害有說不出的後悔，梅格。」

「別難過，我不會讓這件事傷害到我的。我會忘掉所有不好的事，只記得好的事，因爲我的確是很開心的，很感謝你讓我去。我不會太感傷或者是不滿意的，媽媽。我知道我是個傻女孩，我會一直待在你身邊，一直到我能夠照顧我自己爲止。不過被人讚美、被人仰慕，眞的是很好的事呢，我忍不住要說我眞喜歡呢。」梅格說，她看起來爲自己這番告白感到有些羞愧。

「只要喜歡不會變成一種狂熱，而使一個人去做愚蠢或是有失淑女身分的事，這是非常自然的事，無傷大雅。你要學習去認清並且珍視值得擁有的讚美，而且除了美麗外更要謙虛，這樣才能得到品德高尚的人的讚頌呀，梅格。」

梅格坐在那裡思索了一會兒，這時候喬雙手放在背後站著，看起來又感興趣又有點困惑，看到梅格臉色通紅地談起仰慕呀、愛人呀之類的事，這倒是挺新鮮的。喬感覺她姐姐好像在這兩個星期裡驚人地長成大人，正漸漸離開她，要進入一個她無法跟去的世界裡了。

「媽，你有像莫法特太太說的那些『計畫』嗎？」梅格不好意思地問。

「有的，我親愛的，我有好多好多計畫呢。所有做母親的都有，不過我想我的計畫和莫法特太太的有些不同。我就告訴你一些吧，因為也該說些嚴肅話題，好讓你那浪漫的腦袋和心思弄清楚。你還年輕，梅格，不過沒有年輕到聽不懂我的話的程度，而做母親的最適合對你這樣的女孩子說這些話。喬，你可能也快要輪到了，所以你也要聽聽我的『計畫』，並且幫我實現這些計畫，如果它們是好計畫的話。」

喬走過去，坐在椅子的一個扶手上，神情像是要一起去做一件非常肅穆的事情。瑪區太太各握住她們一隻手，充滿期望地望著兩張年輕臉孔，然後用正經卻也開心的神情說：

「我希望我的女兒們個個美麗、有教養、善良，被人仰慕、愛戀、尊敬；有快樂的青春，能聰明地找到好歸宿，過著有益而且快樂的生活，越少的憂煩試煉越好。被一個好男人所愛、所選，是一個女人遇到的最好也最甜美的事情，我衷心希望我的女兒們能夠有這種美好的經驗。梅格啊，想要有這事情是很自然的，去希望並且等待它是對的，去準備迎接它更是聰明之舉，這樣一來，那快樂的時間到來的時候，你們就會準備好迎接責任，也理直氣壯地享受它的歡樂了。親愛的女兒們，我對你們是有很大期望的，但是我不願意你們貿貿然就闖進外頭世界——去嫁給有錢人，只因爲他們有錢，或是有華美的房子，而其實那只是房子而不是家，因爲房子裡欠缺愛。金錢是不可或缺的珍貴東西——如果使用得當，它也是個高貴的東西——可是我絕不希望你們把它當成最重要或是唯一值得努力追求的東西。如果你們很快樂、受到疼愛、心滿意足，那麼我寧願你們是窮人家的妻子，也不要做個沒有自尊、沒有安寧的皇后。」

「蓓兒說，窮人家女孩根本沒有機會，除非她們努力往前衝。」梅格嘆了口氣。

「那我們就要做老小姐了。」喬勇敢地說。

「沒錯，喬。寧願做快樂的老小姐，也要強過做個不快樂的妻子，或是沒個淑女樣子、四處找丈夫的女孩。」瑪區太太明確地說。「不要煩心，梅格。貧窮很少會嚇退一個眞誠的愛人。我認識幾個最好也最受崇敬的女孩子都是窮人家的女孩，但是她們都很值得人愛，所以不會成爲老小姐。把這些事情交給時間吧，你們要讓這個家快樂，這樣你們有了自己的家以後就會是個宜室宜家的女人；要是沒有自己的家，你們在這裡也可以很滿足。要記住一件事，我的孩子：母親永遠隨時會傾聽你們的心事，父親永遠是你們的朋友，而我們都相信並且希望我們的女兒們成爲我們生命中的驕傲和安慰，不管她們有沒有結婚。」

「我們會的，媽媽，我們會的！」母女道晚安時，姐妹倆全心全意地說。

10 文藝姐妹

春天到了，時興的休閒樂事也換了新的一套，白天越來越長，下午也變久了，可以從事各種各樣的工作和遊戲。花園必須整理，所以每個姐妹都分到一小塊地，可以依自己喜好處置。漢娜常常說：「只要我看到地上的東西，我就會知道哪塊地是哪個人的。」的確，因為這些女孩子的偏好也和她們的個性一樣，互相不同的呢。梅格那塊地上種著玫瑰、向日葵、桃金孃，還有一株小小的柳橙樹。喬的花床上從沒有兩個季節是相同植物的，因為她總是在實驗種東西，今年要種向日葵，要用這種快活又有雄心壯志的植物種子餵「咕咕大嬸」和牠那一家子小雞。貝絲的花園裡是老式的香花——長豌豆、木犀草、飛燕草、石竹、三色紫羅蘭、青蒿，還有給小鳥吃的雜草和給小貓吃的貓薄荷。愛美的花園裡有座涼亭，涼亭很小，不過卻挺漂亮，爬滿了金銀花和牽牛花，在優雅的花環中垂下它們色彩鮮豔的小小喇叭和鈴鐺；還有高高的白色百合花、纖細的羊齒植物，以及許許多多燦爛、美麗的植物。

晴天裡她們從事園藝工作、散步、在河裡划船、摘花；下雨天呢，她們也有室內娛樂——有些是古老的，有些是新鮮的——全都是或多或少有些創意的。其中之一是「ＰＣ」，這時候正流行祕密社團，她們認為也該有一個，由於這些女孩子全都很崇拜狄更斯，她們就自稱是「匹克威克俱樂部」[4]。除了少數幾次中斷以外，她們這個俱樂部已經成立了一年。每個星期六晚上都在那間大的閣樓裡聚會，聚會的儀式是這樣的：在一張桌子前面擺了一排三張椅子，桌上有盞燈，還有四面白色徽章，每個徽章上都有顏色不同的大大的「P．C」兩個字；另外還有一份名叫《匹克威克文稿集》的週報，每個人都要投稿，由一向喜歡舞文弄墨的喬擔任編輯。一到七點鐘，四名會員就來到俱樂部，用徽章帶子綁住頭，再煞有介事地在椅子上坐下。梅格因爲年齡最大，所以是山謬爾．匹克威克；喬呢，由於天生喜歡文學，所以是奧古斯塔斯．史諾格拉斯；貝絲因爲身子圓乎乎而且皮膚粉粉嫩嫩，所以是崔西．塔普曼；愛美這個人總是想要做些自己做不到的事，所以就是納桑尼爾．溫克爾。會長匹克威克一向負責讀報，報上充滿了新故事、詩、本地新聞、滑稽的廣告，以及心得提示，互相提醒彼此的過錯和缺失。在一次聚會中，匹克威克先生戴上一副沒有鏡片的眼鏡，敲敲桌子，輕咳兩聲，先是狠狠瞪著把身體在椅子上往後仰靠的史諾格拉斯先生，直到他坐正了，才開始讀報紙：

匹克威克文稿集

一八××年，五月二十日

4 《匹克威克遊記》是狄更斯的作品。

詩人角落

週年頌

今晚，匹克威克廳中，
會眾再次齊聚，
以徽章與肅穆儀式，
歡慶五十二次聚會。

成員俱在，身強體健，
小小團體，無人退出，
重見熟悉臉龐，
握住友善的手。

匹克威克，永遠堅守崗位。
鼻梁架著眼鏡，讀誦
文思滿佈的週報。
我們向他致意，予以尊崇。

縱使害著感冒，
我們也喜歡聽他開口，
聲音雖然嘶啞，
吐出仍是珠璣。

六呎老史諾格拉斯聳立眼前，
以沉重的優雅、
棕色的快活臉孔，
笑望一室夥伴。
詩的烈火照亮他雙眼，
他與命運奮鬥。
看哪！他眉宇間的雄心壯志
和鼻上的一塊髒汙！

接著是平和的塔普曼，
如此紅潤、渾圓、甜美，
雙關語把他笑得岔了氣，
跌下他的椅。

小溫克爾，也端莊嫻靜，
毫髮不亂，
循規蹈矩，他做得了典範，
雖然從來也不愛洗臉。

一年已過去，大夥仍用心，
嬉鬧、歡笑，與閱讀，
行走在文學道路上，
這條通往榮耀之途。

願報運永遠昌隆，
俱樂部永不停歇，
願未來歲月的祝禱
賜予我們有益又快活的俱樂部。

奧・史諾格拉斯

蒙面婚禮——威尼斯故事

一艘接著一艘的平底小船划到大理石梯階旁，讓船上那些衣飾華美的客人下船，使擠滿艾得隆伯爵那間堂皇大廳的群眾又增加了一些。騎士和貴婦、森林精靈和僮僕、僧侶和賣花女，全都歡歡喜喜地混雜在一起跳著舞。空氣中洋溢著甜美的人聲笑語和熱鬧的旋律，化裝舞會在歡樂和音樂中進行著。

「您今晚看到薇奧拉女士了嗎？」一位風度翩翩的吟遊詩人問挽著他手臂在大廳中輕盈走著的仙后。

「看到了，她眞可愛呢，不過也很哀傷！她的衣裳也都挑得眞好，因爲一個星期後她就要嫁給她非常討厭的安東尼奧伯爵了。」

「說眞的，我可是羨慕他的呢。他走到那邊去了，盛裝打扮得像個新郎，只除了臉上戴著黑面罩。等他拿下那個面罩，我們就會看到他是怎麼注視那個他無法贏得芳心的美麗姑娘了，不過她那個嚴峻的父親已經將她許配給他了。」吟遊詩人回答。

「聽說她愛上那個老在她家門口台階上徘徊不去、又被老伯爵趕走的年輕英國藝術家呢。」他倆跳起舞時，這位女士說道。

一位神父出現了，這時現場的歡樂達到了頂點，神父將這對年輕男女帶到一個垂掛著紫色天鵝絨的凹室，要他們跪下。歡樂的眾人立刻沉默了下來，除了噴泉的水流聲和月光下沉睡的柳橙樹叢的枝葉沙沙聲外，沒有一點聲音，這時艾得隆伯爵說話了：

「各位大人和女士，請原諒我用計將各位齊聚此地，見證小女的婚禮。神父，我們靜候您舉行儀式了。」

所有人的眼光都轉向這對新人，人群中傳來一陣稱奇的低語，因爲新郎新娘都沒有拿下面罩。好奇和驚異佔據所有人心中，但是敬意卻控制了每個人的舌頭，一直到這神聖的儀式結束。之後這些急切的觀者全圍住伯爵，要他向他們解釋。

「如果我能夠的話，我會很樂意，不過我只知道這是我那個害羞的薇奧拉突發奇想，我就照著做啦。好啦，我的孩子們，讓這場遊戲結束了吧。摘下你們的面罩，接受我的祝福。」

但是兩人卻都沒有照做，因爲年輕的新郎在摘下面罩時說了話，他的音調讓所有聽到的人都嚇了一跳。面罩摘下後露出的竟然是那位藝術家情人佛迪南．德弗若高貴的臉，而貼在那張如今閃亮著英國伯爵黑形徽章胸膛上的，正是欣喜而且美麗的薇奧拉。

「大人，你在我可以誇耀有像安東尼奧伯爵那樣高的地位，那樣多的財富時嘲諷我追求你女兒的資格，使我無計可施，因爲即使你那野心勃勃的靈魂，也無法拒絕德弗若及德威爾伯爵了，他願意用他古老的姓氏和無盡的財富換得這位美好女子——如今是我的妻子——的下嫁。」

伯爵像是變成了石頭一樣呆站著，德弗若轉身向著愕然的群眾，臉上帶著勝利的開心笑容又說：「對各位英勇的朋友們，我只能希望各位的求愛也像我的一樣順利，而且也能贏得我用這場蒙面婚禮得到的那麼美好的新娘。」

山．匹克威克

「匹克威克俱樂部」爲什麼像是「巴別塔」[5]？因爲它的成員全都是散漫的傢伙。

南瓜的故事

從前有個農夫在他的花園裡種了一個小小的種子，過段時間以後，它就發芽，長成一株蔓藤，結了好多南瓜。十月裡有一天，瓜都熟啦，他就摘下一個瓜，拿到市場上。有個雜貨店老闆就買下它，放在他的店裡。就在這個早上，有個小女孩，她戴著一頂棕色的帽子，穿著一件藍色洋裝，臉是圓圓的，鼻子是獅子鼻，她幫她媽媽買了去。她把瓜拖回家，切了，放在大鍋子裡煮滾，把一部分壓成泥，加上鹽和奶油，晚飯時候吃；其餘的她加上一品脫的牛奶、兩顆雞蛋、四匙的糖、肉桂粉，和一些餅乾，再把這些放進一個深盤子裡烤成棕色，第二天這塊蛋糕就被一家姓瑪區的人吃掉了。

崔．塔普曼

匹克威克先生，大人：

我要跟大人您討教一個關於罪的問題那個罪人是個叫做溫克爾的人他在俱樂部裡老要惹

5 古巴比倫人為了要比天高，所妄想建的通天高塔。

麻煩不是哈哈笑就是有時候不肯在這份很好的報紙上寫東西我希望你原諒他的壞心讓他寫一個法國寓言故事好了因爲他沒辦法用腦子去想文章因爲他有很多課業可是卻沒有什麼腦子未來我會努力「嘔心瀝血」準備一些「驚天動地」的好作品我現在很急因爲已經快要到上學時間了。

納・溫克爾「謹上」

（以上這篇文章針對過去錯誤行爲勇敢認罪。如果我們這位年輕朋友肯研究一下標點符號，那就更好了。）

一樁悲慘意外

上星期五，我們被地下室一陣猛烈的撞擊聲嚇了一跳，接著是一聲聲慘叫。我們一起衝到地下室，發現我們喜愛的會長趴倒在地上，她是爲了要拿家裡要燒的木柴而不小心絆倒了的。眼前是一幕十足的慘狀：因爲匹克威克先生跌倒的時候把頭和肩膀撞進一桶水裡，還打翻了一小桶軟肥皂，濺到他威武的身軀，他的衣服也撕裂了。我們將他從這個危險狀況中救出來之後，發現他沒有受傷，只有一些瘀青，而現在我們很高興地說，他的情況很好。

編者

全體的悼念

我們有責任哀慟地記錄我們珍愛的朋友——雪球太太——突然而且神祕的失蹤經過。這隻可愛貓兒是一大群眞摰疼愛牠的人的寵物，因爲牠的美麗吸引住所有人的眼睛，牠的優雅和品德讓所有人疼惜，而牠的失蹤讓所有人深感哀痛。

牠最後一次被人看到的時候，是坐在門邊看著肉商的貨車經過，大家都害怕有哪個惡棍受到牠的美麗的誘惑，卑劣地偷走牠。幾星期過去了，但是卻沒有發現任何牠的下落，我們放棄所有的希望，在牠的籃子上綁了一條黑絲帶，收起牠的碟子，爲牠哭泣，就像爲一個我們永遠失去了的人哭泣。

一位深表同情的朋友獻上如下之佳作：

哀歌——悼雪球

我們哀悼愛貓的去世，
爲她不幸的命運嘆息，
她再也不會在爐火邊靜坐，
或是在古舊綠門旁嬉戲。

她寶寶長眠的小墳，
就在栗樹的下面，
但我們卻不能在她的墳上哭，
因爲不知她埋骨何處。

空空的小床，靜靜的小球，
再也見不著她的面；
客廳門旁邊
再也聽不到輕扣和嬌呼聲。
有一隻貓也去抓老鼠，
是隻面孔骯髒的貓；
她不像我們的愛貓那樣追老鼠，
也沒有她那種優美的玩耍風度。

她悄悄的腳步踩在
昔日雪球玩耍的大廳，
但是她只會對著
我們愛貓英勇驅趕的狗兒呼嚕呼嚕叫。

她很有用處，溫柔又盡力，
但是卻不美麗；
我們不會讓她取代你的位置，
也不會像崇拜你那樣的崇拜她。

奧·史

廣告

成就斐然的演說家歐蘭西·布拉格基小姐，將於下週六晚間例會後在匹克威克廳就〈女性與其地位〉發表著名的演說。

廚房廳將舉行每週聚會，教導年輕女士烹飪。該會將由漢娜·布朗主持，敬邀全體人士參加。

「畚箕社」下週三將集會，並在俱樂部會所樓上遊行。全體社員均須穿著制服，肩扛掃帚出席，時間爲九點正。

貝絲夫人的「玩偶帽品專賣店」將於下週開張。新款巴黎式樣已到，歡迎訂購。

「穀倉莊」劇院將在數週後推出一齣新戲，勢將超越美國舞台上演出過的任何一齣戲劇。該戲戲名爲《希臘奴隸，或復仇者康士坦丁》！

小啓

如果山・匹沒有在手上塗太多肥皂，他就不會每次吃早餐都遲到。我們要求奧・史不要在街上吹口哨。崔・塔請不要忘了愛美的餐巾。納・溫不要因爲他的洋裝沒有九道衣褶而煩躁。

每週表現

梅格——良

喬——劣

貝絲——優

愛美——中等

主席唸完了報紙（請容我向我的讀者保證，這份報紙是從前一些眞正的女孩子們寫的報紙的複本），一陣掌聲響起，接著史諾格拉斯先生（喬）起立提議。

「主席和各位先生，」他用愼重而斯文的態度和口氣說了，「我提議讓一位新會員入會，他十分值得這份榮譽，如果能夠入會，他會非常感激；他會給本俱樂部增加許多士氣，也會爲本報增加重大的文學價值，他更會非常快樂、非常和善。我提議讓狄奧多・羅倫斯先生作爲本俱樂部的榮譽會員。哎呀，就讓他來吧。」

喬的口氣這麼突然地改變，讓姐妹們都笑了起來，但是史諾格拉斯坐下後，每個人看起來倒是很焦急，誰也沒說話。

「我們付諸表決，」主席說了。「贊成這項提議的會員，請以口頭表示。」

史諾格拉斯大聲地表示她的意見，接著，貝絲也羞怯地說了贊成，讓每個人都嚇了一跳。

「反對這項提議的會員，請以『反對』表示。」

梅格和愛美是反對的。溫克爾先生（愛美）用無比的優雅態度起立發言：「我們不希望有男生加入，他們只會玩鬧，跑來跑去。我們俱樂部是個女士的俱樂部，不想有外人在，我們也希望這裡是個正經得體的地方。」

「我擔心他會嘲笑我們的報紙，然後再開我們的玩笑。」匹克威克（梅格）說，一邊扯著額頭上的小鬈髮，每當她有疑惑的時候，她就會這麼做。

史諾格拉斯站了起來，神情十分鄭重。「主席，我向你保證，羅瑞是一位紳士，他絕對不會做出這類事情的。他喜歡寫作，他可以給我們的稿件增添特色，使我們的作品不至於太感傷，不是嗎？我們能給他的是這麼地少，而他能給我們的卻是這麼地多，我想我們至少可以給他在這兒一個位置，歡迎他來。」

這番話很有技巧地提到可能帶來的好處，教塔普曼（貝絲）站了起來，看起來像是已經打定了主意。

「對，即使我們很害怕，也應該這麼做。我提議讓他來，他爺爺也可以來，如果他想要的話。」

貝絲這段激昂慷慨的話讓全俱樂部的人大受感動，喬也離席去讚許地握手。「好啦，那就再次表決了。大家都要記住這是我們的羅瑞，說『贊成』吧！」史諾格拉斯興奮地大喊。

「贊成！贊成！贊成！」立刻有三個聲音回答。

「太好了！上帝保佑你！好啦，既然『選日不如撞日』。——就像溫克爾最會說的——容我介紹我們的新會員出場！」於是，在俱樂部其他成員的驚慌中，喬一把推開了衣櫥門，只見羅瑞坐在一個裝零星布頭的袋子上，正因爲忍住笑而漲紅臉，還不住眨眼。

「你這個壞蛋！你這個叛徒！喬！你怎麼可以這樣？」三個女孩都喊著，這時史諾格拉斯領著她的朋友凱旋式地往前走，再拿了一把椅子和一個臂章，不一會兒就讓他入了座。

「你們這兩個惡徒的冷靜眞是驚人。」匹克威克先生開口了，他本想皺起眉頭，卻只能露出可掬的笑容。不過這位新會員對這個場合也能應付自如，他站起來，向主席致上感激的行禮，用最最迷人的態度說了：「主席先生和各位女士——請原諒，是各位先生——容我自我介紹，在下是本俱樂部的卑下僕人山姆·威勒。」

「妙哇！妙哇！」喬喊道，一邊用暖床器的長柄敲著。

「承蒙他對我的介紹，我忠誠的朋友和高貴的贊助人，」羅瑞把手一揮，繼續說著，「蒙他對我讚譽有加，今晚這個低下的計謀不能怪他，是我計畫的，他只在對我大加揶揄後才同意的。」

「別這樣，不要把責任都攬到你身上，你知道是我提議躲在衣櫥裡的。」史諾格拉斯打斷了他的話，他對這個玩笑挺樂的。

「你別管他說的話。這件事主謀是我，先生，」新會員對匹克威克先生點了個威勒式的點頭。「不過，我用我的名譽擔保，我再也不會這麼做了，而且從此以後我一定會爲這個偉大俱樂部的利益全力以赴。」

「好哇！好哇！」喬大叫著，敲起暖床器的蓋子，像是在敲鈸一樣。

「再說嘛，再說下去呀！」溫克爾和塔普曼也加上一句，主席則是親切地點頭示意。

「我只是想要說，爲了略表對各位的感激之意，以及促進兩個鄰國友好關係，我已經在花園低處的那個角落的樹籬中設置了一個郵局，那是個優雅而且寬敞的建築，門上有掛鎖，對於郵件（與「男性」諧音）的遞送具有種種便利——喔，對於『女士』們也是的啦！那裡原本是燕子窩，我把它的門給塞住了，再把它的屋頂掀開來，這樣子它就可以放各種東西，也節省我們寶貴的時間了。信件、稿件、書籍、包裹都可以放進那裡，而因爲我們兩個國家都有鑰匙，所以會非常地方便，我想。容我奉上鑰匙，並且對各位的好意表示無比的感激，之後我再回座。」

威勒先生把一把小鑰匙放在桌上，而後退下，這時響起好大的鼓掌聲，暖床器被狂亂地敲擊又揮舞著，好一會兒之後才恢復了秩序。

隨後是一陣長時間的討論，每個人的說法都很驚人，因爲每個人都盡了自己的力，所以這是次少見的熱烈會議，一直到一個小時後會員以三聲尖銳的歡呼聲歡迎新會員入會，這場集會才結束。

沒有人後悔讓山姆．威勒加入這個俱樂部，因爲從沒有一個俱樂部有過比他還要盡心盡力、規規矩矩、開開心心的會員了。他的確爲聚會增添了「活力」，也給報紙增加了「特色」；因為他發表的演說總是讓聽的人捧腹大笑，他的稿子也很精采，有充滿愛國心的、有帶著古典意味的、有滑稽突梯的，或是有戲劇性的，但是卻絕對不會是多愁善感。喬認為這些稿件堪與培根、密爾頓或莎士比亞等大家並提，因此也將她自己的作品做了修訂，效果很不錯呢，她這麼認為。

「郵局」是個非常好的小小設施，日漸蓬勃發展，因為透過它收送的奇奇怪怪東西就和透過眞正郵局的一樣多。悲劇和領巾、詩作和醃黃瓜、花果種子和長信、樂譜和薑餅、膠鞋、請柬、責罵的信件和小狗。老先生很喜歡這件有趣的事，也會送些奇怪的包裹、神祕的短箋、好笑的電報以自娛，他的園丁著迷於漢娜的風采，還眞的寫了一封情書，由喬轉交呢。這件祕密揭穿的時候他們笑得多開心呀，但是他們做夢也沒有想到，在未來的歲月中，這個小小的郵局會傳送多少的情書哩！

11 實驗

「六月一號！金家明天就要去海濱，而我就自由了。三個月的假期呢——我可要痛痛快快地享受了！」一個暖和的日子，梅格回到家裡喊道。她看到喬累得不成人形地躺在沙發上，貝絲為她脫下沾滿灰塵的鞋，而愛美正為大家做檸檬汁喝。

「瑪區嬸婆今天走了，噢，眞快活哪，」喬說道。「我眞怕她會要我跟她一起去呢，如果她要我去，恐怕我就應該陪她去了，可是『梅園』那裡無趣得像座墓園一樣，你知道，我可不希望去。我們慌慌張張地才把老太太送走，而每當她同我說話，我就提心吊膽，因為我急著想把事情都弄完，所以我出奇地乖巧又勤快，而很害怕她覺得不想跟我分開呢。在她好端端坐上馬車以前，我可是渾身發抖的，而最後我還是嚇了一大跳，因為當馬車要離開的時候，她還探出頭來說：『喬，你要不要——？』我話沒聽完，就卑鄙地掉頭逃走了，我眞的是拔腿就跑，一直狂奔到街角，我覺得安全了才停下。」

「可憐的喬！她進屋的時候活像是後頭有大熊在追她呢！」貝絲像個母親一樣的撫摸著姐姐的雙腳。

「瑪區嬸婆眞是個不折不扣的 samphire（海蓬子）呀！」愛美說道，一邊嚴格地嚐著她混合的果汁。

「她的意思是 vampire（吸血鬼），不是什麼海草啦，不過這沒有什麼關係。天氣已經熱得可以不必去挑剔別人說的話了。」喬喃喃說道。

「你們這個假期要做什麼呢？」愛美很有技巧地換了個話題。

「我要躺在床上，很晚起床，什麼事也不做。」深陷在搖椅裡的梅格回答。「這整個冬天我都得好早下床，成天爲別人工作，所以現在我可以痛快地休息、尋開心了。」

「不，」喬說，「這種昏昏沉沉的方式不適合我。我已經存了一大堆書了，我要使我的燦爛時光更加燦爛，我要到那棵老蘋果樹上去看書，在我不是像雲——」

「可別說像『雲雀』一樣快活地玩耍！」愛美故意對喬說，這是她對於喬糾正「samphire」錯誤的報復。

「那我就說像『夜鶯』一樣好了。」

「別讓我們做功課嘛，貝絲，暫時啦；就讓我們一直玩、一直休息，女孩子本來就是要這樣的。」愛美提議道。

「只要媽媽不在意，我是可以的。我想要學幾首新曲子，而我的孩子們也需要準備夏天的衣服了，它們衣物凌亂，也眞的是該有些新衣服了。」貝絲說。

「我們可以嗎，媽媽？」梅格轉頭去問瑪區太太，她正坐在她們稱作「媽媽的角落」裡縫東西。

「你們可以試驗一個禮拜，看看喜不喜歡。我想到了星期六晚上，你們就會發現盡在玩不做事就跟盡在做事而不玩一樣的糟糕。」瑪區太太說。

「噢，才不會呢！那一定會很有意思的。」梅格得意洋洋地說。

「我提議大家喝一杯，就像我的『老友兼夥伴賽利．甘普』所說的，祝大家永遠歡樂，不做苦工！」喬站起來大叫，手裡拿著杯子，這時檸檬汁正在衆人之間傳著。

她們全都高高興興地喝了檸檬汁，然後就開始這個試驗，這天其餘時間全都懶散了。第二天早晨，梅格過了十點才起床，自個兒吃了早餐，但是似乎沒有什麼味道，屋裡顯得寂寞又凌亂，因爲喬沒有把花插到花瓶裡，貝絲沒有打掃，愛美的書四散各處。

現在除了「媽媽的角落」還和平常一樣以外，沒有一個地方是整整齊齊，教人愉快的了。而梅格就坐在那裡，「休息和看書」，也就是說打著呵欠想像用她的薪水可以買些什麼漂亮的夏天服裝。喬的上午時光是和羅瑞在小河玩，下午她則是高高坐在蘋果樹上看著《荒野世界》，邊看邊哭。貝絲從住著她一家子的大衣櫃裡翻出每樣東西，但是還整理不到一半就已經厭煩了，於是把娃娃屋凌亂地丟在那裡，去彈她的琴了，一邊爲了不用洗碗碟而深自慶幸。

愛美整理了她那部分的園子，穿上漂亮的白色洋裝，把鬈髮整理整齊了，就坐在忍冬樹下畫畫，希望有人看到，問這個小小畫家是誰，可是除了一隻好奇的長腳蜘蛛外也沒有人走近，而這蜘蛛又很有興趣地端詳她的畫作，於是她就去散個步，偏偏又遇上一陣雨，最後是濕淋淋地回了家。

下午茶時候，她們彼此交換心得，全都同意這是個快活的一天，只不過出奇地漫長。梅格下午上街購物，買了塊「可愛的藍色印花布」，卻在剪了布長之後發現這布不禁洗，這樁災禍惹得她稍稍不高興。喬因爲划船而把鼻子曬得脫了皮，又因爲看書看太久頭痛得要命。貝絲因爲衣櫃的混亂和同時要學三、四首曲子很困難而煩惱；愛美爲了她的洋裝被雨淋壞而深深懊悔，因爲第二天就是凱蒂．布朗的派對了，而現在，她就像弗洛拉．麥佛林西一樣，「沒有衣服可穿」。不過這些都只是小事，她們向母親保證說這個實驗進行得很順利。母親笑了笑，沒有說什麼，在漢娜的幫助下，把她們怠忽的工作做了，讓家中保持宜人的外觀，也讓家事能夠順利進行。「休息、快活」的過程能夠造成極爲驚人的奇特而又令人不安的狀況。白天仍然是越來越長，天氣也出奇地多變，就像衆人的脾氣。不安的情緒佔據了每個人心頭，偏偏魔鬼也給懶散的雙手找了許多惡作劇去做。梅格奢侈得把一些縫紉活兒送出去，但是後來發現時間實在過得太慢了，於是想要把她的衣服照莫法特家的式樣翻新，卻把衣服給剪壞了。喬看書看到眼力受不了，對書已經膩了；又變得暴躁，連好脾氣的羅瑞都跟她吵了一架，使她情緒低到恨不得跟瑪區嬸婆走掉算了。貝絲倒還好，因爲她總是忘了要「完全玩樂不做事」，所以不時又回復原樣，只是空氣中彷彿有什麼東西也影響了她，她的平靜不止一次的被打擾，以至於有一次她竟然來回搖動可憐的「喬安娜」，說她是個「怪物」。愛美的境況最慘，因爲她排遣時光的方式本來就少，所以她的姐姐們讓她自己去玩的時候，她很快就發現這個了不起的自己是個很大的負擔。她不喜歡玩偶，童話故事又很幼稚，又不能畫一輩子的畫；茶會沒有什麼了不起，野餐也一樣，除非經過很好的安排。「如果你有幢美麗的房子，房裡有好多乖巧的女孩，再不然就是你去旅行，那麼夏天就會很愉快；可是和三個自私的姐姐和一個長大的男生待在家裡，這種事足夠去考驗聖經裡的波阿斯的耐心了。」在過了幾天專心玩樂、煩躁和無聊的日子後，這位老愛錯誤地咬文嚼字的小姐抱怨道。

沒有人承認自己對這個實驗已經厭煩了，不過，到了星期五晚上，每個人都告訴自己說很高興這個禮拜已經快要結束。爲了要讓這個教訓更加深印象，幽默感很夠的瑪區太太決心用一個適當方式把這個實驗結束，於是她放了漢娜的假，讓這些女孩子充分體會到這個遊戲的後果。

星期六早上起床以後，廚房裡沒有爐火，餐廳裡沒有早餐，到處都看不到母親。

「哎呀！出了什麼事啦？」喬大喊，驚惶地四處張望。

梅格跑上樓去，很快又回來了，神情是放輕鬆了，但卻相當昏亂，還有一點點羞愧。

「媽媽沒有生病，只是很累了，她說她要在她房裡靜靜休息一天，讓我們自己想辦法。她這麼做非常奇怪，一點也不像她，不過這個禮拜她很累，所以我們也不可以囉唆，好好照顧自己吧。」

「這容易，而且我喜歡。我好想做點事情——我是說，找些新的樂事呢。」喬很快又加上一句。

其實，有事可做才眞是讓她們大大鬆了一口氣呢，所以她們也都樂意去做，不過很快地她們就明白漢娜說的「持家可不是開玩笑」這句話的眞實了。儲藏室裡食物很多，於是貝絲和愛美擺桌子準備吃飯，梅格和喬就做起早餐了，一邊還納悶僕人們爲什麼總會說工作辛苦呢。

「我會端一些上去給媽媽，雖然她要我們不用管她，她可以照顧自己。」當家的梅格說了，她坐在茶壺後方，自覺像個母親一般的莊嚴穩重。於是誰都還沒有開動前就先準備好了一個餐盤，端到樓上去了。燒滾了的茶非常苦，歐姆蛋煎焦了，餅乾上面還沾著點點的小蘇打粉，不過瑪區太太仍然道著謝收下她的早餐，等到喬走了以後才開懷笑了。

「可憐的小東西們，恐怕她們會不好受了，不過她們不會受苦的，而且這樣對她們也有好處。」她說，而後她拿出自己準備的美味佳餚，丟了這一頓不怎麼樣的早餐，如此不會傷了她們的心，這是做母親的小小欺瞞伎倆，但是她們會感激她的。

樓下的抱怨連連，大廚對於自己的失敗懊惱得不得了。「沒關係的，我來做午餐，做僕人，你來做女主人，手也別弄髒了，只要招呼客人，發號施令就行了。」喬說，她對烹調的事知道得比梅格還少呢。

梅格欣然接受了這個好心的提議，於是回到了客廳，急忙收拾了一下：把垃圾掃到沙發椅下面，又拉上百葉窗，省去撣灰塵的麻煩了。喬對自己的能力深具信心，又想要彌補吵架的事，於是立刻在郵局裡放了一張紙條，邀請羅瑞來吃飯。

「你最好是先看看有什麼東西，再去想到請人來。」梅格知道這個好客但卻草率的舉動後說了。

「噢，我們有醃牛肉和很多馬鈴薯，我再去買點蘆筍和龍蝦，『好好吃一頓』，就像漢娜說的。我們可以買點生菜做沙拉。我不知道怎麼做，不過書上有教。我還要做牛奶凍，還有草莓，可以做甜點，還可以有咖啡，如果你們想要很優雅的話。」喬說。

「不要弄太多麻煩東西，喬，因爲你只會做薑餅和糖蜜糖。午餐我是不碰的了，而因爲是你自己要請羅瑞來的，你要招呼他。」

「我也不要你做什麼，你只要客氣對他就行了，並且在我做布丁的時候幫一下。如果我遇到問題時你再告訴我吧，好不好？」喬相當委屈地說。

「好哇，可是我知道的不多，只除了麵包和一些小事。你去買東西以前最好還是問問媽媽一下。」梅格謹愼地說。

「我當然會，我又不是傻瓜。」梅格對喬的能力表現了明顯的疑慮，讓喬很生氣地走開了。

「你們想買什麼就買什麼，不要打擾我，我要出去吃午餐，沒辦法擔心家裡的事情。」喬跟母親說了以後，瑪區太太說。「我從來也不喜歡管家事，今天我要放個假，看書、寫信、找朋友，讓自己高興高興。」

忙碌的母親一大早竟然舒舒服服坐在搖椅上看書，這幕少見的景象讓喬感覺像是發生了什麼天災，就算是日蝕、地震或火山爆發，都不會更奇怪呢。

「好像每件事都不對勁了呢，」她自言自語著走下樓。「貝絲在哭，保證是這個家裡出了事了。如果是愛美逗她，我可要對付她了。」

喬自己都覺得渾身不對勁了呢，她匆匆走進客廳裡，卻發現貝絲正對著金絲雀皮寶哭，皮寶在鳥籠裡，已經死了，牠那兩隻爪子可憐兮兮地往外伸著，彷彿在乞討牠吃不到而餓死的食物。「都是我的錯——我把牠忘了——籠子裡連一粒鳥食、一滴水都沒有了。噢，皮寶！噢，皮寶！我怎麼能這麼殘忍地對你呢？」貝絲哭著，把這個可憐的鳥兒握在手裡，想要恢復牠的生命。

喬端詳著牠半開的眼睛，摸了摸牠小小的心臟，發現牠已經又冷又硬了，於是搖了搖頭，拿出她的骨牌盒子做棺木。「把牠放進烤箱裡，也許牠會變暖和，會活過來。」愛美滿懷希望地說。「牠是餓死的，不能把牠烤了。我會給牠做件壽衣，把牠埋在花園裡。我再也不要養鳥了，再也不要了，我的皮寶呀！我太壞了，不配養鳥。」貝絲喃喃說著，她坐在地上，兩隻手抱著小鳥。

「葬禮要在今天下午舉行，我們全都要參加。好啦，貝絲，別哭了。這件事很可惜，可是這個禮拜就沒有一件事是順利的，而皮寶是這次實驗裡最倒楣的一個。去做壽衣吧，把牠放在我的骨牌盒子裡。等到午餐派對過後，我們要舉行一場小小的葬禮。」喬說，她已經開始覺得自己做了好多事情了。

她留下其他人去安慰貝絲，自己回到了廚房，廚房裡是一片令人洩氣的混亂。她穿上一件大圍裙就開始工作，等到她把碟子都堆起來準備要洗的時候，才發現火熄了。

「還眞是個好兆頭哩！」喬嘀嘀咕咕地說著，邊把火爐門一把拉開，在灰燼裡頭用力撥弄著。

爐火重新燃著以後，她想趁著燒水的時候去市場買菜。走走路使她恢復了精神，她買了一隻幼小的龍蝦、一些很老的蘆筍、兩盒酸草莓，自覺買得眞划算之後，她再走回家。等到她清理好，午餐時間也到了，爐火也都燒得火紅了。漢娜留了一盤的麵包要發，梅格很早就把麵包整理過，放在爐床上要發第二遍，後來卻忘了。梅格正在客廳招待莎麗．葛蒂納，門突然推開，一個沾著麵粉、髒兮兮、漲紅著臉、頭髮蓬亂的人影現了身，尖酸地問：

「嘿，麵包脹出烤盤了，發得夠了吧？」

莎麗笑了起來，但是梅格點了點頭，眉毛抬得老高，那個鬼魅似的人形消失了，立刻毫不遲疑地把那酸麵包放進烤箱了。瑪區太太四處打量了一下，看看情況如何了，她也對貝絲說了些安慰的話，就出門去了。貝絲正在做一條裹屍布，她那個心愛的逝者端端正正地躺在骨牌盒子裡。母親那頂灰色軟帽消失在路口時，一種奇異的無助感襲上這些女孩子們心頭，而幾分鐘以後，克洛克小姐出現，說要來吃午餐的時候，她們全都絕望了。要知道，這位女子是個又瘦又黃的老小姐，長了一個鷹鉤鼻和一雙愛打探的眼睛，什麼事情都逃不過她眼睛，她又會把所看到的事情拿出來說長論短。她們都不喜歡她，可是媽媽要她們對她客氣一些，只是因爲她又老又窮，幾乎沒有朋友。於是梅格讓她坐在安樂椅上，極力要讓她開心，她呢，則是問問題、批評一切，還說些她認識的人的故事。

喬在這天早晨所歷經的焦慮、痛苦，是言語也難以形容的，而她做的午餐從此也傳爲笑談。由於她不敢再去請教別人，只好一切靠自己，結果她發現要做個好廚子，除了精力和一番好意外還需要別的東西才行。

她把蘆筍煮了一個小時，結果很難過地發現蘆筍頭都給煮掉了，而莖卻更硬。麵包烤焦了，因爲沙拉醬讓她急得丟開別的事不顧，直到她確信自己沒法子讓它入人的口。煮得紅通通的龍蝦對她來說是個謎，但是她又敲又戳的，終究把蝦殼給剝了，少少的蝦肉掩藏在大團的生菜葉中。馬鈴薯得趕快煮好，不能讓蘆筍等著，所以最後也沒煮熟。牛奶凍裡面盡是疙瘩，草莓也不像看起來那麼熟。

「噢，如果他們餓的話，是可以吃牛肉和奶油麵包的，只是你白費了一個早上的時間，實在是氣死人了。」喬在比平時開飯時間晚半小時以後搖著開飯鈴想，她又熱又累又洩氣地站在那裡，打量著這頓擺在羅瑞和克洛克小姐面前的飯菜。羅瑞是習慣各種精緻餐點的，而克洛克小姐那雙好奇的眼睛更是會記住所有的敗筆，她那個說不停的舌頭也勢必把這些敗筆到處宣揚。

可憐的喬簡直恨不得鑽到桌子底下，只見一道道的菜被嚐過之後就放在那兒，愛美吃吃笑著，梅格看起來頗爲痛苦，克洛克小姐噘起嘴，而羅瑞一個勁地又說又笑，要讓這頓盛宴的場面有種愉快的氣氛。喬的拿手項目是水果，因爲她撒了很多的糖在上頭，還準備了一壺濃濃的奶水可以配著吃。她火熱的臉頰稍稍涼了些，而每個人都好心地盯著漂浮在一片奶水海中那粉紅色的小島。克洛克小姐先嚐了一口，做了個鬼臉，急急忙忙喝了些水。草莓經過挑揀之後很悲哀地少了許多，喬怕不夠吃所以沒有吃，她這時注視羅瑞，而他正頗有男子漢氣概地吃著，只是他的嘴角微微牽動了一下，兩隻眼睛也直直盯著自己的盤子。喜愛美食的愛美舀了滿滿一匙吃下去，卻嗆著了，然後把臉埋在餐巾裡，倉皇離了餐桌。

「噢，怎麼啦？」喬顫抖著叫道。

「你把鹽當成糖了啦，奶水又是酸的。」梅格比個慘兮兮的手勢回答。

喬發出一聲哀嘆，把身體往椅背一靠，這時她想起來她用廚房桌上兩個罐子中的一個匆忙給草莓撒上粉，並且也忘了把牛奶放進冰箱裡了。她的臉漲得通紅，幾乎要哭了出來！這時她和羅瑞的目光相接，他顯然很英勇地極力壓抑，但是目光卻依然是帶著笑，於是這件事的滑稽面突然打動了她，使她哈哈大笑了起來，一直笑到眼淚都流下她的臉頰了。其他人也全都如此，就連女孩子們稱作「咯咯叫」的這位老小姐也笑了。於是這頓不幸的午餐就在麵包和奶油、橄欖和歡樂中快快活活地結束了。

「我沒有現在清理的勁了，因此我們就來舉行一場葬禮，讓自己嚴肅些吧。」他們站起來時喬說了。克洛克小姐也準備要走了，她急著要在另一個朋友家的餐桌旁訴說這個新故事。

他們為了貝絲也確實嚴肅了：羅瑞在小樹叢的羊齒植物下挖了一個墓，小「皮寶」那個心腸軟的主人哭哭啼啼得把牠放進墓裡，再用青苔蓋住，一個用紫羅蘭和蘩縷做的花環掛在寫著牠的墓誌銘的石頭上，這墓誌銘是喬在和午餐奮戰時構思的：

皮寶．瑪區長眠此地，
六月七日逝世；
生前備受寵愛，
死後眾人緬懷。

儀式結束以後，貝絲因為情緒激動以及肚裡的龍蝦作怪而回到房間，可是房裡沒有地方可以休息，床都沒有鋪好，不過她發現藉著拍打枕頭和整理房間的動作，她的哀傷倒是減緩了許多。梅格幫喬收拾這頓大餐的殘局，花了她們半個下午的時間，把她們累得要命，於是說好了晚餐只要喝茶配吐司就行了。羅瑞駕馬車載愛美出去走走，這眞是個善行，因爲酸奶似乎對她的脾氣有些不好的影響。瑪區太太回到家，看到三個較大的女兒正起勁地在下午做著事，她瞧了櫃櫥一眼，約略知道這個實驗已經成功一部分了。

這幾個家庭主婦還沒能休息，就有幾個人來家裡拜訪，於是她們一陣子手忙腳亂，好準備妥當見客人，然後還要準備茶，做點事，還有一、兩件該做的縫紉活兒一直疏忽到最後一刻。等到暮色漸濃，露濕空氣，四周寂靜下來時，她們才一個個聚集到門廊，這裡的六月薔薇含苞待放，美麗極了。她們一個個唉聲嘆氣地坐下來，好像疲累不堪或是心煩氣躁的樣子。

「今天是多麼精采的一天！」喬說話了，通常她都是第一個說話的人。

「今天好像比平常短，可是卻多麼地教人不舒服呀。」梅格說。

「一點也不像家。」愛美說。

「沒有媽媽和小皮寶，不可能像是家了。」貝絲嘆了口氣，盯著她腦袋上方的空空鳥籠。

「媽媽來了呢，親愛的，明天你可以再養一隻鳥，如果你想要的話。」

瑪區太太邊說邊走過來，在她們中間坐下，看起來像是她的假期也沒有比她們的假日快活多少。

「你們滿意這個實驗嗎，孩子們？或者你們還要再實驗一個星期？」她問，這時貝絲挨擠著她，其餘的也都展露歡顏轉頭望著她，像花朵面朝著太陽。

「我不要！」喬堅決地喊著。

「我也不要！」其他人也應聲。

「那麼，你們是不是認爲有一些責任，爲別人著想一些要比較好呢？」

「閒散和玩樂並不值得呢，」喬說，一邊搖搖頭。「我已經厭煩了，我想要立刻去做點什麼事。」

「那麼你不妨學做點家常菜吧，這倒是個有用的手藝，每個女人家都該會的。」瑪區太太說，她想到喬的午宴不由得暗暗笑了，因爲她遇見克洛克小姐，聽說了這件事。

「媽媽，你是不是故意走開不管事，好看看我們會怎麼樣？」梅格高喊著，她已經懷疑了一整天。

「是的。我希望你們能明白，所有人的舒適是取決於每個人忠誠地做自己分內的事。我和漢娜爲你們做事的時候，你們都過得很好，不過我認爲你們並不很快樂或是珍惜，所以我就想，我就讓你們看看如果每個人都只顧自己會是什麼樣的情形，算是個小小的教訓吧。你們不覺得能夠彼此幫忙，能夠盡每天的責任，使得休閒更爲甜蜜；能夠容忍自制，使家變得舒適可愛，這是要快活得多嗎？」

「我們覺得是呢，媽媽，是呢！」女孩子們齊聲叫道。

「那我要勸你們再扛起你們的小小責任吧，雖然這些責任有時候看起來很沉重，但是它們對我們是有益處的，而且等到我們學會扛起它們以後，它們也會變輕了。工作是有益健康的，而每個人都可以有很多工作。工作使我們不至於無聊或是去惹禍，對我們身心有利，而且比金錢或者是衣飾更能給我們一種力量和獨立感。」

「我們會像蜜蜂一樣的勤奮工作，並且也會愛工作的，你等著看吧！」喬說。「我要在假日學做家常菜，下一場餐宴一定會成功的！」

「媽媽，那你不要做爸爸的襯衫了，我來做。雖然我並不喜歡縫紉，不過我可以去做。這要比弄我自己的東西要好，我的東西已經夠整齊了。」梅格說。

「我要每天做功課，不要花太多時間彈琴和玩洋娃娃。我是個笨孩子，所以應該唸書，不應該玩耍。」這是貝絲的決定。愛美學大家的樣，很英勇地宣佈了：「我要學會開鈕孔，還要注意我的說話。」

「很好！那麼我對這次的實驗是非常滿意了。想想看，我們不必再做一次了。可是也不要矯枉過正了，把自己累得像奴隸。要定時的工作和玩樂，把每一天過得既有用又愉快，善用時間，證明你們了解時間的價值。那麼青春就會是令人快活的，老年時也不會懊悔，生活雖然貧困，也會是美好的成就。」

「我們會記住的，媽媽！」她們的確是記住了。

12 羅倫斯營地

貝絲是全家人當中最常在家的一個，所以是小小郵局的局長，可以定期前往處理，她又非常喜歡每天打開郵局信箱的小門，分送信件的工作。七月裡有一天，她手裡捧滿物品走進家門，像郵差一樣在各處放下信件和包裹。

「媽媽，這是你的花！羅瑞從來都不會忘的。」她說著就把這束新鮮的花插進放在「媽媽的角落」的花瓶裡，花瓶裡的花都是這個重感情的男孩提供的。

「梅格．瑪區小姐，你有一封信和一隻手套。」貝絲接著說，並且把物品送給坐在母親旁邊縫袖口的姐姐。

「咦，我掉了一副手套，這裡卻只有一隻呢。」梅格說，她盯著這隻灰色的棉質手套。

「你有沒有把另外一隻掉到花園裡了？」

「沒有，我確定沒有。郵局裡只有一隻。」

「我最討厭手套不成雙了！不要緊，另外一隻也許會找到。我的信只是我想要的一首德文歌曲的翻譯，我猜是布魯克先生翻的，因為這不是羅瑞的筆跡。」

瑪區太太看了梅格一眼，穿著棉布晨袍的梅格看起來十分美麗，小小的鬈髮在前額飄動；工作小几上擺放著整齊的白色線團，她坐在桌邊縫著，看起來像是成年女人。她邊做活兒邊唱著歌，手指飛快來回動著，思緒卻忙著在像她腰帶上的三色堇一樣無邪而純眞的少女幻想上，渾然不知母親的想法。瑪區太太笑了，感到非常滿意。

「喬博士有兩封信、一本書，還有一頂滑稽的舊帽子，這頂帽子塞住了整個信箱，還伸到外頭了。」貝絲哈哈笑著說，一邊走進書房，喬正在書房裡寫東西。

「羅瑞可眞是個奸詐鬼！我說我希望流行比較大的帽子，因爲大熱天我每天都會曬到臉。他就說：『何必管流行呢？就戴個大帽子，讓自己舒服就行了！』我說如果我有我就戴，他就送過來這頂帽子來試探我。我偏要戴，好玩嘛，讓他知道我才不管時尚流行哩。」說著喬就把這頂古舊的寬邊帽蓋在柏拉圖的胸像上，然後看她的信。

其中一封是母親寫的信，這封信使她臉頰發紅，淚水盈眶，信是這麼寫的：

「我親愛的：我寫這封短信是要告訴你，看到你努力要控制你的脾氣，我有多麼地滿意。你從沒有說起你的磨難、失敗或成功，你以爲除了你每天請求協助的在天上的朋友看到之外，沒有人看到——如果我從你那本翻破了封皮的書猜測得沒錯的話。其實我也全都看在眼裡，並且衷心相信你決心的眞誠，因爲這份決心已經開始要開花結果了。繼續努力吧，親愛的，要有耐心而且勇敢地繼續下去，也要相信沒有人會比你母親更疼惜你、贊同你。

媽媽」

「這眞的對我有幫助呢！這值得上百萬的金錢和千萬的讚美呢。噢，媽媽，我眞的是努力了！我會繼續努力下去，不會疲倦的，因爲我有你在幫我。」喬把頭趴在兩隻手臂上，快樂的眼淚濕了她小小的冒險小說，她原以爲不會有人看到她爲做個乖孩子而努力，更不會體會她的用心。母親這番肯定更是加倍的珍貴，加倍的令人鼓舞，因爲她根本沒有料想到，況且給她肯定的，又是她最重視的人。這時候她感覺自己比以往都要堅強，可以迎向她的「惡魔」，並且打敗它，所以她把這張紙條用針別在衣服裡面，既作爲護身之用，也用來提醒自己，免得自己疏忽了。而後她去拆另一封信，心想不管信裡是好是壞的消息，她都可以面對。羅瑞斗大而活潑的字跡寫道：

「親愛的喬：

你好不好？

明天會有一些英國男孩和女孩來看我，我想要開心玩上一陣子。如果天氣好的話，我要在『長草地』紮營，然後大夥兒划船去野餐、打槌球——生火呀、做菜呀，像吉普賽人那樣，玩各種遊戲。他們都很好，也喜歡這種事。布魯克會去，他要管我們男生，凱特．沃恩會指導女生。我希望你們全都來，不管怎麼樣都不能漏了貝絲，不會有人打擾她的。吃的東西不用費心——我會負責的，其他的事也一樣——千萬要來喲，才夠意思！

我可是十萬火急的！

友　羅瑞」

「天大的好消息！」喬喊道，她衝進來把這個消息告訴梅格。

「我們當然可以去吧，媽媽？我們可以幫羅瑞很大的忙，我可以划船，梅格負責午餐，妹妹們也都有用。」

「我希望沃恩家的人不是那種嬌貴的大人。你知道他們什麼事嗎，喬？」梅格問。

「我只知道他們家有四個小孩。凱特比你大，佛烈得和法蘭克是雙胞胎，大概跟我一樣大，還有一個小妹妹叫葛蕾絲，九歲或是十歲。羅瑞在國外的時候認識他們的，他很喜歡那對雙胞胎，而從他提到凱特時一本正經的表情看來，我猜他並不會很欣賞她。」

「我真高興我那件法國印花布洋裝是乾淨的，它很適合去的時候穿呢！」梅格挺得意地說。「你有沒有適合的衣服，喬？」

「我有一件深紅色和灰色的划船裝，對我來說是夠的啦。我會去划船、去四處走動，我才不要去想到拘謹的穿著哩。你會去吧，貝絲？」

「如果你們不要讓男生跟我說話我就去。」

「一個男生都不會的！」

「我喜歡讓羅瑞開心，我也不怕布魯克先生，他人很好，可是我不想去玩、去唱歌，或是說什麼話。我會努力工作，不會去麻煩任何人，而你們也要照顧我，喬，我會去的。」

「這才是我的乖妹妹！你真的努力要讓自己不再害羞呢，我愛你這一點。糾正缺點並不容易的，一句關心的話就像是送人的一份禮物呢。謝謝你，媽媽。」喬給了這個瘦削的臉頰一個感激的親吻，這個吻要比瑪區太太能夠恢復年輕時豐腴的雙頰還要寶貴哩。

「我收到一盒巧克力糖球，還有我想照樣畫的圖畫。」愛美說著，把她收到的郵件給大家看。

「我收到羅倫斯先生的短信，要我今天晚上趁還沒有點燈的時候過去練琴給他聽，我會去的。」貝絲又加上一句，她和這位老先生的友誼進展順利。

「現在我們快點動手把該做的事情加倍做了，這樣我們明天才可以無拘無束地玩耍。」喬說，她正準備用一把掃帚取代手裡的筆。

第二天清晨太陽偷偷往女孩子們的房裡探個臉，要向她們保證這天是個晴天的時候，他看到一幕滑稽的景象。每個人都做了自認為對這場出遊而言是必要而且妥當的準備。梅格額頭上多了一排小小的鬈髮紙捲子，喬在她受罪的臉上塗了過多的冷霜，貝絲讓喬安娜跟自己睡，為即將到來的分別贖罪；而愛美更為這個景象製造了高潮：她把一個曬衣夾夾住鼻子，要補救讓她生氣的塌鼻子缺點。這夾子是畫家用來把畫紙固定在畫板上的那種夾子，所以對於它此刻的目的而言倒是相當適合而且有效的。這幕滑稽的景象似乎讓太陽也樂開懷了，因為他突然發出強烈的光和熱，使得喬醒來，看到愛美的裝扮開心地大笑，而吵醒了所有姐妹。

陽光和笑聲給一場出遊一個好兆頭，不久後兩家都開始了一陣嘈雜的忙亂，最先準備好的貝絲不停地把隔壁家的情況報告給大家聽，還常常從窗邊傳遞快訊，讓姐妹們的化妝打扮充滿了熱鬧活潑的情緒。

「拿帳篷的人走了！我看到巴克太太正把午餐放進一個手提籃和一個大籃子裡。現在羅倫斯先生正抬頭看天空，還有看風向雞；我希望他也去呢。我看到羅瑞了，看起來像是個水手——眞不錯呢！哇，天哪！來了一輛坐滿人的馬車——一位個兒高高的女士、一個小女孩，還有兩個可怕的男生。一個走路不方便，可憐，他拄著枴杖呢。羅瑞沒有告訴我們這件事。快點啦，小姐們！我們要遲到了。嘿，耐德．莫法特也來了呢！你看，梅格，那個人不是我們有一天去買東西的時候向你行禮的人嗎？」

「的確是的。他竟然會去，好奇怪呀。我還以爲他在山上。莎麗也來了，我很高興她趕回來了。我這樣子還好嗎，喬？」梅格慌忙叫著。

「簡直是一等一的美呢！把衣服拉好，帽子戴正。那樣子歪著戴看起來很做作，而且風一吹就會被吹走。好啦，快點！」

「喂，喬！你可不會戴那頂可怕的帽子吧？那太荒唐了！你不可以把自己弄得像男人一樣！」喬用一條紅色緞帶綁住羅瑞開玩笑送她的那頂老式寬邊草帽，梅格提出勸告。

「我要戴，這帽子好得很呢——又涼快又輕，還很大。那會很好玩的，而且如果我能夠很舒服自在，我可不在意做個男生。」說完這句話喬就邁著大步走開了，其他人也跟在後面——這是一支耀眼的姐妹隊伍，她們全都穿著夏天的洋裝，顯露各自最美麗的模樣，漂亮的帽簷下是快活的臉孔。

羅瑞跑過去迎接她們，並且非常有禮貌地將她們介紹給他的朋友。草坪成爲接待室，當場熱鬧了好幾分鐘。梅格慶幸凱特小姐以二十歲的年紀卻是穿得非常樸素，這是美國女孩子會樂意模仿的；而耐德先生向她保證說是特地來看她的，這也教她心花怒放。喬明白羅瑞爲什麼在提到凱特時「嘴角一撇」了，因爲這位小姐有一種「離我遠點，別碰我」的神情，和其他女孩子輕鬆自在的態度成爲強烈的對比。貝絲對新認識的男孩子做了一番觀察，決定行動不方便的那個比較不「可怕」，而且他很溫柔、身體又弱，就爲了這一點，她就會對他好的。愛美發現葛蕾絲是個有禮貌又快活的小朋友，她倆定定地互相注視了幾分鐘之後，突然間就變成非常好的朋友。

帳篷、午餐、槌球器材都已經事先運送過去，這群人很快也上了船，兩艘船就一起出發，留下羅倫斯先生在岸邊揮著帽子。

羅瑞和喬划一艘船，布魯克先生和耐德划另一艘，而比較調皮搗蛋的雙胞胎之一佛烈得．沃恩自己划著一條單人座小船，拚命想要干擾兩艘船。喬那頂可笑的帽子值得感謝，因爲它的用處可眞廣：一開始由於它引起衆人的笑聲而打破了彼此間的尷尬；等她划著船，帽子也來回拍動，掀起一陣清涼的微風；而且她還說，如果下起一陣雨來，這頂帽子還可以給大家當傘遮雨呢。凱特對於喬的作風很覺驚異，尤其當喬掉了一枝槳而大喊「哎喲喂呀！」以及羅瑞在船上要坐下時絆到喬的腳而說：「我的好傢伙，我有沒有踢到你？」的時候。不過當她戴上眼鏡仔細打量這個奇怪的女孩幾次之後，凱特小姐決定她「雖然古怪，卻挺聰明」，於是老遠就會對著她笑了。

另一艘船上的梅格則是姿態優雅地坐著，面對兩個划船者，他們都傾慕眼前這人兒，也因此都以少見的「技術和熟練」划著槳。布魯克先生是個沉默而且嚴肅的年輕人，有一雙秀美的棕色眼睛和悅耳的聲音。梅格喜歡他的沉穩態度，認爲他是個裝滿有用知識的活生生的百科全書。他和她說的話不多，但是他卻時常注視她，而她也確信他並不是帶著嫌惡的心理看著她的。耐德是個大學生，自然會擺出新鮮人認爲該擺出的態度。他不是很聰明，不過脾氣很好，總體來說是個一起野餐的好玩伴。莎麗．葛蒂納一心只想著不要弄髒她的白色凸花棉布洋裝，並且和那個無處不在的佛烈得嘰喳說著話，佛烈得老是愛惡作劇，讓貝絲無時無刻不提心吊膽。

到「長草坪」並不遠，但是他們抵達那裡的時候，帳篷都已經搭好，而球門也都放下了。這裡是一片悅目的綠色原野，中央有三株橡樹，枝葉茂密，朝四周伸展開來，還有一片平滑的草坪，供人打槌球之用。

「歡迎來到羅倫斯營地！」眾人登上岸，看見這裡的景色都歡喜地讚嘆著，這時年輕的主人宣佈。

「布魯克是總司令，我是軍需官，其他男生是參謀官，而各位女士呢，你們是客人。帳篷是特別為你們而設的，那棵橡樹是你們的客廳，這棵樹是餐廳，第三棵是營地廚房。現在我們趁天還沒有熱先來比一場，然後再來準備午餐。」

於是法蘭克、貝絲、愛美和葛蕾絲就坐下來，看另外八個人比賽。布魯克先生挑了梅格、凱特和佛烈得組一隊；羅瑞選了莎麗、喬和耐德一隊。英國隊打得不錯，但是美國隊要更勝一籌，兩隊爭奪每一吋的土地，戰況激烈得彷彿一七七六年獨立戰爭的精神激發了他們的鬥志。喬和佛烈得有幾次小衝突，有一次還幾乎破口大罵了。是這樣的：喬已經把球打過最後一道球門，但是卻打偏了，這個失手已經讓她很不高興。佛烈得緊追在後，而他比她先打，他揮了球槌，球碰到球門，在另一邊距球門一吋的地方停了下來。當時沒有人在附近，他跑過去檢查的時候偷偷用腳尖抵了抵，而讓球滾到了距球門一吋的這一邊。

「我打完這球了！好啦，喬小姐，我會先進球了。」這位年輕人喊著，一邊揮著球槌，準備再次發球。

「你把球推過去的，我看到了。現在該我打了。」喬厲聲說。

「我眞的沒有動，球可能滾開了一點，可是這不犯規，所以請你站開一點，讓我試看看能不能打中標竿。」

「我們在美國是不作弊的，不過如果你們想要作弊，那也可以。」喬生氣地說。

「美國佬最狡猾了，誰都知道。走開！」佛烈得反唇相譏，還把她的球打到好遠。

喬張口想要罵人，及時止住了，只見一陣緋紅上了她的額頭，她站了一會兒，然後用盡氣力把一個球門打倒，而佛烈得打中了標竿柱，欣喜若狂地宣佈自己已經打完了。她走開去撿球，花了好長時間在矮樹叢裡面找，不過她還是回來了，看起來十分冷靜，不發一語，只耐心地等著輪到她。她揮了好幾桿才把球打到她先前落後的地方，等她到了那裡，另一隊幾乎要贏了，因爲凱特的球是最後一球，而且距標竿很近。

「哇，我們要贏了！再見了，凱特。喬小姐輸我一次，你們完了！」他們全都走近要看結局時，佛烈得興奮地叫著。

「美國佬有習慣對敵人慷慨大方，」喬說，她的眼神讓這個男孩漲紅了臉，「尤其是他們打敗敵人的時候。」她加上一句，這時候她以聰明的一擊，連碰也沒有碰到凱特的球就贏了這場比賽。

羅瑞高興得把帽子往空中拋，然後記起來不應該爲了客人的敗仗過度開心，就在歡呼一半時停了下來，小聲對他的朋友說：

「眞有你的，喬！他眞的有作弊，我看到了。我們不能這樣告訴他，可是他不可以再犯了，你相信我的話。」

梅格假裝要幫喬把一根鬆散的辮子綁起來而把她拉到一邊，用讚許的語氣說：

「起先那眞是讓人動怒，可是你卻控制住脾氣了，我眞的很高興呢，喬。」

「別誇我，梅格，我恨不得這一刻就賞他一耳光。要不是我剛才在蕁麻叢裡待著，直到氣消得足以忍住不說，我早就發火了。我的脾氣現在是快要爆發了，所以我希望他離我遠一點。」喬回答，她咬著嘴唇，從她那頂巨大的帽子下怒瞪著佛烈得。

「吃午餐囉。」布魯克先生看著手錶說。

「軍需官，麻煩你生個火，拿點水，我和瑪區小姐、莎麗小姐負責鋪桌布好嗎？誰會沖好喝的咖啡？」

「喬會沖。」梅格說，她很高興能推薦自己的妹妹。喬呢，覺得自己近來的烹調技藝會讓她很有面子，於是就去負責看管咖啡壺，小孩子們去撿乾木棍，男生們生了火，還到附近一處山泉裡拿了水回來。凱特小姐畫著素描，法蘭克同貝絲說著話，貝絲一邊用燈芯草編成墊子，當成餐盤。

總司令和他的助手們很快就在桌布上陳列了一批誘人的飲料和食物，這些東西都用綠葉裝飾得十分美麗。喬宣佈咖啡已經煮好，於是每個人都坐下來痛快地享用這一餐，因爲年輕人很少會消化不良，而運動更促進健康的胃口。這眞是一頓快活的午餐，每件事似乎都是既新鮮又好笑，不斷的陣陣笑聲驚嚇到一匹在附近吃草的馬。桌面不平，杯盤因此出了不少災難；橡實還掉落牛奶裡，還有小小的黑螞蟻不請自來，分享了吃食；毛毛蟲也從樹上搖搖擺擺地爬下來，看看怎麼回事。還有三個白臉小孩從籬笆上往這裡探看，另外有一隻討人厭的狗在河對岸拚命往這裡吠叫。

「鹽在這裡，如果你要用的話。」羅瑞把一碟莓果遞給喬時說。

「謝謝你，我還比較喜歡蜘蛛。」她回答，同時撈起兩隻不小心淹死在奶油湯裡的小蜘蛛；「你好大的膽子，竟敢在你這頓完美的大餐上提醒我那次可怕的午餐盛宴！」喬加上一句，他倆都笑了起來，並且用同一個盤子吃著，因爲盤碟不夠。

「我那天很開心，現在都還忘不了呢。這頓飯我是沒有什麼功勞的，你知道；我什麼事也沒有做，是你和梅格、布魯克完成的，我對你有無盡的感謝。我們再也吃不下東西的時候要做什麼呢？」羅瑞問，他覺得午餐結束了，他的王牌也出盡了。

「玩遊戲呀，玩到氣溫涼了。我帶了『作者』遊戲來。我敢說凱特小姐一定知道一些新奇好玩的東西。去問她嘛，她是客人，你應該多陪陪她。」

「你不也是客人嗎？我以爲她和布魯克很配，但是他一直在和梅格說話，而凱特就只是隔著她那副可笑的眼鏡盯著他們兩個人。我要去了，所以你也不用長篇大論地教我禮貌之道，喬。」

凱特小姐的確知道幾種遊戲，而由於女孩子們不想再吃東西，男孩子們再也吃不下東西，他們就都移師到「客廳」，玩起「滑稽接龍」了。

「先由一個人開始說故事，隨便你愛怎麼說都可以，你愛講多久也可以，只是要注意在某個最刺激的地方突然停住，由下一個接著說，也同樣地說下去。玩得好的話就很好笑，變成一個亂七八糟的悲喜劇，讓人哈哈大笑。請開始吧，布魯克先生。」凱特用一種命令的口氣說，這倒嚇了梅格一跳，梅格對待這位家庭老師是像對其他先生一樣尊敬的。

在兩位姑娘腳邊草地上的布魯克先生乖乖開始說起故事了，他那雙俊美的棕色眼睛凝望著陽光照射著的河面。

「從前有個武士出外闖天下，他除了劍和盾以外一無所有。他在外旅行好長一段時間，幾乎有二十八年之久，吃盡了苦頭。有一天他來到一位善良的老國王的皇宮，這個國王懸賞給任何能夠制伏他的愛馬的人。武士同意試試看，並且慢慢有了進展，因爲這匹小馬很勇敢，又很快學會愛牠的新主人，雖然牠很古怪又狂野。他每天訓練這匹國王的寵物時都會騎著牠穿過城市，而他總是邊騎馬邊四處張望，想要看到某一張美麗的臉孔，這個臉孔在他夢裡出現過很多次，但是他從沒有找到這個人。有一天，他正快馬行經一條安靜的街道，忽然看到一座殘破城堡的窗子裡有那張可愛的臉孔。他非常高興，就問人住在這幢老舊城堡裡的是誰，人家告訴他說有幾個被俘的公主被咒語關在那裡，她們一天到晚都在紡織，好存錢贖回她們的自由。騎士非常希望能釋放她們，但是他很窮，所以只能每天走過這裡，尋找那張可愛的臉孔，並且渴望能看到那張臉在陽光下。終於他下決心要進到城堡裡問該怎麼樣幫助她們。於是他去敲了門，巨大的門打了開來，他看到——」

「一位迷人的可愛姑娘，她欣喜地大叫：『終於來了！終於來了！』」凱特接著說。她看過法國小說，很羨慕它們的風格。「『正是她！』古斯塔夫伯爵嘆道，在一陣狂喜中跪在她腳下。『噢，起來！』她說著，伸出一隻有如大理石般光滑的手。『絕不！除非您告訴我我要怎樣才能救您出去。』騎士仍然跪著說。『唉！殘酷的命運使我待在這裡，直到我的暴君被消滅。』『那個壞蛋在哪裡？』『在那個淡紫色廳裡！去吧，勇敢的人，把我從絕望中救出來吧。』『遵命，我不是成功返回就是成仁！』說完這些令人心動的話，他就迅速走開，推開淡紫色廳的房門，正要走進去，突然被——」

「一本好大的希臘文字典打到，原來是一個穿著黑袍的老頭子丟過來的，」耐德說。

「很快地，那個叫做什麼的爵士恢復鎮定，把老暴君丟出窗外，然後要回去找那位姑娘，他因為打了勝仗而洋洋得意，不過他的額頭上卻起了個包。但是他發現房門鎖上了，於是他把窗簾撕開，做成一條繩梯就往下爬，才爬到一半這個梯子就斷了，他頭下腳上地摔到六十呎下的壕溝裡。他很會游泳，所以他就繞著城堡游泳到一座小門外，這個門有兩個魁梧的大漢看守，他抓住兩人的腦袋撞在一起，把腦殼像核果一樣撞碎，然後只用了他驚人氣力的一些些，就砸爛了門，走上石階，石階上堆了有一呎厚的灰塵，還有像你的拳頭一樣大的蟾蜍、會把你嚇得歇斯底里的蜘蛛，瑪區小姐。在這段石階的頂端，他看到一幕景象，讓他膽戰心驚，氣都喘不過來了——」

「那是個全身白的人形，臉上還蒙著白紗，在它枯瘦的手裡拿著一盞燈，」梅格繼續說。「它朝他招了招手，在他前方無聲無息地溜進一道走廊，這走廊像墳墓一樣的灰暗冰冷。走廊兩旁立著穿甲冑的陰暗塑像，整個地方是一片死寂。燈火變成了藍色，那個鬼魅般的人形不時把臉轉回去看他，那嚇人的眼睛的閃光透過白紗穿出來。他們走到一扇有帘幕的門前，門後有悅耳的音樂，他一躍向前想要進去，卻被那個鬼一把把他抓回去，不懷好意地在他面前揮著一個——」

「鼻菸盒。」喬用一種陰森的口氣說道。讓聽者心頭一震。「『多謝你，』騎士有禮貌地說，於是他吸了一小點，沒想到他連打七個大噴嚏，力量太大，連他的腦袋都掉了。『哈！哈！』這個鬼大笑，然後從鑰匙孔偷看那些爲了寶貴性命而紡織的公主們，再把它的被害人放進一個很大的錫鐵盒子，錫鐵盒子裡已經有十一個沒有腦袋的騎士躺著，像沙丁魚一樣，這些無頭騎士全坐了起來，開始——」

「跳起角笛舞。」喬停下來喘口氣，佛烈得就插嘴接下去：「他們跳著跳著，這座破舊的古堡就變成一艘張滿帆的戰船了。『升起三角帆、帆篷和上桅帆升降索，下風舵，操作大炮！』船長正大聲吼叫，這時有一艘葡萄牙海盜船從遠處出現，一面黑黑的旗子在船的前桅上飛揚。『我們去打贏他們吧，我的夥伴！』船長說。接著是一場激烈的打鬥，當然後來是英國人打勝了，他們一向都打勝仗的。」

「不對，才不是哩！」喬在一旁說。

「他們擄獲海盜船船長，再迎面朝海盜船撞上去，海盜船的甲板上堆疊著屍首，下風甲板排水口都流著鮮血，因爲船長的命令是：『揮刀砍殺，拚個你死我活吧！』『水手長，拿一段船首帆腳索來，如果這個壞蛋不肯快快認錯，我好好修理他一頓。』英國船長說。這個葡萄牙人死也不肯說，於是他走在伸向船外的木板上，朝前頭走去，而船長那些水手簡直高興得像瘋了一樣。但是這個卑鄙的小人卻潛到水裡，再在這艘戰船下把船底鑿了個洞，於是船就連同撐起的帆一起沉下去，『沉到了海底』——那裡——」

「噢，天哪！我該說什麼呢？」佛烈得說完了他故事接龍的部分時，莎麗說。這段故事是佛烈得從他最喜歡的一本書裡，隨意取用了航海的術語和常識胡亂拼湊而成的。「這個嘛，他們沉到了海底，後來就有一個好心的美人魚去歡迎他們，她看到那一盒子沒有頭的騎士感到很悲傷，就好心地把他們用鹽水醃起來，希望能發現有關他們的謎題，因爲她是女人啊，所以她很好奇。後來呢，有一個潛水夫下來，美人魚就說，如果你把這個箱子帶上去，我會送你這一箱的珍珠，因爲她想要讓這些可憐人起死回生，可是這麼重的東西她一個人是抬不動的。於是潛水夫就把這個箱子帶出水面。打開來以後，他發現沒有珍珠，就很失望，把它丟在一片很廣大的荒地上，結果有一個——」

「照顧鵝群的小女孩發現這個箱子，小女孩在這片野地上照顧一百隻肥鵝，」莎麗再也編不下去的時候，愛美說了。「小女孩爲這些人難過，就問一個老太太該怎麼幫助他們。『你的鵝會告訴你，牠們知道一切。』老太太說。於是她就問她該用什麼當成新的腦袋，因爲舊腦袋都丟了，而所有的鵝那一百張嘴全都張開來，叫喊著——」

「『包心菜！』」羅瑞很快接著說下去。「『正好！』女孩子說，她就到她的花園裡摘了十二顆包心菜，把包心菜安到脖子上，於是那些騎士就立刻全部復活了。他們謝過她之後就開開心心地繼續他們的路，始終也不知道有什麼不同，因爲世界上有太多像他們一樣的腦袋瓜子，所以也不覺得有什麼稀奇。起先那個騎士又回去找那張美麗的臉孔了，從而得知那些公主們全都靠著紡織而使自己自由，除了一個以外全都結了婚。他非常著急，於是急忙趕到城堡去看剩下的那一個是誰。他從樹籬上往裡面偷看，看到他愛慕的女郎正在花園裡摘花。『你可不可以送我一朵玫瑰？』他說。『那你必須過來拿，我不能拿過去，那樣不妥當。』她甜甜地說。他想要爬過樹籬，可是樹籬似乎越來越高；然後他又想要撥開樹籬穿過去，可是樹籬卻變得越來越密。於是他就很有耐心地把樹枝一根一根地折斷，終於在樹籬中弄出一個小洞，他就從這個洞往裡面看，並且用懇求的語氣說：『讓我進去！讓我進去！』可是這位美麗的公主卻似乎不明白，因爲她靜靜地摘著玫瑰，任由他自己努力鑽進來。至於他有沒有鑽進去呢，法蘭克會告訴你們。」

「我不能，我又沒有玩這個遊戲，我從來不玩的。」法蘭克說，他對於指望他把這對荒謬男女救出來的感情困境驚慌了起來。貝絲已經消失在喬身後，葛蕾絲已經睡著了。

「這麼說來，這位可憐的騎士就得卡在樹籬裡囉？」布魯克先生問道，他仍然注視著河水，一邊把玩著衣襟鈕孔上的野玫瑰。

「我猜過一會兒公主就會送他一朵花，並且把大門打開。」羅瑞自顧自地笑了起來，還朝他的家教老師丟了一把橡實。

「我們瞎編了些什麼呀！如果常常練習的話，我們說不定可以編出很巧妙的故事呢。你們知不知道『眞相』？」衆人對這個故事大笑之後，莎麗問道。

「我希望我知道。」梅格正色地說。

「我說的是一種遊戲呢。」

「那是什麼？」佛烈得說。

「噢，先把牌疊好，每個人選一個數目，然後輪流抽牌，抽出自己數目牌的人就得誠實回答其他人問的任何問題，很好玩的呢。」

「我們試試看吧。」喬說，她最喜歡實驗新事物。

凱特小姐和布魯克先生、梅格和耐德都不玩，於是佛烈得、莎麗、喬和羅瑞就把牌疊好，抽牌，羅瑞先抽到。

「你崇拜的英雄人物是誰？」喬問。

「我爺爺和拿破崙。」

「你認爲這裡的女生哪一個最漂亮？」莎麗說。

「梅格。」

「你最喜歡哪一個？」佛烈得問。

「喬啊，當然。」

「你們怎麼問這麼笨的問題！」其他人被羅瑞一本正經的口氣逗笑了，喬卻不屑地聳聳肩。

「再試試看嘛，『眞相』倒是不壞的遊戲。」佛烈得說。

「對你倒是件好事。」喬低聲相譏。

下一個就是她。

「你最大的缺點是什麼？」佛烈得問，他想要測知她有沒有他自己欠缺的優點。

「性急。」

「你最想要什麼。」羅瑞問。
「一雙靴帶。」喬回答，她猜到羅瑞的意圖，把它擋了回去。
「不是眞心的回答。你必須說出你眞正最想要的東西。」
「天才。你難道不希望你能送這給我嗎，羅瑞？」
「你最佩服的男人的優點是什麼？」莎麗問。
「勇敢和誠實。」
「現在輪到我啦。」佛烈得的牌最後才抽到。
「我們來整整他。」羅瑞輕聲對喬說，喬點點頭，立刻問了——
「你有沒有在打槌球的時候作弊？」
「嗯，有啦，一點點。」
「好極了！你的故事是不是用《海獅》裡的內容？」羅瑞說。
「當然。」
「你是不是認爲英國這個國家在各方面都是完美的？」莎麗問。
「如果我不認爲，我會很慚愧。」
「他是個千眞萬確的英國佬。好啦，莎麗小姐，你可以有個機會，用不著等著抽牌。我先來找你麻煩吧，我問你，你認不認爲自己有點愛賣弄風情？」羅瑞說，這時喬向佛烈得點了點頭，表示雙方已告言和。
「你這個莽撞的男生！我當然不是。」莎麗驚叫，但是她的神情卻恰恰證明她說的與事實相反。

「你最討厭的是什麼？」佛烈得問。

「蜘蛛和米布丁。」

「你最喜歡的是什麼？」喬問。

「跳舞和法國手套。」

「哎呀，我認爲『眞相』是個很可笑的遊戲，我們來玩『作家』這個比較正常的遊戲，讓我們心靈清爽些吧。」喬提議。

耐德、法蘭克和年紀小的女孩子們也玩起這個遊戲，他們玩的時候，三個大孩子就分別坐下來聊著天。凱特小姐又拿出她的素描簿，梅格看著她畫，布魯克先生拿本書在草地上，但是他沒有在看。

「你畫得多漂亮呀！我希望我也會畫。」梅格說，她的語氣中交雜著羡慕和遺憾。

「你爲什麼不學呢？我認爲你既有品味也有天分呢。」凱特小姐好心地說。

「我沒有時間。」

「那我猜想你媽媽希望你有別的才藝吧。我媽媽也是，不過我私下上了一些課，向她證明我有繪畫天分，她就很樂意讓我繼續畫下去了。你不能找你的家庭教師也照樣做嗎？」

「我沒有家庭老師。」

「我忘了，美國的女孩子多半都是去學校上課的。那些學校也都很好呢，我爸爸說。你上的是私立學校吧，我想？」

「我沒有上學。我自己就是家庭老師。」

「噢，對呀！」凱特小姐說，不過她倒不如說「天哪！這眞可怕呀！」來得好，因爲她的語氣裡已經表示出這個意思了，而她臉上某種表情讓梅格漲紅了臉，恨不得自己不需那麼坦白。

布魯克先生抬眼看了看，很快地說：「美國女孩子和她們的祖先一樣喜歡獨立，她們能夠養活自己，這樣是會受人景仰和尊敬的。」

「噢，是呀。當然她們這樣做是非常得體的。我們也有非常多值得尊敬的年輕女人也是這樣，而且受雇於貴族，因爲她們是好人家的女孩，有教養，又有才藝，你知道。」凱特小姐說，她的語氣神氣而傲慢，傷了梅格的自尊心，好像她的工作似乎不只是更惹人厭，而且也可恥。

「那首德文歌曲還可以嗎，瑪區小姐？」布魯克先生打破一段尷尬的沉默問道。

「噢，是的，非常好，我很感激爲我翻譯的人。」梅格說這話時，她那沮喪的臉孔也愉快了起來。

「你不會德文嗎？」凱特小姐露出訝異的神情問。

「不太好。我父親教過我，但是他現在不在家，我自己一個人沒法進步很快，因爲沒有人可以糾正我的發音。」

「現在來試試看吧。這裡有一本席勒的《瑪麗．史都華》，還有一個很喜歡教人的家教。」說著布魯克先生就露出動人的笑容，把他的書放在她大腿上。

「這很難，我不敢試呢。」梅格說，她很感激，但是當著一個多才多藝的女孩的面，她感到很不好意思。

「我先唸一點，給你打氣。」於是凱特小姐就唸了書中最美的一段詩句，她的發音十分正確，卻也十分沒有感情。

她把書交還給梅格，布魯克先生沒有任何評論，倒是梅格天眞地說——

「我還以爲這是詩呢。」

「其中一些是。試試看這一段。」

布魯克先生把書翻開到可憐的瑪麗的哀悼詞部分，這時他的嘴角有一抹奇異的笑容。梅格的新老師拿著用來指著字的長葉片，她乖乖地害羞而且緩慢地唸著，不自覺地用她那銀鈴般嗓音與溫柔的語調把堅硬的字句變成了詩。指著字句的綠葉在書頁上移動，梅格很快地在詩人哀傷的場景中忘掉了聽者，彷彿只有自己一個人一般，將詩中不快樂的皇后的言語加上一點悲傷的味道。如果她當時看到那雙棕色眼睛，她會立刻停下，但是她始終沒有往上看，這堂課也就沒有因爲她而毀掉。

「非常好，的確！」她停下來以後，布魯克先生說。他忽略她很多錯誤的地方，看起來他像是眞的「很喜歡教別人」。

凱特小姐戴上眼鏡，打量了眼前這幕景象，把素描簿合上，用一種紆尊降貴的口氣說——

「你的腔很好，過段時間以後會唸得很流暢。我勸你要學會，因爲德語是做老師們的一項很寶貴的才藝。我必須去找葛蕾絲了，她跑來跑去的。」說著凱特小姐就漫步走開了，又聳聳肩，自言自語地加上一句：「我可不是來這裡陪一個家庭教師的，雖然她的確是年輕又貌美。這些美國佬多麼奇怪呀。我恐怕羅瑞跟他們在一起都會被帶壞了。」

「我忘記英國人挺瞧不起家庭教師的，對待她們也不像我們那樣。」梅格說，她用一種氣惱的神情望著那個遠去的身影。

「據我所知，很不幸的，男性家庭老師在他們那裡也是不好過的。對我們這些工作的人來說，沒有一個地方像美國這樣呢，梅格小姐。」布魯克先生看起來那麼地心滿意足又開心，使得梅格對於哀嘆自己的不幸命運感到慚愧。

「那麼我很高興我生活在這裡。我真不喜歡我的工作，不過畢竟這個工作讓我得到很大的滿足感，所以我不會再抱怨了。我只希望我能像你一樣的喜歡教書的工作。」

「我想如果你有羅瑞這種學生，你就會喜歡了。明年就不能教他了，我會很難過的。」布魯克先生說，他正忙著在草地上戳洞。

「我猜他要去上大學吧？」梅格嘴裡問這個問題，但是她的眼神卻加上一句：「那你要怎麼辦？」

「是的，他該去了，他已經準備好了。而他一走，我也要從軍了。國家需要我。」

「我聽了好高興！」梅格嘆道。「我認爲每個青年都會想要從軍，不過，對於待在家裡的母親們和姐妹們卻不好受。」她難過地加上一句。

「我沒有母親也沒有姐妹，朋友更少，沒有人會關心我的死活。」布魯克先生口氣哀怨地說著，這時他正心不在焉地把枯了的玫瑰放進他才剛剛挖的洞裡，再用土把它蓋住，像是一座小墳墓似的。

「羅瑞和他爺爺會很關心，要是你受了什麼傷害，我們也都會為你難過的。」梅格由衷地說。

「謝謝你，這話聽起來很讓我開心……」布魯克先生看起來又開懷了，但是他話還沒有說完，耐德騎著那匹老馬啪嗒啪嗒的過來了，然後在女生面前表演他的騎術，這一天就再也沒有安靜的時候了。

「你喜不喜歡騎馬？」葛蕾絲問愛美，她們跟其他人繞著這片草地賽跑完後，兩人站著休息。這場比賽是耐德跑贏了。

「我好喜歡喔。我爸爸還很有錢的時候，我姐姐梅格常去騎馬，不過現在我們沒有養馬了，只除了『艾倫樹』。」愛美笑呵呵地加上一句。

「『艾倫樹』是怎麼回事呀？是一頭驢子嗎？」葛蕾絲好奇地問。

「欸，你知道，喬對馬簡直著迷，我也是，可是我們家沒有馬，只有一副女用馬鞍。我們院子裡有一棵蘋果樹，有根樹枝很低，喬就把馬鞍架在樹枝上，又在樹枝彎上去的地方裝了一些韁繩，所以我們隨時都可以騎著『艾倫樹』上上下下呢。」

「好好玩喔！」葛蕾絲笑著說。「我自己有匹小馬在家裡，我差不多每天都會到公園去騎。那裡很好，因為我的朋友也都去，而且『市街』滿是紳士和淑女。」

「噢，多好哇！我也希望有一天我能出國，不過我寧願去羅馬也不要去『市街』。」愛美說，她根本不知道「市街」究竟是什麼，而她是再怎麼樣都不肯開口問人的。

法蘭克就坐在這兩個孩子後面，她們說的話他全都聽到了。他看著那些活潑的男孩子做著各種滑稽的體操動作，突然用很不耐煩的手勢把他的帽簷推開。正在撿拾散落的「作家卡」的貝絲抬頭看看，用她那害羞而友善的語氣問：

「恐怕你是疲倦了吧，我可以爲你做什麼事嗎？」

「請你和我說話吧。自己一個人坐著好無聊喔。」法蘭克回答，顯然他在家裡是習慣被人呵護的。

就算他請她發表一篇拉丁文演說，對害羞的貝絲來說都還比較容易，可是這裡沒有地方可以去，沒有喬在場，讓她躲在她身後，而且這個可憐的男生又用那種渴望的神情注視著她，所以她就勇敢地決心試試看了。

「你想要談些什麼呢？」她邊問邊翻弄著紙牌，等到她要把牌收好時，卻又弄掉了大半。

「這個嘛，我想要聽一些板球和划船和打獵的事。」法蘭克說，他還沒有學會讓自己的娛樂符合自己的氣力。

「糟了！我該怎麼辦？我對這些完全都不懂。」貝絲心想。而在一陣慌亂中，她忘了這個男孩的不幸，爲了要讓他說話，她說：「我沒有看過人家打獵，不過我猜你很清楚吧。」

「我打過一次獵，不過我再也不能了，因爲我在躍過一道可恨的五道欄木柵門時受了傷，所以我再也不能騎馬和打獵了。」法蘭克嘆口氣說道，這個嘆氣讓貝絲恨起自己無心的過失。

「你們國家的鹿要比我們國家的水牛漂亮多了。」她把注意力放到大草原上找救星，暗中高興她曾經看過一本喬很喜歡看的男孩子書。

結果水牛這個話題很教人滿意，而貝絲急著要讓別人快活，竟然忘了自己，完全沒意識到她姐妹們看到她和男生說話這幕少見景象時的驚喜。

「哎呀！她可憐他，所以對他好。」喬說，她在槌球場上對她笑著。

「我一向都說她是個小聖人。」梅格說，其實誰都不會懷疑的。

「我已經好久都沒有聽到法蘭克笑得這麼高興了。」葛蕾絲對愛美說，她倆坐在那裡討論洋娃娃，還用橡實做的杯子做成茶具。

「我姐姐貝絲願意的話，她就會是個很有『魄』力的女孩。」愛美為貝絲的成就感到很開心。其實她的意思是「魅力」，不過反正這兩個詞葛蕾絲都不太清楚是什麼意思，所以「魄力」聽起來也挺好的，像是不錯的樣子。

在一場即興表演、一場「狐狸抓鵝」的遊戲，和一場氣氛和諧的槌球賽之後，這個下午就結束了。日落時分，帳篷拆了，食物籃收拾好了，槌球球門也拔起來、小船上裝好東西，這群人就坐著船向下游漂去，一邊還扯著喉嚨唱歌。耐德變得多愁善感起來，顫聲唱著一首小夜曲，這首曲子有段哀傷的重唱句——

「孤單，孤單，啊，可悲呀，孤單。」

而當他唱到——

「我倆正年輕，我倆也有心，

噢，為什麼分離如此冷冰冰？」

這時他用垂頭喪氣的表情注視著梅格，那表情誇張得使她當場笑了出來，破壞了他的歌。

「你怎麼可以這麼殘忍地對我？」在眾人一首活潑的合唱曲中，他壓低了聲音說。「你整天都跟那個古板拘謹的英國女人在一起，現在又潑我冷水。」

「我不是故意的，只是你看起來好好笑，我真的是忍不住才這樣的。」梅格回答，卻略過他責備的前半部，她的確是在躲他，因為她還記得莫法特家宴會和宴會後那些話。

耐德很生氣，轉而向莎麗尋求安慰，有點賭氣地對她說：「那個女生可是一點也不賣弄風情，對吧？」

「一點也不呢，可是她真是個可愛的人物呢。」莎麗回答，一面承認她的缺點，一面為自己的朋友辯護。

「反正不是個受傷的動物就是了。」耐德想要表現得機智又風趣，這一點他做到了，年輕男孩通常都能做到。

在一小群人先前集合的草坪上，他們互道再見，沃恩家人要去加拿大。四姐妹從花園走回家的時候，凱特看著她們離開，還算客氣地說：「雖然美國女孩子很愛炫耀，不過你認識她們以後，就會知道她們都很不錯呢。」

「我很同意你的話。」布魯克先生說。

13 美麗夢想

一個暖和的九月天下午，羅瑞舒舒服服地躺在他的吊床上，來回晃著吊床，一邊猜想他的鄰居在做什麼，可是他又懶得過去找出答案。他心情很差，這一天白過了，又讓他很不滿意，他希望能從頭再過一次。炎熱的天氣使他怠惰，上課懶散，讓布魯克先生的忍耐到了極點；大半個下午他都在練琴，讓他爺爺很不開心；他又淘氣地暗示女僕們說他有一隻狗瘋了，把她們嚇得半死。等到他猜想他的馬疏於照料而把馬夫痛罵一頓之後，他就跳上他的吊床，爲了這個世界的愚蠢生氣，直到這可愛的日子的平靜讓他寧靜下來。他抬眼望著上方七葉樹濃濃的綠蔭，做著各種各樣的夢，而當他正想像自己在環繞地球的航行中在海上隨浪起伏時，一陣人聲突然把他打上了岸。他從吊床的網孔看過去，看到瑪區一家人走了出來，好像是要去遠行。

「這些女生究竟要做什麼呀？」羅瑞心想，睜開他瞌睡的眼睛好生打量一番，因爲他這幾位鄰居外表有些挺奇特的地方。每個人都戴著一頂寬邊帽，一邊肩膀背著一個棕色的棉布包包，還拿著一根長木棍。梅格帶著一個墊子、喬拿著一本書、貝絲提著一個籃子、愛美拿著畫冊。四個人靜靜穿過花園，朝一扇小小的後門走出去，然後開始往房屋和河之間的那座小山爬。

「嘿，眞絕！」羅瑞自言自語。「她們去野餐竟然沒找我。她們不可能去划船，她們沒有鑰匙。也許她們忘了，我去把鑰匙拿給她們，看看會怎麼樣。」

他雖然有六、七頂帽子，但是他卻花了些時間才找到一頂。接著又要找鑰匙，最後鑰匙在他的口袋裡找到了。所以等他翻過圍籬去追她們的時候，她們的身影已經看不見了。他抄了一條最近的路到了船屋，等她們出現，但是沒有人來，於是他到小山上去觀測一番。這座山的一部分被一叢松樹遮蓋，而從這塊綠色的中央傳來一個比松樹的輕嘆或蟋蟀懶洋洋的叫聲還要清楚的聲音。

「好一幅美麗的景致！」羅瑞從樹叢中往下看，一邊心裡想著，這會兒他非常機警，心情也好多了。

這確實是一幅漂亮的小小圖畫：四姐妹坐在樹蔭幽處，日影在她們身上閃耀，芳香的微風吹起她們的頭髮，吹涼了她們滾燙的雙頰。樹林裡的小動物做著各自的事情，彷彿她們不是陌生人，而是老朋友。梅格坐在墊子上，用她雪白的雙手縫著衣物，那身粉紅色的洋裝在綠樹叢中使她清新、嬌美得像一朵玫瑰。貝絲正為旁邊鐵杉樹下落得厚厚一層的松果分類，因爲她會用松果做出美麗的東西。愛美對著一簇羊齒植物素描，而喬一邊大聲唸著書一邊編織。男孩看著她們，臉上閃過一絲陰影，他覺得自己應該走開，因爲她們沒有邀請他；可是他又猶豫不定，因爲家裡似乎很寂寞，而這場樹林中的小小派對又最能吸引他那浮動不定的心。他動也不動地站著，一隻忙著收穫的松鼠從他近處一棵松樹上跑下去，突然間看到他，再跳了回去，吱吱叫罵著，聲音尖銳得使貝絲抬起頭，而瞥見了樺樹後面那張充滿渴望的臉孔，她露出一個令他安心的微笑，算是打招呼。

「我可以過來嗎？還是我會打擾你們？」他一邊慢慢走近一邊問。

梅格揚起眉毛，但是喬不以爲然地朝她皺眉頭，立刻說：「當然可以。我們應該先問過你的，只是我們想你大概不會喜歡像這樣子的女生遊戲。」

「我一向喜歡你們的遊戲，可是如果梅格不想讓我參加，我就走。」羅瑞說。

「如果你也做點事情，我是不會反對的。在這裡沒事做是違反規定的。」梅格嚴肅卻也好心地說。

「那就萬分感激了。只要你們肯讓我待一下，我什麼事情都肯做，因爲家裡實在無聊得像是撒哈拉沙漠。我要不要縫衣服、唸書、撿松果、畫畫，或者同時做這些事？把你們的重擔交給我吧，我準備好了。」於是羅瑞就坐下了，他那個逆來順受的表情讓人看了很開心。

「你把這個故事唸完，我好弄我的鞋跟。」喬說著把書遞給他。

「遵命，女士。」他乖乖回答，然後開始唸了起來，盡力證明他對被特許加入「忙碌蜜蜂協會」這份恩情的感激之意。

故事不長，他唸完後就大膽問了幾個問題，作爲他這個優良表現的報酬。

「請問這位女士，這個極具有教育意義而且迷人的組織是個新的組織嗎？」

「可以告訴他嗎？」梅格問妹妹們。

「他會笑我們。」愛美警告大家。

「誰在乎？」喬說。

「我猜他會喜歡。」貝絲加上一句。

「當然我會喜歡！我保證不會笑。你就說吧，喬，別怕。」

「我會怕你嗎？是這樣的，你知道我們都會演《天路歷程》的戲，而我們一直很認真地排練，一整個冬天和夏天。」

「是呀，我知道。」羅瑞說，還很有智慧地點點頭。

「誰告訴你的？」喬問。

「精靈。」

「不，是我。有一天晚上你們都不在家，他又情緒低落，我想要他開心嘛。他真的很喜歡這件事，所以別罵人，喬。」貝絲溫柔地說。

「你不能保密。算了，反倒省了現在的麻煩。」

「再說下去啊，拜託。」羅瑞說，這時候喬專心在手邊工作上，看起來有點不悅。

「噢，她沒告訴你我們這個新計畫嗎？是這樣的，我們不想浪費了我們的假日，而希望每個人都有個工作，認眞地去做。假期快要結束，每個人分配的工作也都做完了，我們很高興我們沒有讓光陰虛擲。」

「是啊，我想也是。」羅瑞懊悔地想到他自己閒散怠惰的日子。

「我媽媽希望我們盡量多到戶外走走，所以我們就把工作帶到這裡，開開心心地。爲了好玩，我們把自己的東西放到袋子裡，戴舊帽子、拄著木棍爬山，扮成清教徒的樣子，像幾年前我們演戲的情節。我們給這座山取名叫『快樂山』，因爲我們可以眺望到很遠的地方，看到我們希望以後能住的鄉下。」

喬伸手指著，羅瑞就坐起來觀看，從樹林一處開口的地方可以一直望到那條寬闊的藍色河流、河對岸的草地、更遠過去那座大城市的郊外，一直到連接天空的蒼綠山巒。太陽已低沉，天空散發著秋天夕陽燦爛的光芒。山頂上是金色和紫色的雲朵，而高聳入紅光的是銀白色的山峰，閃著亮光，像是某個天國城市高高的尖塔。

「多美麗啊！」羅瑞輕聲說，他能夠迅速地感受到任何種類的美。

「這裡常常都是這樣的，我們都喜歡看，因爲它變化萬千，但總是燦爛美麗。」愛美說，她眞希望自己能畫下來。

「喬說起我們希望以後能住的鄉下——她說的是眞正的鄉下，養豬、養雞、曬乾草。那很好，不過我希望那邊的美麗鄉村是眞的，而我們都能去到那裡。」貝絲思索著。

「還有一個比那更可愛的地方，我們全都會去，如果我們夠好的話。」梅格用她甜美的聲音回答。

「可是看起來還要等好久，又很難做到。我好想像那些燕子一樣，立刻就飛過去，進到那座堂皇的大門裡。」

「你會去那裡的，貝絲，遲早都會去。不用害怕。」喬說，「我才是必須努力、辛苦等待，而也許永遠也進不去呢。」

「那我會陪你一起，如果這能讓你好受一點的話。我會先去很多地方旅行才能到你的天國城市。如果我晚到，你會先替我說些好話吧，貝絲？」

這個男孩臉上的某種表情讓他的小朋友感到不安，不過她恬靜的雙眼注視著不斷改變的雲朵，開心地說：「如果人眞的想去，而且一輩子都眞正地在努力，那麼我想他們會進去的。我不相信那個大門上有鎖，或者大門旁邊有守衛。我總是把那裡想成像圖片裡的一樣，閃亮發光的神張開雙手，迎接從河裡出來的可憐基督徒。」

「如果我們每個夢想都變成眞的那不是很有趣嗎？」停頓了一會兒後，喬說了。

「我已經有太多的美夢了，要我挑出一個還很困難呢。」羅瑞說。他平躺在地上，朝著那隻洩漏他行蹤的松鼠丟松果。

「你必須挑一個你最喜歡的。是什麼呢？」梅格問。

「如果我說了，你也要說你的喔？」

「好哇，如果其他人也說的話。」

「我們會說的。現在你說吧，羅瑞。」

「等我遊歷過世界上我想要去的地方後，我想要在德國定居，享受我喜歡的音樂。我要成爲一個著名的音樂家，所有人都爭著要聽我演奏。我永遠不用爲錢或是生意煩惱，只是讓自己快樂，隨我所願的過日子。這是我最喜歡的美夢。你的是什麼，梅格？」

梅格似乎覺得自己的夢有點難以啓齒，她拿著一株羊齒植物在面前揮著，像是要驅散一群想像的蚊蚋，一邊緩緩說道：「我想要有一幢可愛的房子，裡面滿是奢侈豪華的東西——佳餚、華服、漂亮的家具、快活的人，還有大筆的錢。我要做這個房子的女主人，隨我心意掌管這個家，還有很多僕人，讓我一點也不用做事。那我會有多高興！因爲我不會無聊，而會做好事，而且讓每個人都非常喜歡我。」

「你這場美夢中不要有個男主人嗎？」羅瑞淘氣地問。

「我說了『快活的人』，你知道。」梅格邊說邊仔仔細細綁著鞋帶，不教人看到她的臉。

「你爲什麼不說你想要有個很棒很聰明很好的丈夫，和幾個天使一樣的小孩？你知道你的夢裡沒有這些就不完美了。」說話直率的喬說，她到目前爲止還沒有什麼愛情的幻想，對於浪漫愛情還頗愛嘲弄，除了書裡的以外。

「你的美夢裡只有馬兒、墨水瓶和小說。」梅格突然不耐地回敬她。

「難道不是嗎？我想要有一個滿是阿拉伯馬的馬廄、堆滿書的房間，我還要用神奇的墨水寫作，讓我的作品和羅瑞的音樂一樣出名。我想在走進我的天國以前做一些了不起的事——英勇或是神奇的事，而在我死後都不會被人忘記。我不知道是什麼事，不過我正在留意，總有一天要讓你們全都嚇一大跳。我想我會寫書，變得有錢又有名，這很適合我，所以這是我最喜歡的美夢。」

「我的美夢是安穩地和爸爸媽媽待在家裡，幫忙照顧家人。」貝絲心滿意足地說。

「你難道不想要別的東西嗎？」羅瑞問。

「從我有了我的小鋼琴以後，我就非常滿足了。我只希望我們全都健康的在一起，沒有別的了。」

「我有好多好多願望，不過我最喜歡的是做個畫家，去羅馬，畫些很好的畫，做全世界最棒的畫家。」這是愛美小小的心願。

「我們可眞有野心啊！除了貝絲以外，每個人都想要有錢又有名，在各方面都了不起。我眞懷疑我們誰可以達成願望呢。」羅瑞嚼著青草說道，像是一頭沉思的小牛。

「我有完成美夢的鑰匙，但是我能不能打開它的門，就還不知道了。」喬神祕地說道。

「我也有我的美夢的鑰匙，但是我卻不能去試，該死的大學！」羅瑞不耐煩地嘆口氣，低聲發著牢騷。

「我的在這裡！」愛美揮著她的鉛筆。

「我什麼都沒有。」梅格悽慘地說。

「有，你有。」羅瑞立刻說。

「在哪裡？」

「在你臉上。」

「胡說。這沒有用。」

「你就等著看這張臉能不能帶給你一件值得擁有的東西吧。」男孩回答，想到一件他認爲他知道的可愛小祕密，不禁笑了起來。

梅格的臉在羊齒植物後面漲紅了，但是她沒有問問題，只是遠望著河水，露出布魯克先生說著騎士故事時候的那種期盼表情。

「如果從現在起的十年以後我們都還活著，我們再來相聚，看看我們有多少人達成了願望，或是離願望近了多少。」喬說，她隨時都會擬定計畫。

「天哪！那時候我多老啊——二十七歲呢！」梅格說，她才剛滿十七歲，卻覺得自己已經長大成人了。

「我和你就是二十六歲了，羅瑞；貝絲二十四歲，愛美二十二。那可眞是一群年長者了！」喬說。

「我希望那時候我已經做了值得驕傲的事了，只是我太懶了，恐怕我只會閒蕩呢，喬。」

「你需要有動機，我媽媽說的。等你找到動機了，她相信你會非常努力。」

「是嗎？我當然會的，只要我有機會！」羅瑞叫道，突然間有了氣力，笑了起來。「我應該要討我爺爺的歡喜，我也試了，可是這是違背我的本性的，你知道，所以很辛苦。他希望我做印度生意，像他一樣，可是我寧可被打死也不願意。我討厭茶、絲和毛料，和他那些船載來的每一樣垃圾，而我也不在乎我擁有那些船以後它們多麼快就沉到海底。去唸大學應該可以讓他滿意，因爲如果我給他四年，他應該可以讓我不要接下他的事業，可是他心意已經定了，我非得繼承他的事業不可，除非我離開家，讓我自己高興，像我爸爸那樣。如果家裡還有任何人可以留下來陪這位老先生，我明天就走。」

羅瑞說得很激動，似乎只要稍一撩撥他就會把他的威脅付諸實行。他長得非常快，雖然有時候態度懶散，卻已經有年輕人那種痛恨服從的心態，和年輕人那種想要爲自己闖天下的焦急渴望。

「我奉勸你坐上你的一艘船出海，在你闖蕩過以前絕對不回家。」喬說。想到這麼一番勇敢的事業，喬的想像力就被激發起來，而她所謂的「羅瑞的委屈」也激起了她的同情心。

「這是不對的，喬，你不可以這樣子說話，而羅瑞也不可以接受你那個差勁的勸告。我親愛的孩子，你應該照你爺爺的希望去做。」梅格用最最充滿母性的語氣說，「你在大學裡要盡力學習，當他看到你想要讓他歡喜，我相信他就不會為難你，或是對你不公平了。就像你說的，家裡沒有別人陪他、愛他，而如果你擅自離開他，你永遠也不會原諒自己的。不要洩氣，不要煩躁，要盡你的責任，你就會得到回報，受人尊敬和愛護，就像好心的布魯克先生。」

「你知道他什麼事？」羅瑞問。他對這個正確的勸告很是感激，但是很不樂意聽人訓話，所以在他這番少見的情緒爆發後，他很高興話題能從他身上轉移開。

「只知道你爺爺告訴我們的——說他細心照顧他的母親直到她過世，不肯到海外去為一個很好的人做家庭教師，因為他不願意離開她。還有他現在提供衣食給一個曾經看護他母親的老太太，但是卻沒有告訴任何人，而他還是那麼地慷慨大度、有耐心又善良。」

「他是的，這個親愛的好傢伙！」羅瑞開心地說，梅格停頓了一下，面紅耳赤，對她的說法很認真。「這就是我爺爺的作風，他會去找出關於他的一切而不讓他知道，並且把他的優點告訴別人，讓別人喜歡他。布魯克就不明白為什麼你媽媽對他那麼好，請他跟我一起到你家，親切慈祥地對待他。他還以為她只是人很好，他每天講每天講，然後又用那種熱情的方式說起你。如果我真能達成我的願望，你看看我會怎麼幫布魯克。」

「你現在就可以開始了，別折磨他。」梅格尖銳地說。

「你怎麼知道我在折磨他，小姐？」

「看他走路時的臉就知道了。如果你很乖，他表情就很滿意，走路也輕快；如果你惹他心煩，他就會悶悶不樂，走路慢慢的，好像他想要回去，把他的事做得好一點。」

「嘿，這個好！這麼說來，你是把我的好壞表現記在布魯克的臉上囉，對不對？我看到他經過你們家窗前都會行禮又微笑，可是我還不知道你們兩個之間還眉來眼去呢。」

「我們才沒有。你可別生氣，還有，噢，可別告訴他我說了什麼！我說這些只是要讓你知道我關心你的情形，這裡說的話都要守密的，你知道。」梅格大叫，想到她不經意的話可能會引出什麼事情，讓她萬分驚慌。

「我不會亂傳話的。」羅瑞用一種喬稱之爲「崇高又神氣」的表情回答，他偶爾會有這種神情出現。「只是如果布魯克要做個情緒的晴雨計，我就必須要留意，讓自己保持晴朗天氣，好讓他報導。」

「請別生氣，我不是故意要訓話或是傳話或是無聊，只是我認爲喬在鼓勵你往一種以後你會後悔的情緒發展。你對我們這麼好，我們覺得你就像是我們的兄弟，所以有什麼想法就直說了。請原諒我，我是出於好意的。」說著梅格以一個又害羞又帶感情的動作伸出一隻手。

羅瑞對自己一時間的不快感到慚愧，他握緊這隻善意的小手，坦白地說：「我才是該請你們原諒的，我一整天脾氣都不好。我希望你們能把我的缺點告訴我，像我的姐妹一樣，所以如果我有時候脾氣壞也不要在意。我還是很謝謝你們的。」

他打定主意要表現出他沒有生氣的樣子，所以盡可能地討人歡喜——幫梅格纏棉線、讀詩讓喬開心、替貝絲把樹上的松果摘下，還幫愛美找羊齒植物，證明他確實合乎「忙碌蜜蜂協會」的入會資格。正當衆人熱烈地討論著烏龜的生活習慣（有一隻這種親切的動物從河裡爬了出來）時，一陣微弱的鈴鐺聲提醒他們漢娜已經把茶泡好，正等著泡出茶味兒呢，他們剛好有時間回到家吃晚飯。

「我還可以再來嗎？」羅瑞問。

「可以的，只要你乖，愛讀書，就像初級課本裡教小孩子的那樣。」梅格微笑著說。

「我會試試看的。」

「那你就可以來，而我會教你像蘇格蘭男人一樣打毛線，現在正需要大量的襪子呢。」喬加上一句，他們在大門口分手，她揮了揮她手裡的襪子，像是揮著一面大的藍色毛線旗幟。

這天晚上，貝絲在暮色裡彈琴給羅倫斯先生聽的時候，羅瑞站在窗簾的影子裡傾聽作曲家大衛的小曲——這簡單的音樂總是能安撫他低落的心情——並且望著這個老人家，他坐在那兒，一隻手支著他那灰白的腦袋，正思念他曾深愛的逝去的那個孩子。想起下午的對話，這男孩決心要讓自己快快樂樂地犧牲，他告訴自己：「我要放開我的美夢，在這位親愛的老先生需要我的時候陪著他，因爲我是他唯一的親人。」

14 祕密

喬在屋頂閣樓裡正忙著呢，因爲十月天已經開始越來越冷，下午時間也變短了。溫暖的陽光有兩、三個小時照進高高的窗子，喬坐在舊沙發上振筆疾書，稿紙散落在她面前一個大箱子上，而家裡的寵物老鼠「史瓜寶」在她頭上的屋梁上漫步，陪著牠的是牠的大兒子，那是隻漂亮的小老鼠，顯然很以牠的鬍子爲榮。喬專心在工作上，一直寫到最後一張都寫滿了，她才用花體字簽上名，再把筆摔下，嘆道：

「好啦，我已經盡力了！如果這不行，就得等到我能寫出更好東西的時候了。」

她靠在沙發上，仔細把稿子看過，在這裡那裡畫線，又加上很多驚嘆號──她把驚嘆號畫得像是小氣球一樣──再用一條漂亮的紅色緞帶把稿子綁起來，坐在那裡用一種謹愼而渴望的神情看了它一分鐘，這神情明白顯示了她對作品有多麼認眞。喬在這裡的書桌是一個靠牆的舊鐵皮櫃櫥。她把稿子和幾本書放在這裡面，不讓「史瓜寶」碰到，「史瓜寶」也有些文學癖好，喜歡把在牠面前的書頁啃掉，於是那些書全成了「流動」圖書館的書而四散各地啦。喬從這個鐵皮做的藏物處另外拿出一份稿子，把兩份稿子都放進口袋，悄悄走下樓，讓她的朋友們啃她的筆，嚐她的墨水。

她盡量無聲無息地戴上帽子、穿上外套，爬出後面窗子，踩在一個低矮門廊的屋頂，縱身跳到路邊草地上，再繞遠路到大馬路上。到了路上，她先讓自己鎮定下來，再攔了一輛正經過的公共馬車，一路搖搖晃晃地進到城裡，看起來很快活，也很神祕。

要是有人在觀察她，他會認爲她的動作實在是太怪異了，因爲她一下馬車就邁著大步走到某條繁忙街道的某個門牌號碼處。她好不容易才找到這個地方，走進門口，抬頭看了看骯髒的樓梯，在那裡動也不動地站了一分鐘以後，突然跑回街上，和來時一樣飛快走開。這番動作她來來回回重複了好幾次，讓對面一幢樓上一個靠窗觀看的黑眼睛男孩看得非常有趣。第三次走回來了以後，喬甩甩頭，把帽簷拉下，蓋到眼睛上頭，就走上樓了，那神情像是要拔掉所有的牙齒一樣。

門口許多招牌當中倒的確有一個是牙醫的招牌，年輕男孩盯著一副緩慢開合、用意在吸引人注意的一口假牙一會兒，然後就穿上外套，拿了帽子，走下樓到對面門口站定，他露出微笑，還打了個哆嗦——

「自己一個人來是她的風格，可是如果她受了罪，會需要有人陪她回家。」

十分鐘不到，喬漲著一張通紅的臉跑下樓梯，她的神態是一個才剛歷經某種嚴苛考驗的人具有的。她看到這個年輕男孩，毫無開心的表情，只是點點頭就從他身邊走過，但是他卻跟在她後面，用充滿同情的語氣問：

「你會不會很難受？」

「還好。」

「你很快就好了嘛。」
「是呀！謝天謝地！」
「你爲什麼要自己來？」
「不想要別人知道。」
「你是我看過最怪的人。你拔了幾顆牙？」
喬看著她的朋友，彷彿聽不懂他的話，然後就哈哈大笑了起來，好像被某件事逗得樂不可支的樣子。
「我希望是兩顆，不過我必須等一個禮拜。」
「你在笑什麼？你在搞什麼鬼啊，喬。」羅瑞說，他看起來很不解。
「你也是呀。你在對面樓上彈子房做什麼？」
「對不起喲，這位女士，那裡不是彈子房，是健身房，我正在學擊劍。」
「那我很高興。」
「爲什麼？」
「你可以教我呀，等我們演出《哈姆雷特》的時候，你就可以扮李爾特了。我們的擊劍場面也可以演得精采了。」
羅瑞開心地放聲大笑，引來幾個行人的微笑。
「不管我們演不演《哈姆雷特》，我都會教你，擊劍很有趣的，而且會讓你思緒非常清晰呢。可是我不相信這是你那麼明確地說『那我很高興』的唯一理由，怎麼樣，是不是？」

「是，我高興的是你沒有去彈子房，因爲我希望你永遠也不要去那種地方。你有沒有去呢？」

「不常去。」

「我希望你不要去。」

「沒有什麼壞處的，喬。我家裡也有撞球檯，但是要有一些好手才會好玩，因爲我很喜歡打撞球，有時候我會來這裡，跟耐德．莫法特或是其他人打球。」

「噢，那眞糟，因爲你會越來越喜歡，然後浪費時間和錢，長大就像那些可怕的男生一樣。我眞的希望你一直是讓人尊敬的人，讓朋友沒話說。」喬搖頭說道。

「難道一個人就不能偶爾有些無傷大雅的小小娛樂，同時不失他的可敬嗎？」羅瑞問，看起來被惹惱了。

「那要看他是怎麼樣娛樂，和是在哪裡娛樂。我不喜歡耐德和他們那一幫人，希望你也離他們遠點。我媽媽不准我們找他來家裡，雖然他想要來。如果你變得像他一樣，我媽媽就不會願意讓我們一起玩了。」

「是嗎？」羅瑞焦急地問。

「對呀。她不能忍受時髦的年輕男人，她寧願把我們全都關在箱子裡也不會准我們跟他們來往的。」喬說。

「噢，她現在還用不著拿出她的箱子來。我不是時髦的人，也不想要做那種人。不過我偶爾是喜歡無傷大雅的玩樂，你不是嗎？」羅端說。

「是的，沒有人會在意這種的，所以你儘管去玩樂吧，可是你可別變野了，好嗎？不然我們的快活日子就會結束了。」

「我會做個加倍純潔的聖人。」

「我受不了聖人，只要做個單純、誠實、正派的男生，我們就永遠不會拋棄你了。如果你像金先生的兒子那樣，我就不知道該怎麼辦了。他有很多錢，卻不知道怎麼花，結果又喝酒又賭博，還逃家，假冒他爸爸的名字，簡直糟糕透了。」喬說。

「你認為我很可能會做出同樣的事？真是多謝了！」

「不是，我不是——噢，眞糟！——只是我常聽人說金錢是很大的誘惑，所以有時候我希望你是窮人就好了。其實我不應該擔心的。」

「你擔心我嗎，喬？」

「有一點，當你看起來很鬱悶或是不開心的時候，你有時候會這樣的。因為你的脾氣很強，一旦你開始走錯路，恐怕要攔你就很難了。」

羅瑞沉默地走了幾分鐘，喬看著他，希望自己能閉嘴，因為雖然他的嘴唇有笑意，像是對她的警告露出笑容，但是他的眼睛卻帶著怒氣。

「你打算一路演說回家嗎？」他很快地問。

「當然不是，為什麼問？」

「因為如果你是的話，我就要坐公共馬車；如果不是，我就和你一起走回家，並且告訴你一件很有趣的事。」

「我不會再訓話了。我倒是非常想聽這個消息。」
「那好，走吧。這是個祕密，如果我告訴你，你也要告訴我一個你的祕密。」
「我沒有祕密——」喬才剛說，就突然住口，她想到她是有祕密。
「你有——你是藏不住事情的，所以快承認吧，不然我就不說了。」羅瑞喊道。
「你的祕密是件好事嗎？」
「噢，當然！是關於你認識的人，而且好有趣喔！你應該聽的，我忍了好久，一直想要說呢，好啦，你先。」
「你絕不能在家裡提起一點喔，好不好？」
「一個字也不說。」
「你也不可以私底下嘲笑我？」
「我從來不會嘲笑人。」
「你才會哩。你可以從別人身上套出你想要的任何事。我不知道你是怎麼做的，可是你天生就會哄人。」
「謝謝你了。說吧。」
「是這樣的，我把兩篇故事交給一個報社的人，他會在下個星期給我回覆。」喬低聲在密友耳邊說。
「美國名女作家瑪區小姐萬歲！」羅瑞大喊，一邊把他的帽子往上拋再接住，這個動作讓兩隻鴨、四隻貓、五隻母雞、六個愛爾蘭小孩子樂不可支。兩人現在已經出了城市。

「噓！這不會有什麼結果的，我敢說。可是我非得試了才能罷休，而我什麼也沒說，因爲我不希望別人失望。」

「不會不成的。嘿，你的作品和現在每天刊出的大半垃圾比起來，簡直是莎士比亞的作品呢。看到那些故事登出來，不是很好玩嗎？我們不會以我們的女作家爲榮嗎？」

喬的眼睛一亮，因爲別人相信你總是件快活的事，而且朋友的稱讚也總比六、七篇報紙上的吹捧要甜蜜。

「那你的祕密呢？要公平喔，羅瑞，不然我一輩子都不會相信你了。」她說，試圖澆熄那被鼓勵的話燃起的燦爛希望。

「我說出來可能會惹上麻煩，可是我又沒有答應不說，所以我要說出來。我知道任何一點消息，不告訴你我心裡就不安。我知道梅格那隻手套在哪裡。」

「就這個啊？」喬問，看起來很失望，羅瑞點點頭，眼睛眨了眨，臉上充滿神祕又有智慧的表情。

「目前這樣已經足夠了，等我告訴你它在哪裡以後，你也會同意的。」

「那就說吧。」

羅瑞彎腰在喬的耳邊低聲說了三個字，這幾個字造成滑稽的變化。她站定，盯著他好一會兒，既驚訝又不高興，然後她又繼續走，厲聲說：「你怎麼知道的？」

「看到的。」

「在哪裡？」

「口袋裡。」

「一直都在嗎？」

「是啊。這不是很浪漫嗎？」

「才不哩，太可怕了。」

「你不高興嗎？」

「當然不高興。這太荒唐了，根本不可以的。天哪！梅格會怎麼說？」

「你不可以告訴任何人的，拜託。」

「我可沒答應。」

「可是我們都知道的，而且我信任你。」

「呃，反正暫時我不會告訴人。可是我覺得你好討厭，要是你沒跟我講就好了。」

「我還以為你會很高興。」

「高興有人要把梅格帶走嗎？不會的，多謝了。」

「等到有人來把你帶走的時候你就會好受些了。」

「我倒想看看有誰敢來試試。」喬惡狠狠地叫著。

「我也要看！」羅瑞想到這件事也失聲笑了起來。

「我想我這個人不適合聽祕密。你告訴我這個祕密以後，我的心裡就一直是亂糟糟的。」喬頗不知感激地說。

「我們比賽跑下這座山，你就會好了。」羅瑞提議。

這時候四周不見一個人影，平整的路面在她面前呈誘人的下坡之勢，喬認爲這個誘惑實在難以抵擋，於是她拔腿就跑，帽子和梳子立刻飛落身後，髮夾也隨著她的跑步散落地上。羅瑞先跑到終點，對於他這招治療方法十分滿意，只見他這位「亞特蘭大」[6]氣喘吁吁地跑過來，頭髮飛揚、雙眼明亮、臉頰通紅，臉上不見一絲不快。

「眞希望我是一匹馬，那麼我就可以在這麼清爽的空氣中跑上好幾哩路都不會喘呢。賽跑是不錯，可是你看看這讓我變成什麼德行了。去啦，把我的東西撿回來，你這個小天使。」喬說著就在一棵楓樹下猛地坐下，落地的紅色楓葉把路邊都鋪滿了。

羅瑞悠哉悠哉地走去撿拾那些掉落的東西，喬就把辮子綁好，希望她把自己弄整齊之前沒有人走過。可是就有人這時候走過，而這人偏巧就是梅格。她穿著一身端莊的服裝，看起來格外有淑女的樣子，因爲她去人家家拜訪去了。

「你們在這裡做什麼呀？」她問道，同時用頗有教養的驚訝神情盯著她那個頭髮蓬亂的妹妹。

「撿楓葉。」喬心虛地回答，一邊在她才剛一把抓起的粉紅色葉子當中挑揀。

「和髮夾。」羅瑞加上一句，把六、七個髮夾丟到喬的裙子上。「這條路上長髮夾呢，梅格，也長著髮梳和棕色的草帽。」

6 Atlanta，希臘神話中一位女獵人，在與追求者賽跑中落敗而下嫁對方。

「你跑過了，喬，怎麼可以這樣呢？你要什麼時候才能停止這種蹦蹦跳跳？」梅格語帶責備地說，一邊整理一下她的袖口，撫平才被風吹亂了的頭髮。

「除非等到我老了，身體僵硬，非用帽簷不可。不要逼我長大，梅格。你突然間就改變了，已經讓我夠難過的了，就讓我盡可能做小女生做久一點吧。」

喬一邊說一邊彎下身子對著樹葉，好掩住自己顫抖的嘴唇，最近她感覺到梅格正快速地變成一個女人，而羅瑞的祕密也使她害怕那勢必到來的分離，如今這分離似乎已經很近了。他看到她臉上的困擾神情，就趕緊開口轉移梅格的注意力：「你去哪裡啦？」

「到葛蒂納家了。莎麗一直告訴我蓓兒．莫法特的婚禮的事。婚禮非常氣派，他們還去巴黎避寒了。想想看，那有多麼快活呀！」

「你羨慕她嗎，梅格？」羅瑞說。

「恐怕是吧。」

「我很高興！」喬喃喃說道，用力把她的帽子綁上。

「為什麼？」梅格面露驚訝的神情問。

「因為如果你在意財富的話，你就絕不會跑去嫁給一個窮人了。」喬說，她對著羅瑞皺眉頭，因為他正用眼神警告她注意自己說的話。

「我絕不會『跑去嫁』給任何人的。」梅格說，她端莊肅穆地繼續走著，另外兩個人跟在後頭又笑又說著悄悄話，還踢著路上的石頭，「像小孩子一樣」，梅格自言自語地說，雖然要不是她穿著的是她最好的衣服，她也很想加入他們。

有一、兩個禮拜的時間，喬的舉動十分怪異，使她的姐妹們很不解。每當郵差按鈴，她都會衝到門口；每當遇見布魯克先生，她都會用很不客氣的態度對待他；還會面帶愁容地坐在那裡看著梅格，偶爾會跳起來抓住她一陣搖晃，再去親吻她，非常神祕的樣子；羅瑞和她也老在比手勢，還說著關於「展翅鷹」的事，最後姐妹們一致認爲他們神智不清了。第二個星期六，喬從窗子爬出家裡以後，梅格正坐在她窗前縫東西，卻看到一幕景象而大感駭異：只見羅瑞滿花園追著喬，終於在愛美的涼亭下逮到她。那裡出了什麼事，梅格看不到，但是卻能聽到尖銳的笑聲，以及之後的說話聲和好大的報紙翻頁聲。

「我們該把這個女孩子怎麼辦哪？她永遠也不會像個淑女一樣。」梅格嘆口氣，用不以爲然的表情看著他們的賽跑。

「我希望她不要像淑女，她現在這樣子好好笑，又好可愛喔。」貝絲說，但是喬和別人共擁祕密讓她有些傷心這件事，她是絕對不會說的。

「這眞是很麻煩，可是我們永遠也沒辦法讓她『端端正正』（端端莊莊之誤）。」愛美加上一句，她正在給自己做一些新的荷葉邊，她的鬈髮也綁得很好看，這兩件都是教人快活的事，也讓她覺得優雅而且淑女得不得了。

幾分鐘後，喬衝了進來，坐在沙發上，假裝在看報。

「報上有沒有什麼有趣的事呀？」梅格特意表現親切地問。

「只有一篇故事，不過我猜不怎麼樣吧。」喬回答，極力不要讓人看到報紙的名字。

「你還是唸出來吧，可以讓我們開心，也可以使你沒機會淘氣。」愛美用她最最大人樣的語氣說。

「故事是什麼名字？」貝絲問，她不知道喬為什麼要把報紙擋住她的臉。

「敵對的畫家。」

「聽起來不錯。唸吧。」梅格說。

喬大聲「嗯哼」了一聲，又吸了口大氣，就開始很快地唸起來。姐妹們津津有味地聽著，因為故事很浪漫，又有點可憐，結尾時大部分的人物都死了。

「我喜歡關於那幅驚世畫作那部分。」喬停下來之後，愛美發表了她讚許的評論。

「我喜歡講到愛情的部分。維歐拉和安吉羅是我們最喜歡的兩個名字呢，這是不是很奇怪？」梅格說著揉了揉眼睛，因為那「愛情的部分」很悲慘。

「是誰寫的？」貝絲看到喬的神情，問道。

唸故事的人突然間坐直身體，把報紙丟到一邊，露出漲紅的臉，然後用混合著嚴肅和興奮的口氣，大聲回答：「是你的姐姐。」

「是你！」梅格大叫，丟下手裡的活兒。

「寫得很好。」愛美評論道。

「我就知道！我就知道！噢，我的喬，我真驕傲！」貝絲跑過去摟住她的姐姐，為這個了不起的成就欣喜不已。

哇，說實在的，她們全都是多麼地開心啊！梅格起先還不相信，直到她看到「喬瑟芬·瑪區」幾個字真真確確地印在報上；愛美好意地批評了故事中畫家的部分，還提出可以寫續集的心得，不過很可惜這是沒辦法的事，因爲男女主角都死了。貝絲好興奮，高興得又跳又唱；漢娜走進來，對「喬做的事」用大爲驚異的口氣叫著：「哇，眞是的，莎士比亞再世呢！」而瑪區太太知道這件事以後也多麼地驕傲呀！喬眼中噙著淚水大笑，還說她得意得像隻孔雀，索性就做隻孔雀了吧！當報紙從一個人手裡傳到另一個人手裡的時候，「展翅鷹」也以勝利的姿態展翅在瑪區家之上。

「把事情從頭到尾告訴我們吧。」「報紙是什麼時候來的？」「你能拿到多少錢呀？」「爸爸會怎麼說呢？」「羅瑞會不會笑？」全家人齊聲叫喊，全都簇擁著喬。家中有每一件小小的喜事，這些天眞而且親愛的人們都會歡樂慶祝。

「別嘰嘰喳喳了，各位，我會告訴你們所有的事。」喬說，心裡猜想柏尼小姐[7]對於她的作品〈艾芙麗娜〉有沒有她對〈敵對的畫家〉那麼得意。說完了她怎麼處理她的故事後，喬又加上一句：「我去問的時候，那個人說兩篇他都喜歡，但是新人他們是不付稿費的，只會把文章登在他的報上，並且評介一番。這是很好的練習，他說。等到新人有進步了以後，每篇文章都可以有稿費，所以我就把兩篇故事都給他了。而今天這一篇寄來了。羅瑞看到我拿到報紙，堅持要看，我就讓他看。他說故事很好，我要再多寫，下一篇就會有稿費了，我好高興，因爲不久以後我也許就可以養活自己，幫助姐妹們了。」

7 Fanny Burney，一七五二—一八四〇，為英國小說家及日記作家。

喬直到這時候才吁了口氣。她把頭埋在報紙裡，幾滴眼淚沾濕了她的小小故事。因爲她心中最大的願望就是能夠獨立，並且贏得她深愛的人們的稱讚，而這似乎是達到這個目標的第一步。

15 電報

「一年裡最討人厭的月份就是十一月。」梅格說，一個無聊的下午，梅格站在窗前，望著窗外受到霜害的花園。

「這就是我出生在這個月份的原因。」喬若有所思地說，對於她鼻子上的墨水漬毫無所覺。

「如果現在有一件很快活的事情發生，我們就會認爲這是個快活的月份了。」貝絲說，她對每件事都抱持著希望，即使是對十一月。

「或許吧，可是這個家裡從來也沒有發生過快活的事。」梅格正生著悶氣。「我們每天辛苦工作，沒有一點變化，也沒有多少娛樂，跟無止境地推著磨沒什麼不同。」

「我的天哪，我們多洩氣啊！」喬說道，「我不會太驚訝呢，可憐的人兒，因爲你看到別的女孩子都玩得開心，而你卻得年復一年地辛苦做事。噢，我多希望能像我爲我的故事女主角安排那樣的替你安排一些事呀！你已經夠美麗、夠好了，所以我只要安排某個有錢的親戚突然留給你大筆財產，然後你就以繼承人的身分出現社交圈，嘲弄那些曾經瞧不起你的人、出國，然後在燦爛優雅的光芒中變成某某夫人回到國內。」

「現在人的財富都不是這樣得來的了；男人必須工作，女人必須嫁給有錢人。這是個太不公平的世界。」梅格急急地說。

「我和喬要替你們所有人賺大錢，只要等上十年，看看我們做不做得到。」愛美說，她坐在角落裡做泥餅——漢娜用這個詞稱呼她那些泥做的鳥兒、水果和臉孔模型。

「我等不及了，而且恐怕我對墨水和泥土並沒有很多信心，不過我感謝你們的好意。」梅格嘆口氣，把臉再次轉到受霜害的花園。喬咕噥一聲，把兩隻手肘貼放在桌上，十分消沉的模樣。但是愛美卻朝氣蓬勃地跑開，而坐在另一扇窗前的貝絲微笑著說：「馬上就要有兩件快活的事要發生了：媽媽從街上走來了；羅瑞正穿過花園，好像有好事要說呢。」

他們兩人都走進房裡，瑪區太太問著一向會問的話：「孩子們，有爸爸的信嗎？」羅瑞用他那令人心動的方式說：「你們有誰要去坐馬車嗎？我剛才一直在算數學，算得我腦筋都糊塗了，現在我要輕鬆走一圈，讓我的腦筋清楚。今天很無聊，不過空氣倒是不差，而我要送布魯克回家，所以在車裡會很愉快。走吧，喬，你和貝絲會去吧，不是嗎？」

「當然。」

「很感謝你，不過我很忙。」梅格說著立刻拿出針線籃，因爲她答應母親，最好不要常和小夥子一起坐車出遊。

「我們三個人馬上就好了。」愛美叫道，並且跑去洗洗手。

「我可以替您做什麼事嗎，伯母？」羅瑞用他一貫對瑪區太太的孺慕神情和口氣問道，並且把身體靠向她的椅子。

「謝謝你，不用了，不過麻煩你好心去郵局看一看。今天應該收到信的，郵差卻沒有來，她們父親一向規律的，不過也可能是路上耽擱了。」

一陣尖銳的鈴聲打斷她的話，一分鐘後，漢娜拿著一封信走進來。「是嚇人的電報呢，太太。」她說，並且遞給她，好像怕它會爆炸，造成損害一樣。

一聽到「電報」兩個字，瑪區太太立刻搶過去，看了上頭的兩行字，就跌坐在椅子上，像是這張小紙朝她心臟發射了一顆子彈一樣。羅瑞衝下樓去拿水，梅格和漢娜扶住她，喬用害怕的聲音大聲唸出來——

「瑪區太太：令夫病重。盡速前來。霍爾，華盛頓布蘭克醫院。」

她們屏息靜聽著，房間裡多麼安靜呀！屋外的白日奇怪地黯淡下來，而當她們圍著母親，感覺她們生活中所有的歡樂和支柱都要被奪走的時候，這整個世界改變得多麼突然！瑪區太太很快回復正常，把電報再看了一遍，然後向女兒們伸出雙臂，用她們永遠也忘不了的語氣說：「我要馬上就走，不過可能會來不及了。噢，孩子們，孩子們，幫助我承受這個負擔！」

有幾分鐘的時間，房裡只有輕聲啜泣的聲音，間雜著斷斷續續的安慰話語、溫柔地說一定會幫助的話，以及滿懷希望、說到最後卻因哭泣而說不下去的低語。可憐的漢娜是第一個恢復的，她以不自覺的智慧爲其他人做了很好的榜樣，因爲對她而言，工作是大半痛苦的萬靈丹。

「上帝會留住好人的！我不會浪費時間去哭，不過快把你的東西準備好吧，太太。」她誠心誠意地說，一邊拿圍裙擦了擦臉，用她那隻堅硬的手熱情地握住女主人的手，便走開以一抵三地工作去了。

「她的話沒錯，現在沒有時間哭。要鎮靜，孩子們，讓我想一下。」

可憐的人兒，她們試著平靜下來。她們的母親坐直身體，臉色蒼白，神色還算平穩，暫時把悲傷丟到一邊，開始思考情況，並且爲她們設想計畫。

「羅瑞在哪裡？」她整理好思緒，決定要先做什麼事情後立刻問。

「我在這裡，伯母。噢，讓我做點事吧！」男孩叫著，從隔壁房間趕過來。他先前退到隔壁，是覺得她們的哀傷太神聖了，即使他這雙友善的眼睛也不宜觀看。

「拍電報說我立刻趕去。下一班火車早上很早開。我要坐這班。」

「還有什麼？我的馬都是現成的，我可以去任何地方，做任何事。」他說，看他的神情，像是已經準備好飛到天涯海角了。

「留張紙條給瑪區嬸婆。喬，拿那枝筆和紙給我。」

喬把她才新謄寫的一張紙頁上的空白邊緣撕下，把桌子拉到母親身前，心裡明白這趟漫長而且哀傷的旅途所需的錢必須去向人借，不知道可不可以做點事，爲父親所需要的錢數增加一點。

「你去吧，可是不要騎得太快，把自己摔死了。用不著這樣的。」

顯然瑪區太太的警告被羅瑞拋到腦後了，因爲五分鐘後羅瑞就騎在自己的快馬上，奔馳過窗外，看起來像是在逃命一樣。

「喬，快去告訴金太太我不能去。路上順便買這些東西，我會把它們寫下來，到時候會需要這些的，我也必須準備一些護理用品。醫院商店裡的東西不見得好。貝絲，去向羅倫斯先生要兩瓶陳年老酒，爲了爸爸向人討東西，我不會拉不下臉，他應該要有最好的東西。愛美，要漢娜把那個黑色皮箱拿下來，還有，梅格，你過來幫著我找東西，我已經快慌了。」

又要寫東西、又要思考，還要指揮全家，而且這些都是同時做，這還眞會讓這位可憐的女士慌亂了呢。梅格請她先在房裡安靜地坐一會兒，讓她們去做事。於是每個人各自散開，就像一陣風將樹葉吹散了一樣。這原本安詳、快樂的家庭突然間四分五裂，彷彿那封電報是魔咒一樣。

羅倫斯先生急急忙忙和貝絲一起過來，這位好心的老先生把想得到各種安慰病人的話都說了，還提出最最友善的承諾，要在這個母親離家的這段期間保護她的女兒們，這些話使她大感安慰。他什麼都想慷慨付出，從他自己的睡袍到自告奮勇要陪她去醫院，但是後頭這件事是不可能的。瑪區太太不願見到老先生走這趟漫長旅途，但是當他提到這件事時卻可以看到他露出鬆了口氣的表情，因爲焦慮並不適合一個旅行的人。他看到她的表情，皺起他的濃眉，搓著兩隻手，突地大步走開，嘴裡說他很快會回來，誰也沒時間想到他，一直到梅格一手拿著一雙膠鞋，另一隻手拿著一杯茶跑過門口，而突然遇上了布魯克先生。

「瑪區小姐，聽到這個消息我很難過。」他說，他的語氣和善而且平靜，安慰了她那煩亂的心思。「我想要陪伴你母親去。羅倫斯先生託我到華盛頓去辦事，能夠在那裡爲她效勞，我會感到非常快活的。」

膠鞋摔落地上，那杯茶也險些跟著掉了，只見梅格伸出一隻手，臉上滿是感激之情。這表情是做出更大犧牲的人才當之無愧的，他僅只是付出時間和給予安慰而已。

「你眞是太好心了！我相信我媽媽會接受的。知道有人可以照顧她，我們也放了好大的心了。非常、非常謝謝你！」

梅格誠心地說，完全忘了自己，一直到那雙低垂著注視她的棕色眼睛裡某些眼神使她想起變涼的茶，才領著他走進客廳，一邊說她要叫她媽媽。

等羅瑞帶著一張字條回來以後，每件事情都安排好了。字條裡還附著想借的錢數，還有幾行字重複她已經說了不知多少遍的話——她一直告訴她們說瑪區先生去從軍是件荒唐的事，早就預言不會有好事的，她希望下次她們能聽她的勸告。瑪區太太把字條丟進爐火，把錢放進錢包，緊抿著嘴繼續她的準備工作。如果喬在場的話，就會明白她這種神情了。

短短的下午時間漸漸過去，其他的差事都做完了，梅格和母親忙著做些必要的針線活，貝絲和愛美去泡茶，而漢娜用她稱作「馬馬虎虎」的方式燙好了衣服，但是喬卻仍然沒有回來。她們開始著急起來，羅瑞就出去找她，因爲從來沒有人知道喬腦子裡想些什麼怪念頭。不過他沒有碰到她，而她走進家門時的神色非常怪異，其中混合了有趣和害怕、滿意和懊悔，這景象和她放在母親面前的一捲紙鈔同樣讓全家人不解。她微微哽咽地說：「這是我的一些捐款，希望爸爸身體康復，早日回家！」

「天哪，你從哪拿來的錢？二十五塊錢！喬！你可沒做什麼冒失的事吧？」

「沒有。這眞的是我的錢。我沒有偷、沒有借、沒有討，是賺來的。而且我想你不會怪我，因爲我只賣掉我自己的東西。」

喬邊說邊摘下帽子，這時室內揚起一陣衆人的驚叫聲，她一頭濃密的頭髮剪短了。

「你的頭髮！你那頭漂亮的頭髮！」「噢，喬，你怎麼能這麼做？那是你最迷人的地方呢！」「親愛的孩子，你用不著這樣做的。」「她看起來不像是我的喬，不過我更愛她了！」

每個人都在驚呼，貝絲還去溫柔地抱住這個剪短了頭髮的腦袋，喬雖然做出一副不在乎的神情，但是卻騙不了誰。她把棕色的頭髮撥亂，想要看起來很喜歡這樣。「這又不會影響到我們國家的命運，所以你就別哭了，貝絲。這對於我的虛榮心會有好處的，我對自己的長頭髮已經變得太驕傲了。那頭亂糟糟的頭髮理掉，對我的頭腦也好，我的頭感覺又清爽又涼快，理髮師說我很快就會有一頭鬈鬈的短髮，那樣子會像個男生，而且很適合我，又容易整理。我很滿意，所以請收下錢，我們吃晚餐吧。」

「你把情形全告訴我吧，喬。我並不是很滿意，不過我不能怪你，因爲我知道你爲了這份愛是多麼心甘情願地犧牲了你所謂的虛榮。可是，親愛的，這是不必要的，而我怕你不久後就會後悔了。」瑪區太太說。

「我才不會哩！」喬嘴硬地說，爲了她這個舉動並沒有完全被責罵而感到大大鬆了口氣。

「你爲什麼要這樣做？」愛美問，要是剪了她漂亮的頭髮，那就像是砍了她的頭一樣。

「是這樣的，我急著想要爲爸爸做點事。」她們圍著桌子吃飯，喬回答道。健康活潑的年輕人即使遇到了問題，也照舊能吃呢。「我跟媽媽同樣的討厭向人借錢，我也知道瑪區嬸婆一定會埋怨個不停，她一向都會這樣，就算你向她要個銅板她也會。梅格把她每季的薪水給了房租，我卻拿來買衣服，所以我覺得很差勁，就想要賺點錢，就算賣了我鼻子也要賺錢。」

「你不用覺得難過，孩子。你沒有冬天的衣服，自己辛辛苦苦賺的錢也只能買些最簡單式樣的。」瑪區太太說，她看著她，眼神溫暖了喬的心。

「起先我一點也沒有賣頭髮的念頭，不過我一邊走一邊想我能夠做什麼，簡直恨不得偷溜到那些富麗的商店裡自己動手拿了。然後我在一家理髮店櫥窗裡看到幾束頭髮，上頭還有標價，其中有一束黑髮，還沒有我的多，就標了四十塊錢。突然我想到我有個東西能變出錢來，於是我連停也沒停下來想就走進去，問他們買不買頭髮、我的頭髮他們肯給多少錢。」

「我眞不知道你怎麼敢去問呢。」貝絲用敬畏的語氣說。

「噢，老闆是個小個子男人，看起來好像把頭髮抹得油亮是人生最重要的事一樣。起先他瞪著我，好像他並不習慣有女孩子衝進店裡要他買頭髮。他說他不喜歡我的頭髮，因爲那不是時興的顏色，他也不會花很多錢去買，因爲這樣得費很多工，使得假髮賣得很貴等等。天要晚了，我也害怕了，因爲如果事情不立刻做好，我就不應該去做的，而你們知道我開始要做一件事情了以後，就很不喜歡半路放棄，所以我就求他買，還告訴他我爲什麼會這麼急忙。這樣做很蠢，我敢說，但是卻改變了他的心，因爲我越說越激動，就反反覆覆、混亂地把事情原委說出來，而他的妻子聽到了，就很好心地說：

「『收下吧，湯瑪士，答應這位姑娘。如果我有一把頭髮值得賣，我也會隨時爲了我們的吉米這麼做的。』」

「吉米是誰呀？」愛美問，她喜歡在事情進行的時候把話都解釋清楚。

「是她的兒子，她說，他也在軍隊裡。這種事情會讓陌生人感覺好親近呀，不是嗎？她就在理髮師剪頭髮的時候一直說個不停，倒分散了我的心思。」

「第一刀剪下去的時候，你會不會覺得好可怕？」梅格打個哆嗦問。

「我趁他去拿工具的時候再看我頭髮最後一眼，就完事了。我絕對不會爲這種小事情哭啼啼。不過我要承認，當我看到那些親愛的頭髮躺在桌上，頭上只剩下又短又硬的頭髮的時候，我感覺好奇怪，好像我缺了個胳臂或是斷了條腿一樣。那個女人看到我看著那些頭髮，就拿了一束長的頭髮要我留下。我要把這把頭髮送給您，媽媽，好記住昔日的光華。因爲短髮太舒服啦，我想我再也不會留長髮了。」

瑪區太太把這綹栗色的鬈髮摺起，和她書桌裡一綹短短的灰髮放在一起。她只說了「謝謝你，親愛的」這句話，但是她臉上的表情讓姐妹們換了個話題，盡可能開心地談起布魯克先生的好心，明天可能會是個晴天，以及等父親回家休養後她們會有多麼快樂等等。

十點鐘，瑪區太太收起最後做好的活兒，說：「好啦，孩子們。」可是沒有人想要上床睡覺。貝絲還是到鋼琴前彈了父親最喜歡的讚美詩，所有人開始都很勇敢地唱，但卻一個接一個地唱不下去，最後只剩下貝絲，誠心誠意地唱著，對她來說，音樂一向都能給她安慰。

「睡覺去吧，不要在床上聊天，因爲我們明天還得早起，需要盡可能充足的睡眠。晚安了，親愛的孩子們。」讚美詩結束時瑪區太太說，這時候也沒有人想要再唱一首了。

她們靜靜地親了她，又悄悄去上床了，彷彿那親愛的病人——父親——就躺在隔壁房間裡。雖然家中出了大問題，貝絲和愛美還是很快就睡著了，但是梅格卻還醒著，思索一些她短短的生命中所知最嚴肅的想法。喬一動也不動地躺在那裡，她姐姐以爲她睡了，直到一陣壓抑住的啜泣聲讓她摸到一個淚濕的臉頰，她才驚叫起來：

「喬，什麼事啊？你在爲爸爸哭嗎？」

「不是，現在不是。」

「那是爲什麼？」

「我——我的頭髮！」可憐的喬放聲哭了出來，她想用枕頭摀住她的情緒，但是不成功。

梅格一點也不覺得這句話很滑稽，她極溫柔地親吻了這位痛苦的女英雄，安撫她。

「不過我不後悔，」喬哽咽著頑強地說，「如果我能夠的話，我明天還會再做。像這樣傻兮兮哭的，是我那個虛榮而又自私的部分。不要告訴別人，現在都沒事了。我以爲你們都睡了，才私底下爲了我動人的地方小小哀鳴了一下。你怎麼還醒著？」

「我睡不著，我好著急。」梅格說。

「想些快樂的事情，你就會很快就睡著了。」

「我試過了，可是反而更睡不著。」

「你想了什麼呢？」

「英俊的臉孔——尤其是眼睛。」梅格回答，在黑暗中兀自笑著。

「你最喜歡什麼顏色的眼睛？」

「棕色的——有時候。藍色的也很可愛。」

喬笑了起來，梅格厲聲喝止她說話，然後親切地答應幫她把頭髮弄鬈，就進入夢鄉，過著美夢裡的日子。

鐘敲十二點，房裡一片闃寂，這時一個人影靜靜地從一張床走到另一張床，撫平這裡的被子，拉一拉那裡的枕頭，然後停下來，溫柔地看著每張沉睡的臉良久，再用她靜靜唸著禱詞的嘴親吻每個人，又熱切地祈禱著只有做母親的人才會祈禱的內容。當她掀開窗簾，朝窗外的陰沉夜裡看去時，月亮突然從雲後出現，像是一張明亮而慈祥的臉，用它的光芒照著她，似乎在寂靜中輕聲對她說：「親愛的人兒啊，安心吧！烏雲後面總是會有光明的！」

16 書信

在灰暗的寒冷清晨，這些姐妹們點起油燈，用從未感受過的誠懇熱切讀著聖經篇章，如今一個眞正的難題陰影逼近了，這些篇章更是充滿了助益和安慰。而當她們穿衣時，她們說好了要歡歡喜喜、滿懷希望地和母親道別，讓母親走上她焦慮的旅程，不要因爲她們的眼淚或抱怨增加了哀傷。她們走下樓以後，每件事看起來都好奇怪喲——屋外陰暗又安靜，房裡卻是大放光明，擾攘忙碌。一大早吃早餐似乎很怪，就連漢娜那張熟悉的臉孔，也在她戴著睡帽在廚房裡匆忙來去中顯得很不自然。那只大皮箱已經準備好了，正立在門廳，媽媽的大衣和帽子放在沙發上，媽媽坐下來想要吃東西，但是由於睡眠不夠，加上焦慮，使得這些姐妹們要遵守她們的決定也難。梅格雖打定主意，卻依然淚眼汪汪；喬不止一次顯得蒼白又疲憊，躲在廚房裡，較小的兩個則掛著一副沉重而不解的神情，彷彿哀傷是一種新的經驗。

沒有人多說什麼，但時間越來越近，她們坐在房裡等馬車的時候，瑪區太太對著在身邊忙著的孩子——一個人摺好她的披肩、另一個理出她帽子的繩帶、第三人爲她穿套鞋，還有第四個繫緊她的旅行袋——說了：

「孩子們，我把你們託給漢娜照顧，請羅倫斯先生保護你們了。漢娜忠實可靠，而我們的好心鄰居也會把你們當成自己孩子一樣的保護。我不會害怕你們的安全，可是我很擔心你們面對這件困難的事做得對不對。我走了以後不要憂傷畏懼，或者認為你們可以懶散，想把這件事忘掉，就可以安慰自己了。要像平常日子一樣的繼續你們的工作，因為工作是教人愉快的安慰。要懷抱希望，保持忙碌，不論發生什麼事，要記住你們絕對不會沒有父親的。」

「是的，媽媽。」

「梅格，親愛的，要謹慎，照顧你的妹妹們，有事要向漢娜請教，如果有任何疑惑的地方，去找羅倫斯先生。要有耐心，喬，不要消沉，或是草率衝動行事，要時常寫信給我，還要做個勇敢的孩子，隨時隨地幫助大家，給大家打氣。貝絲，用音樂讓自己得到安慰，還要把該做的家事都忠誠地做到；還有你，愛美，盡量幫助姐姐們，要聽話，要快快樂樂、安全地待在家裡。」

「我們會的，媽媽！我們會的！」

一輛馬車駛近，那啪嗒啪嗒的聲音把她們嚇了一跳，隨後仔細傾聽。這時刻很不好受，不過她們姐妹表現得很好：沒有人放聲哭，沒有人跑開，或是發出哀嘆，雖然她們託母親帶充滿愛意的口信給父親時心情非常沉重，因為她們想到這口信傳過去時或許已經太遲了。她們靜靜地親吻了母親，溫柔地抱住她，在她離開時盡量快活地揮著手。

羅瑞和他爺爺也過來送行，布魯克先生看起來是那麼地堅強、體貼又明理，使女孩子們當場就叫他「高貴先生」了。

「再見了，我親愛的孩子們！願上帝保佑我們所有人！」瑪區太太低聲說著，一個接一個地親著心愛的小臉蛋，然後就匆匆進到馬車裡。

她坐馬車離去時，太陽也露臉了，她回頭望去，看到陽光照在門口那群人身上，像是一個好兆頭。他們也看到了，微笑又揮手。馬車轉過街角時她看到的最後一幕就是那四張明亮的臉孔，還有站在她們身後，像是個保鑣的老羅倫斯先生、忠心的漢娜，和盡心盡力的羅瑞。

「每個人對我們都多麼好哇！」她回頭說，這時她又在這個青年臉上那充滿敬意的同情表情上找到這句話的新證據了。

「我看誰都忍不住要對你們好吧。」布魯克先生回答，一邊笑著，他的笑太具有傳染力了，使得瑪區太太也忍不住笑了起來，於是這趟漫長的旅程一開始就有陽光、微笑、令人開心的言語這些好兆頭了呢！

「我覺得好像剛經過一場地震。」喬說道。她們的鄰居羅瑞回家吃早餐，留下她們休息，重新打起精神。

「好像半個家都不見了。」梅格可憐兮兮地說。

貝絲張口想說什麼，但是卻只能指著放在母親桌上那一堆修補得整整齊齊的長襪子，說不出話來，這堆襪子可以顯示縱使在她最後這般匆忙的時間裡，她還都想到這件事，而爲她們把事情做好了。這雖是件小事，但卻直接進了她們的心坎裡，所以雖然她們都立下了勇敢的決心，這會兒卻全部崩潰了，衆人放聲痛哭起來。

漢娜很聰明地讓她們發洩了情緒，等到這陣哀戚快要過去的時候，她就帶著咖啡壺來解救她們了。

「好啦，各位親愛的姑娘們，要記住你們母親說的話，不要苦惱。過來喝杯咖啡，然後咱們都開始工作，給這個家增光吧。」

咖啡是好東西，漢娜這天早晨的表現也展現了她的機智老到。沒有人能抵擋得了她具有說服力的點頭招呼，或是從咖啡壺口飄散出來的芳香的邀請。於是她們走近餐桌，把手帕換成了餐巾，十分鐘後又恢復了正常。

「『要懷抱希望，保持忙碌。』這是我們的座右銘，那就讓我們看看誰牢牢記住這句話。我要去瑪區嬸婆家了，就像平常一樣。噢，只是她又要訓話了！」喬說著，她精神又回來了，喝著咖啡。

「我要去我那金家了，不過我眞希望能留在家裡，料理這裡的事情呢。」梅格說，她希望自己沒把眼睛哭得那麼紅就好了。

「用不著。我和貝絲會把家裡照顧好的。」愛美用一種很了不起的神情插嘴說。

「漢娜會告訴我們該做什麼事，等你們回家以後，我們會把家裡每件事都整理好的。」貝絲說，一點也不耽擱就拿出她的拖把和洗碗碟的桶子。

「我認爲焦慮是件非常有趣的事。」愛美一邊吃著糖一邊若有所思地說。

其他姐妹們都忍不住笑了起來，心情也好些了。梅格對著竟然能在糖碗裡找到慰藉的這位小姑娘搖了搖頭。

可是一看到捲酥餅，喬又輕泣了。兩姐妹出門去做平日的工作時，難過得回頭望著窗戶，她們已經習慣在那裡看到母親的臉孔，但是現在那張臉卻不在了。而貝絲卻記住了這個小小的家庭儀式，此刻她正在那裡朝她們點著頭，像是一個粉紅臉龐的小玩偶。

「這多像是我的貝絲的作風呀！」喬面露感激之情，揮著她的帽子。

「再見了，梅格，我希望金家今天不要修剪花木。別擔心爸爸了，親愛的。」她們分開時她加上一句。

「我也希望瑪區嬸婆不會發牢騷。你的頭髮眞的很適合你呢，看起來很帥氣，也很好。」梅格回答，並且努力讓自己不要對著她那個鬈鬈頭笑出來，這顆腦袋在她這個高個子妹妹的肩上，看起來小得滑稽。

「這是我唯一的安慰。」喬學羅瑞的樣子碰了碰她的帽子，就走開了，自己覺得像陰沉日子裡一隻剪了羊毛的羊。

父親那邊的消息讓女孩子們大爲放心，因爲雖然他病情嚴重，但是最好、最溫柔的護士在場，已經帶給他好的影響了。布魯克先生每天都會寄來快信，梅格既然身爲一家之主，便堅持要唸這些快信，這一週時間過去，快信也變得越來越讓人振奮。起初每個人都急著要寫信，而其中一個以和華盛頓通信爲傲的姐妹就會把鼓鼓的信封仔仔細細地塞進信箱裡。這一個鼓鼓的信封裡有家人各具特色的信件，我們姑且想像搶來這麼一批信件，並且把裡面的信一一看下去：

「最親愛的母親：我簡直無法告訴您，您的上封信使我們有多開心呢，因爲那個消息太好了，我們忍不住又笑又哭。布魯克先生多麼地好心，而我們又是多麼幸運，恰好羅倫斯先生的生意讓他可以在您附近逗留，因爲他對您和父親是很有用處的。妹妹們都好得不得了。喬幫我縫衣服，還堅持要做所有的粗活。要不是我知道她的『好心發作』都維持不久，我還眞擔心她會做過頭了呢。貝絲做她的事，規律得像座時鐘，而且從不會忘記您告訴她的話。她掛念爸爸的病情，神情也很嚴肅，除了坐在她的小鋼琴前的時候。愛美很聽我的話，我也很照顧她。她會自己整理頭髮，我也正在教她做鈕孔，補她的長襪子。她很用心，我知道您回來以後一定會很高興她的進步的。羅倫斯先生照顧我們就像隻老母雞那樣，這是喬說的；羅瑞很好，也是個好鄰居。他和喬兩個人逗我們開心，因爲您離我們那麼遠，我們有時候會挺難過，覺得像是孤兒一樣。漢娜簡直像個聖人，不會罵人，而且總是稱呼我『瑪格麗特』小姐，這樣子的稱呼是很妥當的呢，而且她總是對我很尊敬。我們身體都很好，也十分忙碌，不過我們日日夜夜都盼望您回來。代我向父親致上最深的愛。

您永遠的梅格」

這封信整整齊齊地寫在香水紙上，和下一封信形成強烈的對比，那是寫在一大張薄紙上、字跡潦草的信，上頭有墨漬和各種花體字、捲起來的字尾等裝飾：

「我親愛的媽媽：爲我們親愛的父親高呼三聲萬歲！布魯克眞是好傢伙，立刻就打電報回來，爸爸身體一好起來就讓我們知道了。信寫來的時候我衝上屋頂閣樓，本來想要感謝上帝對我們這麼好，可是我卻只能哭出來，並且大叫：『我好高興！我好高興！』這不是也像是十足的禱告嗎？因爲我心中感受很深。我們曾經多麼開心！如今我可以快活地度過，因爲每個人都是那麼地好，簡直像是住在感情深厚的斑鳩巢裡。要是看到梅格坐在餐桌首位，做出媽媽的樣子，您包準會笑出來呢。她一天比一天漂亮，有時候連我都愛上她了呢。妹妹們都像是十足的天使，而——哎呀，反正我就是喬，一輩子也不會變成別的樣子。噢，我必須告訴您，我幾乎跟羅瑞吵了一架。我把心裡頭一件可笑的小事說出來，他就生氣了。我沒有錯，只是說的方式不對，他就大步走回家了，還說除非我向他道歉，否則他不會再來我們家。我說我才不會請他原諒，然後我也生氣了。這事持續了一整天。我覺得很不好受，很想念您。我和羅瑞都很要強，要向他道歉是很困難的事。不過我想他應是活該，因爲我沒有錯。可是他一直沒有來，而就在晚上的時候，我想到愛美掉到河裡去的時候您說的話。我又看了看聖經，覺得好過了些，於是決定不要讓自己的怒氣在太陽下山前還沒有消，就跑過去向羅瑞道歉了。結果我在大門口遇到他，他也正因爲同樣的原因到我們家來。我們兩個人都笑了，然後互相請對方原諒，心裡也都再次感到舒暢了。

昨天我幫漢娜洗衣服的時候寫了一首詩，爸爸很喜歡我寫的小東西，所以我把它寫在這裡，讓他開心。請代我給他最最親愛的擁抱，並且請親吻您自己十幾下。

顛顛倒倒的喬」

肥皂泡泡之歌

洗衣盆女王啊，我快活高歌，
雪白泡泡堆得老高；
我勤奮把衣服洗洗沖沖再擰乾，

掛上它們去晾曬
在自由清爽的空氣中舞動，
在朗朗晴空下。

但願我們洗去心靈中
一星期的髒汙，
讓空氣和清水以魔術
使我們像它們一樣純淨，
那麼世間就有了
榮耀的清潔之日。

在有益的人生道途，
內心平靜將永遠不斷；
忙碌的心無暇思索
哀傷或憂慮或陰鬱；
當我們勇敢拿起掃帚，
焦慮的思緒也會掃除。

我高興每個白日
都有工作可做；
工作給我健康力量和希望，
而我開心地說——
「頭腦，你可以思考；心靈，儘管去感受，
但手啊，你將永遠工作！」

「親愛的媽媽：信紙上沒有多少地方，我只能獻上我的愛，還有一些壓平的三色紫羅蘭，這是從我留在家裡要給爸爸看的球根長出來的。我每天早晨都讀聖經，而且一整天都很乖，還唱起爸爸的歌讓自己睡覺。現在我不能唱〈天國〉這首歌，我唱了會想哭。每個人都很好，我們盡量做到沒有您在仍然可以快活。愛美說她要其他的空白地方寫信，所以我必須停住了。我沒有忘記要把盒子、盆子都蓋上，而且我每天都有給時鐘上發條、讓房間通風。

請替我親吻爸爸那片他說是我專屬的臉頰。噢，快快回到您的愛女身邊。

小貝絲上」

「親愛的媽媽：我們都很好，我都有寫功課，而且我沒有和姐姐她們唱走調——梅格說我的意思是『唱反調』，所以我把兩個詞都寫出來，您可以挑最適合的一個。梅格最好了，每天晚上喝茶的時候都給我吃果凍，這對我很好的，喬說因爲它會讓我脾氣溫柔。可是羅瑞都不尊敬我，我都要變成少女了他還叫我『丫頭』。我跟他說法文的『謝謝』和『日安』的時候，他就對我說很快的法文，害我很難過。我的藍色洋裝袖子都磨壞了，梅格幫我換新袖子，可是她把正面弄錯了，變成袖子比洋裝還要藍。我覺得很糟糕，不過我沒有生氣喔，我忍受了自己的問題，不過我眞的很希望漢娜能給我的圍裙多上點漿，我也想每天都吃蕎麥餅。可不可以呢？我的問法是不是很好呢？梅格說我的詞和標點符號太丟人了我聽了眞是嚇死了可是哎呀我有那麼多事情要做，我停不下來。再會了，我獻給爸爸好多好多的愛——您的愛女。

愛美．柯提斯．瑪區上」

「親愛的瑪區太太：我只要告訴你，我們過得非常棒。女孩子們很聰明，俐落地來回做著事。梅格小姐將來會是個好主婦的，她喜歡管家，做什麼事很快就抓到訣竅。喬做事總一馬當先，可是她不先停下來想想，你永遠也不知道她什麼時候又停手了。她星期一去洗了衣服，可是衣服還沒擰乾她就給它們上了漿，又把一件粉紅色印花布洋裝染成藍色，我簡直是要笑死了。貝絲是最乖的，什麼事都有準備，又可靠，是我的好幫手哩。她每樣東西都想學，還眞的上市場買菜，這是她這個年齡的人還不會做的事呢；她還會記帳，我也幫著她，她把帳記得很好。我們很儉省地過日子，我都照您的吩咐，每個星期只讓小姐們喝一次咖啡，給她們吃健康、簡單的食物。愛美很乖呀，還穿上最好的衣服，吃好吃的東西。羅瑞少爺跟平常一樣愛胡鬧，常常來鬧翻了天，不過他是要讓這些姑娘開心的，所以我就讓他們玩個起勁了。老先生送來好多好多東西，也讓我很累，不過他是好意，我沒有資格說什麼。我的麵要發了，我不能寫了。代我向瑪區先生問好！希望他的肺炎好了。

漢娜・穆雷敬上」

「二號病房護士長：拉帕哈諾克一切平靜，軍隊狀況良好，軍需部運作得宜，泰迪上校指揮下的國民兵勤務始終持續，總司令羅倫斯將軍每天視查軍隊，軍需官穆雷維持營中秩序，『獅子』中校夜晚守崗哨。收到華盛頓傳來的好消息後，本處施放二十四響禮炮，總部並舉行一場閱兵典禮。總司令向您問候，敝人也懇切一同問候。

泰迪上校上」

「親愛的女士：小姑娘們都很安好。貝絲和我的孫子每天向我報告。漢娜是個標準的忠僕，小心保護漂亮的梅格。很高興晴朗的天氣能夠持續，有事請盡量讓布魯克效力，如果花費超出您的預估，請動用我的錢花用。不要讓您丈夫欠缺任何東西。感謝上帝他健康好轉了。

您衷心的友人及僕人詹姆斯・羅倫斯上」

17 忠誠的小人兒

有一個星期的時間，這間舊房子裡的美德簡直多到可以供應附近鄰居們呢。這情景眞是教人驚奇，因爲每個人似乎都充滿了聖潔的心思，也都肯犧牲奉獻。對於父親最初的焦慮解除了以後，這些女孩子們不知不覺地把她們值得讚佩的努力放輕鬆了一點，開始回復往日的生活方式。她們並沒有忘記她們的座右銘，只是「希望」和「保持忙碌」似乎變得容易了些。在這些艱鉅的努力付出之後，她們覺得「努力」值得讓她們放一天假，就放了一天又一天的假。

喬沒能把剪短髮的腦袋保暖而著了涼，就奉命待在家裡等病好了才能出門，因爲瑪區嬸婆不喜歡聽感冒的人唸書給她聽。喬很高興，她先起勁地從閣樓一路翻找到地窖，然後回到沙發上，用藥和書療養感冒。愛美發現家事和藝術是互不相容的，於是就回頭玩她的泥餅。梅格每天都會給她學生上課，並且在家裡縫東西——或者自認爲在縫東西——不過她花了很多時間在寫長信給媽媽，或是把華盛頓來的快信一看再看。貝絲持續她的工作，只有偶爾會陷入發呆或是憂傷當中。她每天都忠實地做她該做的事，還做很多姐姐們的事情，因爲她們常會忘記，而這個家裡像是一座鐘擺不見了的時鐘。當她爲了想媽媽或是擔心爸爸而心情沉重的時候，她就會走進一個衣櫃裡，把臉孔埋進某件心愛的舊長裙的衣褶當中，獨自靜靜哀泣，悄悄祈禱。沒有人知道是什麼讓她打起精神，但是每個人都感受到貝絲有多麼善解人意又樂於助人，所以習慣找她尋求安慰，或是爲她們的小事情聽她的建議。

她們全都沒有覺察到這次經驗是個性的考驗，而當最初的興奮過後，她們都覺得自己做得很好，值得讚美。沒錯，她們是值得讚美，但是她們的錯在於她們停下做好事的腳步。她們經歷了深深的焦慮和懊悔才學到這個教訓。

「梅格，我想你應該去看看胡梅爾家人了。你知道媽媽要我們不要忘了他們。」瑪區太太離開十天後貝絲說。

「我太累了，今天下午不想去。」梅格回答，她一邊縫衣服一邊舒舒服服搖著搖椅。

「你可不可以去呢，喬？」貝絲問。

「我還感冒著，風雨太大了。」

「我還以爲你幾乎都好了。」

「我的病好到可以和羅瑞出去，可是還沒有好到可以去胡梅爾家的程度。」喬笑著說，不過她倒是爲了自己的矛盾有些羞愧之色。

「你爲什麼不自己去？」梅格問。

「我已經都每天去了啊，可是他們家的小娃娃生病了，而我又不知道怎麼辦。胡梅爾太太出門去工作，洛蒂辰在照顧小娃娃，可是他的病越來越重，我想你們或者漢娜應該去一下。」

貝絲懇切地說，梅格答應第二天去。

「向漢娜要些流質食物帶去，貝絲，空氣對你會有好處。」喬說著，帶著歉意又加上一句：「我會去，不過我要先寫完我的東西。」

「我頭疼，我也很累，所以我想你們誰會去。」貝絲說。

「愛美很快就會回來了，她可以替我們去。」梅格提議。

「那我就休息一下，等她回來吧。」

於是貝絲就躺在沙發上，而其他人也回到各自的工作上，胡梅爾一家人就被她們忘記了。一個小時過去了，愛美沒有回家，梅格到她房裡試穿一件新洋裝，喬沉迷在她的故事裡，漢娜在廚房火爐前呼呼大睡，這時候貝絲悄悄戴上兜帽，在籃子裡裝了些要給那些可憐孩子的零星東西，就出門到冷冽的空氣中，她的頭昏沉沉，那雙有耐心的眼中則是憂傷的神色。她回來時已經很晚了，沒有人看到她靜靜上了樓，把自己關在母親的房裡。半個小時後，喬到「媽媽的衣櫃」裡找什麼東西，看到貝絲坐在醫藥箱上面，神情凝重，眼睛紅紅的，手裡拿著一瓶樟腦。

「哎喲喂呀！出了什麼事啦？」喬大喊一聲，貝絲伸出一隻手，像是警告她不要靠近，然後立刻問。

「你是不是得過猩紅熱？」

「好幾年前，在梅格得的時候得過了。怎麼啦？」

「那我就告訴你吧。噢，喬，那個小娃娃死了！」

「什麼小娃娃？」

「胡梅爾太太的小寶寶，她還沒有回到家，小寶寶就死在我腿上了。」貝絲抽抽搭搭地說著。

「可憐的人兒，那多可怕呀！我應該去的。」喬一臉懊悔的神情坐在母親的大椅子上，把妹妹摟進懷裡。

「那不可怕，喬，只是好悲傷喔！我一下子就看得出他病得更重了，可是洛蒂辰說她媽媽去找醫生了，所以我就接過小嬰兒，讓洛蒂辰休息一下。小嬰兒好像睡著了，可是他忽然輕輕哭了一聲，全身發抖，然後就不動了。我想讓他的腳暖和一點，洛蒂辰也給他喝了一些牛奶，但是他動也不動，我就知道他死了。」

「別哭，親愛的！那你怎麼辦？」

「我就只是坐在那裡，輕輕抱著他，等到胡梅爾太太帶了醫生回來了。醫生說他死了，然後他看了看亨利區和米娜，他們兩個人都喉嚨痛。『是猩紅熱呢，夫人。你應該早就叫我來的。』他很不高興地說。胡梅爾太太說她沒錢，本來想自己把嬰兒治好的，可是現在已經太遲了，她只能求他幫助其他孩子，並且希望他能好心不收錢。這時候他才笑了笑，也比較溫和了。可是這件事很悲慘，我就在那裡跟他們一起哭，然後他突然轉過身要我回家，吃些顛茄（藥劑），不然我也會得病。」

「不，不會的！」喬大喊一聲，露出驚恐的神情把她抱得更緊。「噢，貝絲，如果你生病了，我永遠不會原諒我自己！我們該怎麼辦？」

「別害怕，我猜我不會很嚴重。我去查了媽媽看的那本書，書上說開始的時候會頭痛、喉嚨痛，還有像我那種奇怪的感覺，所以我吃了一些顛茄，現在我覺得好些了。」貝絲說著把兩隻冰冷的手放在滾燙的額頭上，想要作出若無其事的樣子。

「要是媽媽在家就好了！」喬嘆道，她抓起書，心裡感覺華盛頓實在太遠了。她看了一頁的內容，看了看貝絲，摸摸她的額頭，又朝她喉部看去，然後正色地說：「你每天去照顧小嬰兒，去了有一個多星期，又跟其他也會發病的人在一起，所以恐怕你也會生病了，貝絲。我要告訴漢娜，生病的事情她都知道。」

「別讓愛美進來，她從沒有得過這個病，我不想把病傳給她。你和梅格會不會再得病呢？」貝絲焦急地問。

「大概不會吧。就算得了也無所謂，我是活該，自私自利，讓你去那裡，自己待在家裡寫些垃圾東西！」喬走出去找漢娜商量，嘴裡一邊喃喃說道。

漢娜這個好人立刻醒來了，馬上就先向喬保證說她不用擔心，每個人都會得猩紅熱，而只要正確治療，不會有人死的——這些喬全都相信，所以她們上樓去叫梅格的時候，她覺得輕鬆許多了。

「我告訴你們我們要怎麼辦，」漢娜檢查了貝絲，也問了她一些話以後說，「我們去請班斯大夫來給你檢查一下，好確定我們做得沒錯，然後我們把愛美送到瑪區嬸婆家住段時間，讓她不會受到影響，你們兩個人中的一個可以待在家裡一、兩天，給貝絲解解悶。」

「當然是我嘍，我最大。」梅格說，她看起來很焦慮，也很自責。

「是我！因爲是我害她生病的。我跟媽媽說我會做零星的雜事，結果我沒有做。」喬毅然地說。

「你要誰陪呢，貝絲？只需要一個人就行了。」漢娜說。

「喬。」貝絲說著神色滿足地把頭靠在姐姐身上，解決了這個問題。

「我去告訴愛美。」梅格說，她覺得有一點點不好受，不過大體上倒還放了心，因爲她不像喬那麼喜歡看護的工作。

愛美當下就反抗了，她激動地說她情願得猩紅熱也不要去瑪區嬸婆家。梅格跟她講道理、好言相勸，甚至命令，全都沒有用。愛美說她就是不要去，於是梅格絕望地丟下她去問漢娜該怎麼辦。她還沒回來，羅瑞卻走進客廳，發現愛美在啜泣，頭埋在沙發靠墊裡。她把事情原委告訴他，希望羅瑞能安慰她，但是羅瑞卻只是把雙手插在口袋裡在房裡走來走去，一邊輕輕吹口哨，一邊皺著眉頭深思。很快他就在她身邊坐下來，用他最甜蜜的語氣說：

「你要懂事，聽她們的話。不，別哭，你聽聽我的快樂計畫嘛。你去瑪區嬸婆家住，我每天都會去帶你出來玩，坐馬車或者是散步，我們可以玩得很開心。那不是比在這裡悶悶不樂要好嗎？」

「我不想被人當成累贅一樣的送走。」愛美用一種自尊心受損的口氣說。

「哎呀，小朋友，這是爲了使你身體健康呀。你不希望生病吧？」

「我當然不希望，可是我敢說我一定會生病的，因爲我一直都和貝絲一起。」

「就是因爲這個原因，你才應該立刻離開，這樣你才能躲過。換換空氣，小心注意，就會使你身體健康的。就算不能完全避免，至少發燒也比較輕微一些。我勸你最好盡快離開，猩紅熱可不是開玩笑的，小姐。」

「可是瑪區嬸婆家好無聊，她脾氣又壞。」愛美說，看起來很害怕的樣子。

「如果我每天都去找你，告訴你貝絲的情形，還帶你四處閒逛，你就不會無聊啦。老太太喜歡我，我也會盡可能討好她，那不管我們做什麼，她都不會囉唆了。」

「你會帶我坐馬車出去嗎？」

「用我身爲紳士的榮譽發誓。」

「而且每天都來？」

「你看我是不是每天都來嘛。」

「而且要等貝絲身體一好起來就帶我回家？」

「一分鐘也不差。」

「還要去看戲喔，眞的去喔？」

「如果可以的話，去看十幾場都行。」

「呃，那麼——我猜呀——我就去吧。」愛美慢慢說著。

「這才乖！你叫梅格來，告訴她說你聽話了。」羅瑞說著，讚許地拍了拍她，這個動作比他說的「聽話」更教她不快。

梅格和喬跑下樓來看看這個才剛剛發生的奇蹟；覺得自己很偉大、又肯犧牲自己的愛美說如果醫生說貝絲會生病，她願意去。

「可愛的小妹妹怎麼樣了？」羅瑞問。他最疼貝絲，不覺流露出更多的焦慮。

「她現在躺在媽媽的床上，感覺好多了。小嬰兒的死讓她很難過，不過我相信她只是著了涼。漢娜說她是這麼想，可是她看起來很憂心的樣子，這一點教我不安。」梅格說。

「這是多麼艱苦的人生呀！」喬煩躁地撥弄自己頭髮。「我們才解決了一個問題，就又來了一個問題。媽媽走了以後好像沒有任何東西可以依靠了，我感到很茫然。」

「哎呀，你別把自己弄成個刺蝟的樣子好不好？這樣子很不妥當。把頭髮整一整吧，喬。你說我要不要拍電報給你媽媽，或者做什麼事？」羅瑞問，他一直不能適應朋友那頭漂亮頭髮不見了的這件事。

「我正為這件事傷腦筋呢，」梅格說。「我想如果貝絲眞的生病了的話，我們應該告訴她，可是漢娜說不行，因為媽媽不能丟下爸爸，這只會讓他們兩個人心急。貝絲不會病很久，漢娜又知道該怎麼辦。媽媽說過要我們聽她的話，所以我想我們必須聽，可是我覺得這樣好像又不完全對。」

「嗯，我也不知道該說什麼，不然等大夫來過以後你們去問我爺爺好了。」

「好。喬，你馬上去請班斯大夫過來，」梅格發號施令。「要等他來看過以後我們才能決定任何事情。」

「你別動啦，喬。我可是這個家的小跑腿喔。」羅瑞說著拿起帽子。

「恐怕你會很忙呢。」梅格說。

「不會，我今天的功課都做完了。」

「你放假也讀書？」喬問。

「我是遵照我的鄰居給我的好榜樣做呢。」羅瑞回答，然後飛奔出門。

「我對這個男孩子很有信心。」喬露出讚許的笑容，看著他飛快奔過圍籬。

「他表現得非常好——就男孩子來說。」梅格的回答不算很溫柔，因爲她對這個話題沒什麼興趣。

班斯大夫來了，說貝絲有發燒的症狀，不過可能只是輕微的，不過他聽了胡梅爾家的事以後臉色凝重。他要愛美立刻離開家，還給她準備一些東西，以保安全。她在喬和羅瑞的護送下離開家，氣派得很呢。

瑪區嬸婆用她一貫的「熱誠」接待他們。

「你們要做什麼啊？」她問，透過眼鏡的目光十分銳利，這時候坐在她椅背上頭的鸚鵡叫著：

「走開！男孩子不准到這裡！」

羅瑞退到窗邊，於是喬就把事情經過說了。

「果然不出我所料，誰教大人准你們跟那些窮人家孩子混在一起！愛美可以住下來，如果她沒有生病，還可以幫點忙——我相信她絕對會生病的——現在看起來就像了。別哭，孩子，聽人吸鼻子就教我擔心呢。」

愛美正要哭出來，但是羅瑞偷偷去扯鸚鵡的尾巴，「波利」受驚地嘎嘎叫著，還喊道：「哎喲喂呀！」牠叫得好滑稽，讓愛美反而笑了出來。

「你們媽媽信上有沒有說什麼？」老太太聲音沙啞地問。

「我爸爸身體好多了。」喬極力保持冷靜地說。

「哦？是嗎？啊，恐怕也維持不長久吧！瑪區一向體力不行的。」她的回答好開心呢。

「哈哈！千萬別說死，吸點鼻菸吧，再見，再見！」波利尖聲叫喚著，還跳來跳去，並且用爪子去抓扯牠尾巴的羅瑞戴的帽子。

「閉嘴，你這隻粗俗的老東西！還有，喬，你最好趁早回家去，這麼晚了還跟一個毛躁男孩子閒晃太不成體統了——」

「閉嘴，你這隻粗俗的老東西！」波利大喊，跳下椅子，跑過去啄這個「毛躁男孩子」，而後者正爲了最後一句話笑得全身抖動呢。

「我想我大概沒辦法忍受，不過我會試試看。」只剩愛美和瑪區嬸婆在一起時，她想道。

「快滾，你這個醜八怪！」波利尖叫起來，聽到這句粗魯的話，愛美終於忍不住啜泣了。

18 黯淡的日子

貝絲果然是得了猩紅熱，而且比任何人想的都嚴重，只除了漢娜和醫生兩個人。姐姐們對此病一無所知，而羅倫斯先生又不能來看她，所以漢娜就照自己的方式處理一切，忙碌的班斯大夫盡心盡力，而把很多事留給這絕佳的護士去處理。梅格怕傳染給全家人，就待在家裡，管理家事。她寫信給母親時絕口不提貝絲生病的事，自己卻是焦慮又感到一絲愧疚。她認爲欺騙母親是不對的，可是母親要她聽漢娜的話，而漢娜不肯「讓瑪區夫人知道這事，爲這種芝麻大的事情擔心」。喬日日夜夜全心全意照顧貝絲，這件工作並不難，因爲貝絲非常有耐心，只要能控制自己，總是不怨天不尤人地忍受著病痛。可是有時候她發著高燒，就會開始用嘶嗄而且斷斷續續的聲音說話，還會在被單上頭彈琴，好像在她心愛的小鋼琴上彈琴一樣，並且想要唱歌，但是喉嚨卻腫得唱不出歌來；有時候她會不認得周圍那些熟悉的面孔，反而張冠李戴地亂喊，並且哀求母親過來。這時候喬害怕了，梅格也求漢娜讓她寫信把實情告訴母親，就連漢娜也說她「會想想看這件事，不過眼前是還沒有什麼危險就是了」。華盛頓寄來的一封信更增添了她們的麻煩，因爲瑪區先生的病又復發了，有好長一段時間不能有回家的打算。

如今日子顯得多麼黯淡！這個家是多麼悲傷孤單！當死亡的陰影籠罩著這個一度和樂融融的家庭，而這群姐妹做些活兒等待著的時候，她們的心有多麼沉重啊！梅格獨自坐在那裡，淚水老是落到手上的活兒上，她覺得自己曾擁有比任何金錢能夠買到的物品都要珍貴的東西，那是愛、是保護、是平靜，以及健康，這些是生命中眞正的福分。喬呢，生活在這陰暗的房間，眼前總是生病受苦的小妹妹，耳邊是那可憐的聲音，這時候她才看到貝絲性情的美好和善良，感覺到她在每個人心裡佔有多麼重要而且溫柔的地位；認淸貝絲毫不自私的心意：她總是爲別人而活、發揮簡簡單單的美德而讓全家人快樂。所有人或許都具有這些簡單的美德，而且都應該比對才華、財富或美貌更爲珍惜。流放在外的愛美好想回家，替貝絲做點事。現在她覺得不會有任何事是困難或是討厭的了，而她也痛心地想起貝絲那雙樂意做事的手曾替她做了多少被她忽視的工作。羅瑞像個急躁不安的鬼魂一樣在屋子裡來來回回，而羅倫斯先生索性把平台鋼琴鎖上了，因爲他不忍心想起這個從前讓他的黃昏時光十分快樂的小鄰居。每個人都來探問她的情況，可憐的胡梅爾太太過來請求她們原諒她的粗心大意，並且拿走了爲米娜準備的壽衣。鄰居們送來各種慰問品和祝福，就連和她最熟的人，都很驚訝這個害羞的小貝絲會有那麼多的朋友呢。

這段期間老喬安娜在一旁陪著病床上的她，因爲即使在她神智不清的時候，她依然沒有忘了這個孤單的可憐娃娃。她很想念她的貓咪，但是卻不肯讓人把貓帶過來，怕牠們也會生病。而在她病情稍微緩和的時候，她又很爲喬擔憂。她要她們傳話給愛美，表達她的關懷，又要她們告訴母親說她很快會寫信給她。她也時常請她們給她紙筆要寫一些話，免得父親以爲她忽略了他。可是不久後連這樣偶爾清醒的時候也沒有了，她一躺就是好幾個鐘頭，在床上翻來覆去，嘴裡發出斷斷續續的字句，再不就是沉沉睡去，不見精神有任何提振。班斯大夫每天來兩次，漢娜晚上徹夜不眠，梅格書桌上放著一份電報，隨時都準備發出去，而喬守在貝絲床邊，動也不動。

十二月一日對她們而言的確是個淒冷的一天：刺骨的冷風颳起，大雪簌簌下著，這一年已經準備走向盡頭。這天早晨班斯大夫來了以後，對著貝絲看了很久，把她火熱的手放在他自己手中一會兒，再輕輕放下，低聲對漢娜說：

「如果瑪區太太能離得開丈夫的話，最好是請她回來吧！」

漢娜不說一語地點點頭，她的嘴唇緊張地抽動著。梅格跌坐到一張椅子裡，好像一聽到這些話她四肢的力量全都消失了一樣。喬臉色蒼白地站了一會兒後，立刻跑到客廳，抓起電報，匆匆穿戴好衣帽就衝出屋子，到外頭的風雪中。她很快就回來了，正無聲無息地脫下斗篷時，羅瑞拿著一封信走進來，信上說瑪區先生再次康復了。喬很感激地看了信，但是心中的重擔並沒有減輕，她的臉上充滿了愁苦的神色，羅瑞很快就問：

「怎麼回事？貝絲情況惡化了嗎？」

「我已經請我媽媽趕快回來了。」喬說，她哭喪著臉去扯她的橡膠鞋。

「很好，喬！是你自己要這麼做的嗎？」羅瑞問，他扶她坐在門廳的椅子上，還幫她把不聽話的靴子脫掉，因爲他看到她兩隻手抖得厲害。

「不是，是大夫叫我們的。」

「噢，喬，不會這麼糟吧？」羅瑞神情驚愕地叫道。

「是這麼糟了，她不認得我們，甚至她常說是一群群綠色鴿子的牆上爬藤葉子，她也不再提到了；她看起來不是我的貝絲，而現在又沒有人在旁邊幫助我們面對這種情況：爸爸媽媽都不在，而上帝又似乎遙不可及，我根本找不到祂！」

淚水流下可憐的喬的臉頰，她無助地伸出一隻手，像是在黑暗中摸索一般。羅瑞便握住她的手，喉嚨像哽住了一樣，但他盡可能輕聲細語地說：

「我在這裡，你可以依靠我，喬，親愛的！」

她無法言語，不過她確實「依靠」著他，而這隻友情的手安撫了她哀傷的心，似乎也將她領進了能在她苦難中支持她的上帝的手臂。羅瑞很想說點溫柔而給人慰藉的話，但卻找不出適當的言語，於是就靜靜站在那裡，像她母親那樣輕輕撫摸她低下的頭。這是他能做的最好的事，比什麼好聽的言詞都更有撫慰人心的力量，因爲喬感受到那未說出口的同情，而在沉默當中，喬也體會到深情可以給予憂傷的甜美安慰。很快她就擦乾了眼淚，用充滿感激的神情抬頭看他。

「謝謝你，羅瑞，我現在已經好多了。我不會感到很孤單了，就算眞的是，我也會努力去忍受的。」

「你要懷著樂觀的希望，這樣可以幫助你，喬。你母親很快就會到家了，那時候一切就都沒事了。」

「我很高興我爸爸好多了，現在她離開他就不會覺得很難過了。噢，天哪！眞的像是所有的問題一次全來了，而我的負擔是最重的。」喬嘆了一口氣，把她的濕手帕攤在膝頭上晾乾。

「梅格沒有全心全意地做事嗎？」羅瑞問，看起來很氣憤的樣子。

「有哇，她也很努力了，可是她不可能有我那麼愛貝絲，以後也不會像我一樣的想念她。貝絲是我的良心，我不能失去她，不能，不能！」

喬把臉埋在濕手帕裡，絕望地哭了出來，之前她一直維持勇敢的外表，不掉一滴眼淚。羅瑞一隻手抹過眼睛，但是卻說不出話來，一直到他克制住喉嚨裡梗塞的感覺，穩住顫抖的雙唇以後。這也許很不像男子漢的表現，但是他卻忍不住。不久後，當喬的啜泣平息之後，他滿懷希望地說：「我想她不會死的，她是這麼善良的人。我們都這麼愛她，我不相信上帝現在就要帶走她了。」

「好人總是會死。」喬嗚咽著說，不過她卻不哭了，因為雖然她有疑懼，但是她朋友的話卻讓她比較開心。

「可憐的人，你累壞了。你這樣子愁雲慘霧的，都不像你了。先停一下，我很快就會讓你開心了。」

羅瑞三步併作兩步地跑上樓，喬把疲憊的腦袋貼著貝絲小小的棕色兜帽，這頂兜帽從她放在那裡之後沒有人想把它拿走。兜帽一定有某種魔法，因為兜帽的溫柔主人那種柔順的脾氣似乎進入喬的心中，所以等到羅瑞端著一杯酒從樓上跑下來的時候，她微微一笑接了過去，勇敢地說：「我要說——祝我的貝絲身體健康！你是個好醫生呢，羅瑞，而且又是這麼貼心的知己。我要怎麼樣才能報答你呢？」酒液使她身體恢復了氣力，就像之前那些和善的言語使她困擾的心靈變得開朗一樣。

「我很快就會把帳單寄給你的。今天晚上我要送你一樣東西，它要比一杯酒更能溫暖你的心喔。」羅瑞用一種掩不住的得意神情對她微笑。

「是什麼東西？」心生好奇的喬叫道，一時間忘了她的愁思。

「我昨天就打電報給你母親了，布魯克回電說她會立刻動身，今天晚上就會到家，那時候一切就都沒事了。你高不高興我拍電報了？」

羅瑞話說得飛快，立刻就漲紅了臉，十分興奮，因為他這計畫是偷偷進行的，怕讓這些女孩子失望，也怕會傷害到貝絲。喬的臉色變白，立刻離開椅子，他一停了話，她就用兩手摟住他的脖子，快活地大叫一聲，把他嚇了一大跳：「噢，羅瑞！噢，媽媽！我好高興喔！」她沒有再哭起來，而是歇斯底里地笑著，全身顫抖，緊緊抱著她的朋友，彷彿這突如其來的消息讓她有點慌亂。羅瑞雖然感到很驚異，倒是相當鎮定。他安慰地拍拍她的背，發現她正在回復平靜了，就羞怯地親了她一、兩下，這可教喬立刻回過神來。她抓住欄杆，把他輕輕推開，上氣不接下氣地說：「噢，不要！我不是故意的，我真的是太可怕了。可是你真是個好人，雖然漢娜那麼說你還是拍了電報，所以我忍不住就撲到你身上了。你告訴我全部的情形吧——別再給我酒喝了，喝酒才害我這樣的。」

「我不在乎呀，」羅瑞一邊整理領帶一邊笑著說。「是這樣的，我很不安心，我爺爺也是。我們認為漢娜掌她的權掌得過分了些，你母親應該知道這件事的。萬一貝絲——你知道的，出了什麼事的話，她絕對不會原諒我們的。所以我就跟我爺爺說我們該做點什麼事，於是我昨天就飛快趕去電報局了。因爲大夫的表情很凝重，而我提議說要拍電報的時候，漢娜幾乎要把我的腦袋砍掉了，我從來也受不了別人對我逞威風，我就下決心去做了。你媽媽會回來，我知道，夜班火車要在清晨兩點鐘到，我會去接她。你只要掩藏你的快樂，讓貝絲平靜無事，等那位好心的女士回家就成了。」

「羅瑞，你眞是個天使！我要怎麼感謝你呢？」

「你再撲過來啊，我還挺喜歡的呢。」羅瑞淘氣地說，他已經有兩個禮拜沒有這種表情了。

「不用了，多謝。等你爺爺來的時候，我請他當你的代理人吧。別鬧了，回家去休息吧，你半夜還得起來呢。上天保佑你，羅瑞，上天保佑你！」

喬已經退到房間角落了，等她說完話，她立刻走進廚房，坐在餐具櫥上，告訴聚在那裡的幾隻貓咪：「好高興，噢，好高興喲！」而羅瑞也覺得自己做了件漂亮事情，便回家了。

「從沒看過這麼愛管閒事的人，不過我原諒他了，我眞的希望瑪區太太馬上回家呢。」喬把這個好消息告訴了漢娜以後，漢娜如釋重負地說。

梅格暗自歡喜，又對著信沉思了一會兒。喬把病房整理了，漢娜也「隨便烤了些派餅，以免有客人突然來家裡」。房裡似乎吹過一陣清新的空氣，這安靜的家中被某種比陽光更美好的東西照亮起來。每樣東西好像都感受到這陣充滿希望的改變！貝絲養的小鳥再次啾啾叫著，在窗外愛美的樹叢裡發現一朵半開的玫瑰；爐火似乎也比平日更愉悅地燒著；每當這對姐妹碰到面，互相摟著，彼此打著氣說：「媽媽要回來了，親愛的！媽媽要回家了！」她們蒼白的臉就會綻開笑容。除了貝絲，每個人都好開心。她意識不清地躺著，對於希望和歡喜、疑慮和危險渾然不覺。這幕景象眞可憐——曾經是玫瑰色的臉龐，如今變了好多，空洞又無神；曾經是忙碌的雙手，如今柔弱又消瘦；曾經是露著笑意的嘴唇，如今默默無語；曾經是善加保養的美麗頭髮，如今凌亂、糾結地披在枕頭上。她整天都這麼樣躺著，只有偶爾才會醒來，喃喃說著「水！」這個字，而她的嘴唇卻乾得幾乎說不出來。喬和梅格整天在她身邊守著，看顧她、等待、希望，把信心交付給上帝和母親。而一整天雪都在下著，寒風肆虐，時間一點一點地過去。不過夜晚終於降臨了，而每當鐘響，坐在床邊的這對姐妹就會用歡愉的眼神互望，因爲每個鐘頭都會讓救援更接近了。大夫來過家裡，他說病情到了半夜可能會有變化，有可能好，也有可能壞，他到時候會過來。

漢娜累壞了，她躺在床尾沙發上睡得好熟。羅倫斯先生在客廳裡來回踱著大步，他寧願去面對一連的士兵叛變，也不願意見到瑪區太太進門時焦慮的神情；羅瑞躺在地毯上，假裝睡著，但其實是用思索的神情凝望著爐火，這種神情使他那雙黑色的眼睛顯得溫柔而明亮。

這對姐妹永遠也忘不了那個晚上，因爲她們守護著妹妹，心中卻有那種我們在同樣情況下也會感受到的可怕的無力感，使她們根本睡不著。

「要是上帝放過貝絲，我永遠都不會再抱怨事情了。」梅格誠誠懇懇地低聲說。

「要是上帝放過貝絲，我會一輩子愛祂、侍奉祂。」喬用同樣的熱切說。

「我希望我沒有心臟，我的心好痛。」過了一段時間後，梅格嘆口氣說。

「如果人生經常都要像這樣的艱苦，我不知道我們要怎麼過完一生。」她妹妹心灰意冷地加上一句。

這時候鐘敲了十二點，她們兩人望著貝絲，把自己的事全忘了，因爲她們彷彿看到貝絲蒼白的臉上有了改變。房裡一片死寂，只有外頭冷風的呼嘯劃破深深的靜寂。疲累的漢娜仍然睡著，只有姐妹兩人看到依稀籠罩在小床上的淡淡陰影。一個小時過去了，除了羅瑞悄悄前往火車站外，沒有什麼事發生。又過了一個小時——仍然沒有人來，這兩個可憐的女孩子開始憂慮是不是他們在風雪中受到延誤，或是路上出了意外，或是更糟的，華盛頓那邊發生了重大的不幸。

已經過了兩點，喬站在窗邊，心想這個世界裹在裹屍布似的白雪當中，看起來是多麼淒涼，這時候她聽到床邊有些動靜，她立刻轉過身，看到梅格在母親的安樂椅前面跪下，臉孔掩住了。一陣駭人的恐懼冰冷地襲上喬的全身，她想：「貝絲死了！梅格不敢告訴我！」

她立刻回到原來的位置，在她激動的目光下，似乎出現了一場重大的改變。那因爲發熱而變得潮紅和痛苦的表情消失了，那張受人疼愛的小臉在完全的安詳中看起來如此的蒼白和平靜，使得喬既不想哭也不感覺傷悲。她低低俯身在這最心愛的妹妹之上，深情地親吻她濕濕的額頭，並且柔聲低語：「再見了，我的貝絲，永別了！」

漢娜像是被這番騷動喚醒了一樣，突地從睡夢中醒來，急忙趕到床邊，看了看貝絲，又去摸了她兩隻手，湊到她嘴邊去聽，然後把圍裙從頭上一把脫了，坐在搖椅裡來回搖著，低聲嘆道：「燒已經退了，她睡著了。現在她的皮膚很濕，呼吸也順暢了。讚美上天！噢，天哪！」

這對姐妹還不敢相信這快樂的實情呢，大夫就過來證實了。他本是個長相平庸的人，不過當他露出笑容，用慈父的眼神望著她們說出以下的話時，她們覺得他的臉孔可眞是俊俏哪！「是的，我親愛的孩子們，我相信這個小姑娘這次可以熬過了。不要吵到她，讓她睡覺，等她醒來以後，就給她——」

她們該給她什麼，誰也沒聽到，因爲她倆悄悄走進暗黑的門廳，坐在樓階上，彼此緊緊相擁，開心得說不出話來。等她們回去，讓忠心的漢娜又親又抱的時候，她們發現貝絲像平常那樣把臉頰枕在一隻手上睡著，那可怕的慘白已經消失，她正平靜地呼吸著，好像才剛剛睡著。

「要是媽媽這時候回來就好了！」這個冬夜快要過完的時候，喬說。

「你看，」梅格說，她拿著一朵白色的半開玫瑰過來。「我本來以爲，如果貝絲——離開我們的話，這朵花還來不及拿來放在她手裡。可是它在半夜裡開了，現在我就要把花放在我這裡的花瓶裡，這樣子等到親愛的妹妹醒來，她第一眼就會看到小玫瑰花，和媽媽的臉。」

當梅格和喬這次漫長而哀傷的守夜結束，兩人朝屋外的清晨景象看出去時，兩雙沉重的眼睛看到的，是從沒見過的美麗日出，是從沒有見過的可愛世界。

「看起來像是童話世界呢。」梅格站在窗簾後，看著耀眼的景象說著，兀自微笑。

「你聽！」喬大喊一聲，立刻跳起來。

沒錯，樓下門口響起了鈴聲，接著是漢娜的叫聲，然後是羅瑞的說話聲，他輕聲欣喜地說：「各位姑娘，你們的媽媽回家了！回家了！」

19 愛美的遺囑

家中發生這些事情的時候，愛美在瑪區嬸婆家的日子才難過呢。她深切地感受到自己流放在外，而生平頭一次明白在家裡是多麼被人疼、受人寵。瑪區嬸婆從來也不會寵任何人，她對這種事是很不以爲然的，不過她倒存心要表現和善，因爲這個行爲乖巧的小姑娘很討她的喜歡，而瑪區嬸婆在她的蒼老心中對她姪孫女們是有些柔情的，只是她認爲承認是很不適當的。她眞的是盡心盡力要讓愛美快樂，可是呀，唉，她卻犯了多少的錯呀！有些老人家，雖然長滿了皺紋，頭髮花白，但是仍然有顆年輕的心，對於孩子們那些小小的哀傷和喜悅能夠感同身受，使他們感到很自在；他們也能把智慧的教訓隱藏在快活的玩樂中，用最溫馨的方式給予和獲得友誼。但是瑪區嬸婆卻沒有這種天分，她那些規矩和命令、她那些一本正經的行事風格、她那些冗長乏味的話，全教愛美煩得不得了。這位老太太發現這孩子比她的姐姐們都聽話、脾氣好之後，覺得自己有責任盡可能要消滅家庭裡自由和放任給孩子的惡劣影響。於是她盯住愛美，像自己在六十年前被教導的那樣教導她，這可讓愛美膽戰心驚，覺得自己像隻蒼蠅，落入一隻嚴格的蜘蛛所織的網中。

她每天早晨都必須洗杯子，還得把那些老式的湯匙、那個胖胖的銀茶壺和玻璃杯擦得閃閃發亮。然後她還必須把房裡的灰塵抹去，這可是多麼累人的工作啊！沒有一點灰塵能逃得過瑪區嬸婆的眼睛，而所有的家具都有爪形的腳，又有繁複的雕花，你怎麼擦，灰也擦不完。然後還要餵「波利」、要給小哈巴狗梳毛，還要樓上樓下跑十幾次，去拿東西或是送去她送的東西，因爲老太太腿不行，很少離開她的大椅子。等到這些累人的工作做完，她就得做自己的功課，這可是對她擁有的每一項美德每天例行的考驗呢。之後她有一小時的時間運動或是玩耍，她會不喜歡嗎？羅瑞每天都會來，對著瑪區嬸婆一番甜言蜜語，把她哄得准許愛美跟他出去，他們就會散散步或坐馬車，盡興地度過這段時間。午飯過後，她必須大聲唸書給老太太聽，她直挺挺坐著唸，通常要唸上一個小時，而老太太卻是聽到第一頁就睡著了。然後是做拼布或是縫毛巾，愛美做這些活兒時外表溫順，內心卻是抗拒的，一直到黃昏時分，她才可以自由活動，做她喜歡的事，直到喝茶時候。晚上是一天當中最糟的時候，因爲瑪區嬸婆很喜歡說起自己年輕時候的故事，又臭又長，聽得愛美隨時都想上床睡去，打算爲自己的苦命痛哭一場，不過通常她還沒擠出兩滴眼淚就睡著了。

要不是有羅瑞和女僕艾絲特，她覺得自己永遠也熬不過這段可怕的時間。光是那隻鸚鵡就足夠教她煩死了，因爲牠很快就感覺到她不喜歡牠，所以只要可能，就盡量搗蛋報復。牠會在她走近牠的時候扯她的頭髮，每當她才剛清理完牠的籠子，牠就故意弄亂牠的麵包和牛奶，讓她光火；故意在主人打盹的時候去啄「毛普」，讓牠狂吠不已。牠還會在有人的時候對著她罵，總在各方面表現得都像隻該罵的壞鳥。她也很受不了那隻狗——牠是個肥胖又壞脾氣的畜生，每當她清理牠的大小便時，牠就會對她齜牙咧嘴，汪汪叫個不停；等牠想討東西吃的時候，牠又會四腳朝天地仰躺在地上，做出最最白癡的神情——而牠一天大概要吃上十幾頓吧。這個家的廚子脾氣暴躁，老車夫耳朵聾，只有艾絲特是唯一注意到這個小姑娘的人。

艾絲特是法國人，她和她的主人——她稱作「夫人」——一起生活好多年，她對這位老太太倒是挺專制的，因為後者不能沒有她。她的眞名是艾絲特兒，可是瑪區嬸婆要她把名字改了，她也照做，不過說有個條件，就是不能要她改變宗教。她很喜歡這位「小姐」，在愛美陪她為夫人的衣服縫蕾絲花邊的時候，會說些在法國生活時候的稀奇故事，讓愛美開心。她也准她在這幢大宅裡四處閒逛，細看收藏在大衣櫥和舊箱子裡的奇怪而且漂亮的東西，瑪區嬸婆很愛收集東西。愛美最喜歡的是一個印度櫃子，櫃子全是奇特的一格格抽屜和祕密空間，裡面放著各種各樣的擺飾品，有些很珍貴，有些只是很奇特而已，不過這些多少都算得上是古董。細細觀賞並且擺放這些東西，帶給愛美很大的滿足，尤其是那個珠寶盒。盒裡天鵝絨的墊子上放著四十年前一位佳人的飾品：有瑪區嬸婆出門時佩戴的一組柘榴石飾品、她結婚那天她父親送她的珍珠定情鑽、紀念亡夫的黑玉戒和胸針，還有一些奇怪的墜子盒，裡面放著死去友人的相片和頭髮；有她一個女兒小時候戴的嬰兒手鍊、瑪區叔公的大手錶，還有許多隻孩童小手玩過的紅色封蠟。還有一個單獨的盒子，裡面放著瑪區嬸婆的結婚戒，如今這戒指對她肥胖的手指已經太小了，不過戒指仍然小心地放著，像是其中最珍貴的珠寶。

「小姐可以選的話，會想要哪一樣？」艾絲特問，她總是坐在旁邊看著，事後再把這些值錢的東西鎖上。

「我最喜歡鑽石，可是這裡沒有鍊子，我喜歡項鍊，項鍊很適合我呢。如果可以的話，我會選這個。」愛美回答，她用著羨慕的眼神望著一串黃金和黑檀木珠串，這個珠串下還吊著一個同樣材質的沉甸甸的十字架。

「我也希望能有那個，不過不是要有條項鍊，嗯，不是的！對我來說那是串念珠，而我會像個虔誠的天主教徒一樣的使用它。」艾絲特說，一邊用渴望的眼光看著這個漂亮的東西。

「它的用法和掛在你鏡子上的香香木頭珠串相同嗎？」愛美問。

「沒有錯，是的，用來禱告的。如果你用像這個這麼好的念珠，不要把它像件虛榮的珠寶戴著，聖神們會開心的。」

「你好像可以從禱告中得到很大的安慰呢，艾絲特，而且總是看起來平靜並且滿足。我希望我也能夠這樣。」

「如果小姐您是天主教徒，就可以找到真正的安慰，可是您不是，那麼或許您可以每天有時間去靜思和祈禱，就像在夫人之前我服侍過的那位好女主人一樣。她自己有座小小禮拜堂，有好多的煩惱她都可以在其中找到慰藉。」

「我也可以這樣做嗎？」愛美說，寂寞的她感覺需要某種幫助，但是貝絲不在她旁邊提醒，她就很容易忘了她的小小聖經。

「那就太好了。如果您喜歡的話，我會很高興把那間小化妝室布置一下。這件事一個字都不要跟夫人提，等她睡了您就去那裡坐一下，想一些有益的念頭，還要求親愛的天主保佑您的姐姐。」

艾絲特是個虔誠的人，她的勸告也非常誠懇，因爲她有顆愛心，非常關懷這些身處焦慮的姐妹。愛美很喜歡這個主意，答應她把自己房間旁邊那間小房間布置一下，希望能夠幫助她。

「我眞希望知道瑪區嬸婆死了以後這些漂亮東西要怎麼辦。」她說，她慢慢放回這串閃亮的念珠，然後把首飾寶盒一個個關上。

「要給您和您的姐姐們，我知道的。夫人告訴我了。我是她遺囑的見證人，她的遺願是這樣的。」艾絲特微笑著輕聲說。

「那多好哇！可是我希望她現在就給我們。拖——延——可不是件快樂的事呢。」愛美說著朝鑽石看了最後一眼。

「年輕姑娘佩戴這些東西嫌早了些。珍珠是給最先訂婚的人——夫人說了的。我覺得您走的時候夫人會送您那個小小的土耳其玉戒指，因爲夫人很稱讚您的乖巧禮貌。」

「你想是嗎？唉，要是我能得到那個可愛的戒指，多乖我都會願意呢！那個戒指比吉蒂・布萊恩的漂亮得多。畢竟我是喜歡瑪區嬸婆的。」說著愛美開心地試戴了這枚藍色戒指，她有堅強的決心要得到它。

從這天起，她簡直乖得可以，老太太爲自己訓練的成功感到十分滿意。艾絲特把小房間布置了一下，放了一張小桌，小桌前放了一個腳凳。小桌上方放了一張從關起來的一間房間裡拿出來的圖片。她認爲這個圖片不是什麼値錢的東西，不過卻很適合，所以就借過來，自己很清楚夫人絕不會知道，就算知道了也不會在意。不過這卻是世界上最有名的圖畫之一的珍貴複本。愛美那雙喜愛美麗事物的眼睛，對聖母的溫柔臉龐怎麼也看不厭，心裡那些溫柔的思緒也忙碌地轉動。她把她那小本的新約和讚美詩放在桌上，還放了一個花瓶，瓶裡總是放滿羅瑞帶給她的最好的花朵，每天她都會去「獨自坐一會兒，想些美好的思緒，並且向主禱告，求祂保佑她姐姐」。艾絲特給了她一串有銀十字架的黑珠子念珠，不過愛美把它掛起來，並沒有用它，因爲她不曉得對新教徒的禱告來說，用念珠適不適合。

這位小姑娘對這些事是誠誠懇懇的，因爲她獨自在安全的家之外，迫切感受到需要有隻和善的手牽著她，所以她本能地就投向這位堅強又溫柔的「朋友」，祂用那慈父般的愛密密包圍住祂的小朋友。如今她沒有母親在旁幫助她了解自己、約束自己，既然人家告訴她該往哪裡去尋找，她也就盡力去找尋這條道路，並且深信不疑地走在其中。可是愛美是個年輕的「朝聖者」，而此刻她的負擔似乎非常地重。她努力要忘掉自己的事，保持快活，只求做對事情，就算沒有旁人看到，就算沒有人稱讚她，她仍然要去做。她想要做個非常非常好的人，第一步她就決定立下遺囑，就像瑪區嬸婆一樣，那麼萬一她真的生病死掉，她的財產可以公平而且大方地分給別人，光是想到要把在她眼中和嬸婆的首飾同樣珍貴的小小財富給別人，她都會感到一陣心痛呢。

她在一次遊戲時間裡靠著艾絲特在某些法律名詞方面的幫忙，盡可能地寫好了這份重要文件，讓這位好脾氣的法國女人簽了名。愛美鬆了一口氣，就把它放在一邊，準備給羅瑞看，她想要羅瑞做第二個見證人。這天是個下雨的日子，於是她就帶著「波利」到樓上一間大房間去玩。這間房間裡有一個衣櫃，裡面全是老式的服裝，艾絲特准她去玩這些衣服，她最喜歡的消遣就是穿上那些褪了色的織錦衣裙。在長鏡子前面神氣地走來走去，行莊嚴的彎腰屈膝禮，並且讓裙襬在地面掃過，發出她很喜歡聽的窸窣聲。這一天她正忙著這些，根本沒聽到羅瑞按鈴的聲音，也沒有看到他探頭進來看著她——這時候她正神情肅穆地大步來回，一邊搧動扇子一邊神氣地把頭揚起，她的頭上包著一條粉紅色的包頭巾，和她的藍色織錦裙、黃色鋪錦襯裙形成奇怪的對比。她穿著高跟鞋，不得不小心翼翼地走著，而據羅瑞事後告訴喬，那幕景象真是滑稽：只見她穿著一身熱鬧的服裝，裝模作樣地走著，波利緊跟在她身後昂頭側著走模仿她，偶爾還停下來笑或是大叫：「我們可漂亮吧？滾開，你這個醜八怪！閉上你的嘴！親我呀，親愛的！哈！哈！」

羅瑞好不容易克制了嬉鬧的念頭，免得惹火了這位女王陛下，他敲了敲門，蒙這位女王接見。

「你先坐下來休息，等我把這些東西脫掉，然後我要跟你商量一件非常嚴肅的事情。」愛美展示完華服，又把波利趕到一個角落後說。「這隻鳥可眞是磨人精，」她一邊把頭上頂著的小山一樣高的頭巾拿下來一邊說，而羅瑞則跨坐在一張椅子上。「昨天我嬸婆睡著的時候，我正想要像隻老鼠一樣的安靜，忽然波利開始大叫，又在牠的籠子裡拍著翅膀來來回回，我就去把牠放出來，發現那裡有隻大蜘蛛。我把蜘蛛撥出來，牠跑到書架下面。波利馬上就大步走過去追，然後彎著身子朝書架低下瞧，還眼睛一翻，用牠那種可笑的樣子說：『快出來散個步吧，我親愛的。』我忍不住笑起來，結果波利就罵我，我嬸婆醒來，把我們兩個都罵了一頓。」

「那隻蜘蛛接受了這個老傢伙的邀請了嗎？」羅瑞打著呵欠問。

「有啊，牠爬出來了，波利就嚇得半死跑掉了，還跌跌撞撞地爬上嬸婆的椅子，在我追趕蜘蛛的時候叫：『抓住牠！抓住牠！』」

「騙人！老天哪！」鸚鵡一邊叫一邊去啄羅瑞的腳趾。

「如果你是我的，我就擰斷你脖子了，你這個老討厭鬼！」羅瑞朝鸚鵡揮著拳頭大喊，而這隻鳥卻偏著頭，嚴肅地呱呱叫著：「哈雷路亞！哎喲喂呀！」

「現在我準備好了。」愛美把衣櫥關上，從口袋裡拿出一張紙。「拜託你唸一下這個，然後告訴我合不合法、對不對。我覺得我應該寫下這些，因為生命無常，我不希望我死了以後還讓人很不高興。」

羅瑞咬著嘴唇，稍稍把臉轉開，不去看這個哀傷的說話者，然後用一種值得讚頌的正經態度，一字一字仔細唸出：

「我的遺囑

本人，愛美．柯蒂斯．瑪區，係在心智健全情況下將我的世間財產遺贈如下：

我父親：可以得到我最好的圖畫、素描、地圖以及藝術品，包括畫框。還有一百元整，他可以自由處置。

我母親：我所有的衣服——除了藍色有口袋的圍兜之外；還有我的相片和獎牌，附上我許多的愛。

我親愛的姐姐梅格：我要給她我的土耳其玉戒指（如果我能得到它的話），還有我那個上頭有鴿子圖樣的綠盒子，還有我那個眞正的蕾絲花邊，送給她當頸飾，另外我再送她我爲她畫的素描，算是紀念物，讓她記著她的「小丫頭」。

喬：我要送給她我的胸針，就是用火蠟補過的那個，還要送她銅的墨水瓶架——瓶蓋被她弄丟了——和我最寶貴的石膏兔子，因爲我把她的小說燒了我很難過。

貝絲（如果她活得比我久的話）：我要給她我的娃娃和小櫃子、我的扇子、我的亞麻領圈；如果她病好了，人也變瘦了，穿得下鞋子的話，我的便鞋也要送她。在此我也要爲我開過老喬安娜的玩笑表達我的懊悔。

我的鄰居朋友狄奧多．羅倫斯：我要留給他我的紙板畫冊、我的一匹馬的陶土模型，不過他說過這匹馬連個頸子也沒有。同時爲了報答在困苦時刻他的善心，他可以任意在我的美術作品中間選一件，〈巴黎聖母院〉是最好的。

可敬的贊助人羅倫斯先生：我送給他我那個盒蓋上有一面鏡子的紫色盒子，可以讓他裝他的筆，並且使他回想起那個過世的女孩，她謝謝他對她家人的恩情，尤其是對貝絲。

我希望我的好玩伴吉蒂．布萊恩能夠收下那件藍色絲圍兜和我的金色珠珠的戒指，附上我的吻。

漢娜：我要送給她她想要的硬紙盒，和我所有的拼布作品，希望她能夠看到它們就想到我。

處置了所有貴重財產後，我希望人人都能滿意，不要責怪死者。我原諒每個人，也相信當號角吹起時我們都能再次相聚，阿門。

本人立此遺囑，簽名並封緘於西元後一八六一年十一月二十日。

愛美・柯蒂斯・瑪區

見證人：艾絲特・佛爾納

狄奧多・羅倫斯」

最後一個名字是用鉛筆寫的，愛美解釋說他要再用墨水寫一遍，再把信封起。

「你怎麼會有這種想法？有人告訴你說貝絲把東西分送的事嗎？」羅瑞正色地問，愛美在他面前放了一小截紅色帶子，和封蠟、蠟燭、墨水台。

她解釋這件事的原因，然後焦急地問：「貝絲怎麼樣啦？」

「我不應該說的，不過既然都說了，我就告訴你吧。有一天她覺得自己病情很糟，所以她告訴喬說她要把她的琴留給梅格，把她的貓給你，那個可憐的舊娃娃給喬，喬會因為她而愛它的。她很難過自己沒有什麼東西可以送人，所以她要把她的頭髮送給我們其他人，還要給爺爺她最大最多的愛。她從來沒有想到要立遺囑。」

羅瑞一邊說一邊簽名、上封蠟，頭也沒有抬，直到一顆好大的淚珠滴到紙上。愛美的臉上滿是不解的神情，但是她只說：「是不是有時候也可以在遺囑上加上後記？」

「是的，這叫做『遺囑追加條款』。」

「那在我的遺囑裡加上一條追加條款吧——說我希望在我死後把我全部的鬈髮剪下來，

分送給我的朋友。起先我忘了，不過我希望這樣做，雖然這樣子會破壞我的外觀。」

羅瑞把這一條加上去，爲愛美這最後也是最大的犧牲露出微笑。然後他跟她玩了一個小時，對她所有的磨難也深感興趣。但是他要走的時候，愛美卻拉住他，顫抖著嘴唇低聲問：

「貝絲是不是眞的有危險？」

「恐怕是的，不過我們必須樂觀，所以不要哭喲，乖。」說著羅瑞像個哥哥一樣用一隻手臂摟住她，這個動作很讓她心安。

他走了以後，她走到她的小小教堂，在暮色中坐在那裡爲貝絲祈禱，她的眼淚簌簌流下，胸口好痛，只覺得就算是一百萬個土耳其玉戒指，也不能撫慰她失去這個溫柔小姐姐的損失。

20 情愫

我想我找不出任何文字訴說這家人母女相會的情形，這種時刻美麗溫馨，是讓人去經歷的，但是要描述卻是非常地困難，所以我就把這個情景留給我的讀者們去想像，而只說這個家裡充滿了眞正的快樂，梅格的溫柔心願終於實現了，因爲當貝絲從那漫長而有療效的睡眠中醒來以後，她眼睛看到的第一樣東西就是那朵小小的玫瑰花和母親的臉。她身體虛弱得連驚嘆的力氣都沒有，只能微笑，挨近那雙環著她的手臂，感到自己的渴望終於滿足了。然後她又睡了，姐妹們侍候著母親，因爲她不肯鬆開那隻即使在睡夢中仍然緊握住她的細瘦的手。沒法子用別的方式表現她的興奮的漢娜，爲這位旅人端出了一頓令人驚喜的早餐，而梅格和喬就像兩隻盡責的小鸛鳥一樣餵母親進食，一邊聽她輕聲說著父親的情況，說起布魯克先生允諾會留下來照顧他、在回家的路上暴風雨造成的延誤，以及當她在疲累焦慮而寒冷的侵襲下抵達家門時，羅瑞那張充滿希望的臉帶給她的說不出的安慰。

這是多麼奇特而又快樂的一天哪！屋外是那麼地明豔歡愉，似乎所有的人都到外頭歡迎初降瑞雪；屋內卻又是如此的寂靜安詳，每個人都因爲守候照顧而疲累地睡了，整個屋子籠罩在一股安息日的靜謐中，只有猛點頭打盹的漢娜守著門。梅格和喬感到如釋重負的幸福，便閉上疲累的眼睛，終於躺下來休息了，像是飽受狂風暴雨打擊的船隻，安穩地停靠在一處寧靜的港口中。瑪區太太不肯離開貝絲身邊，就在一張大椅子上睡了，不時醒過來看著她的孩子，摸摸她，對著她沉思，像是一個守財奴對著某個失而復得的財寶思忖。

這時候羅瑞也飛快去安慰愛美，還把這件事描述得感人異常，連瑪區嬸婆都唏噓不已，連一句「我早就說了吧！」都沒有說呢。愛美這次表現得非常堅強，我想她在那小小禮拜堂裡的善念眞的開花結果了。她很快擦乾了眼淚，按捺住想要快快見著母親的不耐，而甚至在老太太很開心地贊同羅瑞的看法，認爲她的表現「像個道道地地的小婦人」的時候也沒有想到那枚土耳其玉戒指。就連波利也像受了感動一樣，牠叫她「乖女孩」，求上天保佑她，還用最最和藹的語氣請她千萬要「出去走走吧，親愛的」。她本來是很樂意出門去享受這明媚的冬季天氣，但是她發現羅瑞雖然極力掩飾，卻一直瞌睡，就說動他在沙發上休息一下，她要寫個紙條給母親。她寫了很久，等她出來，發現他已經躺下了，兩隻手壓在腦袋下，正呼呼大睡呢，而瑪區嬸婆則把窗簾全都拉上，在這陣慈悲心大發中什麼也沒有做，只是坐在那裡。

過了一段時間，她們開始認爲他恐怕要到晚上才醒得來了，要不是他被愛美見到母親的歡喜尖叫聲喚醒的話，我也不確定他是不是眞的要到那時候才醒。這一天，這座城裡裡外外也許有很多快活的小女生，但是我個人認爲，當愛美坐在母親懷裡訴說她的磨難，得到母親讚許的微笑和充滿疼愛的撫摸，作爲給她的撫慰和補償之時，她是那些人當中最快樂的了。她們還到了小禮拜堂裡，愛美告訴母親這個地方的目的，母親倒沒有反對。

「相反的，我很喜歡呢，乖孩子。」她把目光從佈滿灰塵的念珠移到破舊的小本聖經，以及掛著綠葉花圈的聖像上。「當我們為事情煩惱和憂傷的時候，能有地方讓我們沉靜一下，這是非常好的想法呢。我們生活中常會有不如意，不過只要我們用正確的方法尋求援助，我們總是能熬過去的。我想我的小女兒也明白這件事囉？」

「是的，媽媽。等我回家以後，我想要在大櫃子裡騰出一個角落，放我的書和一幅同樣的這個聖像。我照著畫了這幅像，聖母的臉畫得不好——她太漂亮了，我畫不出來——不過聖嬰畫得比較好，我很喜歡。我喜歡把祂想成從前也是一個嬰兒，那樣我就不會覺得距離很遙遠，而這樣子的想法可以幫助我。」

愛美指著坐在聖母膝頭的聖嬰時，瑪區太太看到她舉起的手上有樣東西，不禁微微一笑。她沒有說什麼，不過愛美明白，停頓了一會兒，她嚴肅地說了：

「我本來要告訴你的，不過我忘了。這個戒指是嬸婆今天給我的。她把我叫到她面前，然後親親我，就把戒指戴在我手指上，說她很以我為榮，她希望我能一直待在這裡。她還給我這個古怪的戒指釦，免得土耳其玉戒指戴不牢，因為它太大了。媽媽，我想戴著，可不可以呢？」

「這戒指很漂亮，不過我想你戴這種飾物還太小了，愛美。」瑪區太太說，她看著這隻胖胖的小手，小手食指上一圈天藍色寶石戒，還有那古怪的戒指釦，那是由兩隻小小的金手扣在一起的造型。

「我會盡量不要虛榮，」愛美說。「我想我不是因為它很漂亮才喜歡它，而是像那個故事裡戴手鍊的女孩一樣，是爲了提醒我自己才戴的。」

「你是說要想到瑪區嬸婆？」她母親笑著問。

「不是的，是要提醒我不要自私自利。」愛美一臉的誠懇，使她母親停住了笑，尊重地聽起她的小小計畫。

「最近我對自己一大堆不乖的事情想了很多，而自私就是其中最不乖的事，所以我想要努力盡我所能去改掉。貝絲不自私，所以每個人都愛她，都爲了有可能失去她而難過。如果我生病了，別人的難過不會有對她難過的一半多，而且我也不配得到別人那麼多的難過，可是我喜歡被很多朋友喜愛、想念，所以我要盡所有的力量像貝絲一樣。我很容易忘掉我的決心，不過如果我有個東西一直在身邊提醒，我猜我會表現得比較好。我可以試試這種方法嗎？」

「可以的，不過我對大櫃子的角落更有信心。親愛的，戴著你的戒指吧，盡你的力量去做，我想你是會成功的，因爲有心向善，你就已經贏了半場戰爭了。我現在要回去看貝絲了。打起精神喲，小女兒，我們很快就可以把你接回來了。」

這天晚上，梅格正寫信給父親，要向他報告母親已安抵家門之時，喬一溜煙上了樓，進到貝絲的房間，看到母親坐在平常的位置上，站了一會兒，把手指頭在頭髮裡轉呀轉，舉止是憂慮的，而神情猶豫不定。

「有什麼事呀，親愛的？」瑪區太太問，她伸出一隻手，臉上是讓人信賴的神情。

「我要告訴你一件事，媽媽。」

「是梅格的事嗎？」

「您怎麼這麼快就猜到了？是呀，是她的事，雖然是件小事，可是卻讓我不安呢。」

「貝絲睡了，你小聲點說，把事情全告訴我。那個莫法特可沒有來家裡吧，我希望？」

瑪區太太小聲地問。

「沒有，如果他來我絕對當他的面把門關上。」喬說著就坐在母親腳邊的地板上。「去年夏天梅格丟了一雙手套在羅倫斯家，結果只找回一隻。我們本來都忘記這件事了，後來是羅瑞告訴我說另外一隻被布魯克先生拿去了。他把手套放在背心口袋，有一次手套掉出來，羅瑞就和他開玩笑，布魯克先生承認他喜歡梅格，但是不敢講，因爲梅格太年輕，而他又太窮。你看，這是不是很糟糕的情況呢？」

「你想梅格喜不喜歡他？」瑪區太太神色焦急地問。

「拜託！我對愛情和這種無稽之談一無所知！」喬大叫，口氣裡可笑地混雜著興趣和鄙視。「小說裡的女孩子表現戀愛的方式是驚慌失措和面紅耳赤、昏倒、日益消瘦、做出種種愚蠢的行爲。而梅格可沒有這些事，她能吃能睡，理智得很；我提到那個男人的時候她也直直盯著我，只有在羅瑞開情侶玩笑的時候才會有一點臉紅。我不准羅瑞開她玩笑，可是他根本不管我。」

「那麼你認爲梅格對約翰沒有意思了？」

「誰？」喬瞪大眼睛問。

「布魯克先生啊。我現在都叫他約翰。我們是在醫院裡的時候就開始了，他很喜歡我這樣叫他呢。」

「噢，天哪！我知道你會站在他那邊了：他之前對爸爸很好，如果梅格願意嫁他，你不會把他趕走，而會答應的。好卑劣的傢伙！討好爸爸，幫你的忙，就爲了哄你們好喜歡他！」喬憤怒地又扯了扯頭髮。

「親愛的，別生氣，我告訴你事情是怎麼發生的。約翰應羅倫斯先生之請陪我去醫院，他對可憐的爸爸盡心盡力，我們不由得越來越喜歡他。他對梅格是坦蕩蕩的，因爲他告訴我們他愛她，但是他希望能先有個舒適的家，再向她求婚。他只希望我們准許他愛她，爲她而努力，以及盡量讓她能愛他。他眞的是個非常優秀的青年，我們不能不聽他的話，不過我不贊成梅格這麼年輕就訂婚。」

「當然不行，那就太愚蠢了！我就知道有些陰謀正在醞釀，我可以感覺得到，現在情況比我想像得還糟。我只希望我能夠娶梅格，那樣就可以讓她安全地待在家裡了。」

這番古怪的安排讓瑪區太太露出笑容，但是她正色說：「喬，我只把這件事告訴你，我不希望你告訴梅格任何事。等約翰回來以後，我看他們兩人在一起的情形，就比較能判斷她對他的感覺了。」

「她會在他那雙漂亮的眼睛裡看到他的感情，那她就一切都完了。她的心腸軟，只要任何人深情款款地看著她，她的心就會像是太陽下的奶油一樣融化。她看他寄過來的短短報告比看你的信還要多，而每當我說到這件事，她就捏我；她還喜歡棕色的眼睛，也不認爲約翰是很難聽的名字，於是她會戀愛，然後平靜和快活就沒有了，我們就得躲開他們；梅格會全心全意在戀愛中，就再也不會理我了。布魯克終究會攢一筆錢，把她娶走，讓我們家缺了一個口。而我會很傷心，每件事都會很教人不舒服。噢，天哪！爲什麼我們不都是男孩子？那就不會有任何麻煩了。」

喬悶悶不樂地把下巴抵著膝頭，對著那個該譴責的約翰揮拳頭。瑪區太太嘆口氣，喬像是鬆了口氣一樣的抬眼看。

「你不喜歡這樣，是不是，媽媽？我很高興。我們打發他走吧，連一個字也不要跟梅格提，讓我們像從前那樣全家開開心心的。」

「我嘆錯氣了，喬。你們在適當的時間裡都能有各自的家，這是很自然也很正確的事，不過我也希望能把我的女兒們盡量留在身邊。我很遺憾這種事這麼快就發生了，因爲梅格只有十七歲，而約翰能給她一個家也還要好幾年。我和你爸爸同意在她二十歲以前絕不可以訂婚或是結婚。如果她和約翰彼此相愛，他們可以等，並且一邊等一邊考驗這份愛情。她很懂事，我不擔心她會對他不好。我那個漂亮而且軟心腸的女兒！我希望她一切都能順順利利。」

「你不會希望她嫁個有錢人嗎？」喬問道，她母親的話在最後有一些遲疑。

「金錢是好東西，是有用的東西，喬。而我希望我的女兒們永遠不會急需要錢，也不會受太多錢的誘惑。我希望約翰能在某個正經事業裡做穩了，讓他有相當豐厚的收入，不要欠債，還能給梅格舒服的生活。我不會貪圖女兒們有多麼了不得的財富、多麼神氣的地位，或是豪門鉅富的婆家。如果地位和金錢是隨著愛情和美德一起而來，我會很感激地接受，並且爲你們的好運感到高興，但是我從經驗裡得知，在一間樸素的小屋子裡，辛勤賺得每天的開銷、某些匱乏使得少許的快樂更加甜美，在這樣的家庭中會有何其多的眞正快樂。梅格從簡陋的生活開始，我很滿足，因爲如果我沒有看錯的話，她擁有一個好男人的眞心，這方面就是富足的，而這要比大筆的財富更好。」

「我了解的，媽媽，也很同意你的看法，只是我對梅格很失望，因爲我本來計畫要讓她嫁給羅瑞，一生一世過著豪華的生活。那樣不是很好嗎？」喬的神色開朗許多，她抬頭往上看。

「他比她年輕呢，你知道。」瑪區太太才剛開始說，就被喬打斷了——

「只小一點點，他比較老成，又高，只要他願意，他可以很像大人的。而且他又有錢又大方，心地又好，也愛我們所有人。很可惜，我的計畫吹了。」

「恐怕羅瑞對梅格來說根本不像大人，而且目前也太心思不定，沒法讓人依靠。不要做計畫，喬，讓時間和他們自己的心靈去配對。這種事情我們不能干預，而且最好不要滿腦子『浪漫的胡亂心思』，像你所說的，免得它破壞我們的友情。」

「哎呀，我不會的，可是我不喜歡看到事情弄得糾纏不清，亂成一團，而明明我們可以這裡推一推，那裡弄一弄，把它理清楚的。我希望能在我們頭上戴熨斗，讓我們不要長大，可是花蕾會長成玫瑰，小貓會長成大貓——越來越糟！」

「熨斗和貓是怎麼回事呀？」梅格問，她悄悄走進房裡，手裡拿著寫好的信。

「只是我的一段胡言亂語。我要去睡了，走吧。」喬說著，一邊伸直身體。

「很對，而且寫得很好。請再加上一句，說代向約翰送上我的關愛。」瑪區太太把信瀏覽了一下，遞了回去。

「你叫他『約翰』嗎？」梅格笑著問，那雙純眞的眼睛低頭望著母親的眼睛。

「是呀，他就像我們的兒子一樣，我們都喜歡他呢。」瑪區太太回答，並且用一個銳利的目光回了女兒一眼。

「我很高興，他很寂寞呢。晚安，媽媽。有你在家裡，眞是有說不出的安心呢。」梅格平靜地回答。

她母親給她的親吻十分溫柔，她走開後，瑪區太太用一種兼具滿意和遺憾的口氣說：

「她現在還不愛約翰，但是她很快就會愛他了。」

21 惡作劇

第二天喬的表情很值得人玩味，因爲這個祕密成爲她沉重的負擔，要她不露神祕之色或得意的神情簡直太難了。梅格注意到了，但卻不去探問，因爲她已經知道要對付喬的最佳方法就是反其道而行，所以她很確定只要她不問，早晚喬就會把一切都告訴她。因此當這股沉默一直持續下去時，她倒是有些吃驚了，而喬又是那種神氣活現的態度，這可是絕對激怒了梅格，於是她也擺出不可一世的沉默樣子，專心照顧母親。這樣一來，喬只得自己去想花樣了，因爲瑪區太太現在取代了她這個看護的位置，並且要她在長久悶在家裡之後好好休息、運動，找些快活事情做。愛美不在家，只剩羅瑞是她的救星，可是她雖然喜歡跟他在一起，但這個時候她卻很怕他，因爲他是個很難對付的愛嘲弄別人的傢伙，她很怕他會把她的祕密哄出來。

她的想法果眞沒錯，因爲這個愛調皮搗蛋的少年一懷疑有祕密就開始設法要找出來，可讓喬不好受了一陣。他又哄又騙、威脅利誘；假裝漠不關心，想趁她不備套出實情；又說他已經知道了，只是才不在乎哩；最後由於不屈不撓的努力，總算知道了這件事和梅格及布魯克有關。而自己的家教老師竟然沒把這種祕密告訴他，讓他很氣憤，於是他想要爲自己受到的輕忽報復。

這時候梅格顯然是忘記這件事了，她全心全意在準備父親返家的事情上，可是突然間她變了，有一、兩天的時間裡她變得很不像她。別人跟她說話時她會像是被嚇了一跳一樣；別人看她，她也會面紅耳赤；人變得非常沉默，還會露出靦腆而又迷惘的神情對著針線活兒坐在那裡。對母親的詢問，她的回答是她很好，沒有什麼事；對喬的探問，她是求她別管她，讓她獨自靜一靜。

「她已經感覺到氣氛了——我是說，愛情的氣氛——而她很快就會陷入裡面了。大部分的病徵她都有了——愛咯咯地笑，暴躁易怒，不想吃、躺著也睡不著，還會在角落裡悶悶不樂。我還看她唱那首他送給她的歌，有一次她像你一樣的叫他『約翰』，然後臉紅得像罌粟一樣。我們該怎麼辦哪？」喬說，她看起來準備要採取任何手段了，不管有多麼暴力。

「只能等。不要去管她，要好好對她，要有耐心，爸爸回來以後就會解決每件事了。」她母親回答。

「這是你的信，全封起來了。好奇怪喲！羅瑞給我的信從來都不會封起來。」第二天喬在分送郵局的信時說。

瑪區太太和喬正專心做著各自的事，突然梅格的聲音使她們抬起頭，只見她表情驚駭地看著信。

「孩子，什麼事啊？」她母親跑過去，大聲說著，喬想要去拿這封信。

「這全都弄錯了——他沒有寄這封信的，噢，喬，你怎麼可以這樣子？」說著梅格就把臉埋在雙手中，傷心地哭了起來。

「我？我什麼事也沒做哇！她在說什麼呀？」困惑不解的喬也叫道。

梅格那雙溫柔的眼睛此刻閃著怒氣，她從口袋裡掏出一團縐縐的紙，一邊丟給喬一邊責備她——

「是你寫的信，那個壞孩子幫你。你們怎麼會這麼沒禮貌、這麼壞心、這麼殘忍地對我們？」

喬根本沒聽她說，她正和母親看著這張紙，紙上用很奇怪的字跡寫著：

「我最最親愛的瑪格麗特——我再也過止不住我的熱情了，我必須在我回去以前知道我的命運。我現在還不敢告訴你的父母親，不過我想如果他們知道我們愛戀彼此，他們會同意的。羅倫斯先生會幫助我找到一份好工作，到時候呢，我的甜心，你就會讓我非常快樂了。我求你先不要告訴家人任何事，但是你要透過羅瑞給我一個充滿希望的回音。

深深愛你的約翰」

「噢，這個小壞蛋！我信守對媽媽承諾而不告訴他事情，他就存心報復。我可要痛罵他一頓，再把他抓過來道歉！」喬大叫，她焦急地想要立刻將羅瑞繩之以法。但是她母親制止了她，並且用少見的神情說了：

「別急，喬，你必須先澄清自己。你惡作劇太多了，恐怕這件事你也有份呢。」

「媽，我向你保證我絕對沒有！我從來也沒有看過這封信，一點也不知道，是眞的！」

喬的口氣十分誠摯，她們相信了。「如果這裡頭有我的份，我絕對會做得比這個好，要寫也寫得比較合理。我想你們也該知道布魯克先生不至於寫出這樣子的東西來吧！」她又說，並且很不屑地把信丟下。

「可是這很像他的筆跡。」梅格躊躇不定地說，把它和她手上的紙條比較了一下。

「噢，梅格，你沒有回信吧？」瑪區太太很快喊著。

「我回了！」梅格再次羞慚地掩面。

「這可麻煩了！我非得去把那個惡毒傢伙帶過來解釋，並且給他點教訓不可！除非我把他抓來，否則我不得心安。」喬說著又要往門口走去。

「噓，別說話！我來處理這件事，這比我想的還要嚴重了。梅格，你把事情源源本本告訴我。」瑪區太太命令道，並且在梅格旁邊坐下，卻也抓住喬，以免她衝出家門。

「我從羅瑞那裡收到第一封信，他看起來好像毫不知情的樣子，」梅格眼睛也沒抬地說了。「起先我很擔心，本來想要告訴你，然後我想到你很喜歡布魯克先生，所以我想如果這個小祕密我瞞上幾天你應該不會在意。我太傻了，竟然情願相信沒有人會知道，而我雖然還在決定要說什麼，但是我卻覺得像是書裡的那些女孩，她們也會這麼做的。請原諒我，媽媽，我已經為了我的愚蠢付出代價了，我再也沒有臉見他了。」

「你對他說了什麼？」瑪區太太問。

「我只說我現在還年輕，不能給他答覆；還說我不希望有事情瞞著你們，他必須先問爸爸才行。我說我很感謝他的好意，但是我只能和他做長久的朋友，僅只是朋友而已。」

瑪區太太像是很滿意地笑了，喬握著兩隻手大笑，並且嘆道：「你簡直和凱若琳・波西這個謹言愼行的典範不相上下呢！再說下去嘛，梅格。那他又怎麼說？」

「他寫了一封口氣完全不同的信，說他從沒有寄給我任何情書，他很遺憾我那個淘氣的妹妹喬冒用我們的名字惡作劇。他的信寫得很客氣，可是你想想這對我來說有多麼可怕！」

梅格靠著母親，一副灰心絕望的樣子，喬在屋裡來回踱著步子，一邊咒罵羅瑞個不停。突然她停下腳步，一把抓了兩張紙條，仔細端詳之後堅決地說：「我不相信布魯克看過任何一封信。這兩封信都是羅瑞寫的，他把你的信留下來，好向我炫耀，因爲我不肯把我的祕密告訴他。」

「別再有任何祕密了，喬，把祕密告訴媽媽，遠離麻煩，我早該這樣的。」梅格出言警告。

「哎呀！媽媽都告訴我了。」

「這樣就夠了，喬。我來勸勸梅格，你去把羅瑞找來。我會把這件事弄個水落石出，要這種惡作劇立刻停止。」

喬跑出門去，瑪區太太輕柔地把布魯克先生眞正的感覺告訴梅格。「親愛的，你自己的感覺是怎麼樣的呢？你有沒有愛他愛到願意等他能夠給你一個家呢，或者你希望自己目前是自由之身呢？」

「我已經夠害怕又擔心的了，我要很久都不要和情人這種事情有關係了——或許永遠都不要有關係呢。」梅格暴躁地回答。「如果約翰對這場鬧劇毫不知情，不要告訴他，叫喬和羅瑞也別說出去。我可不要被騙、惹煩惱，被人當笑話看——好丟臉喲！」

眼看梅格平時的好脾氣被惹惱了，自尊心也受到這個惡作劇的傷害，瑪區太太忙安慰她，答應絕口不提，以後也會格外謹慎。羅瑞的腳步聲才進了門廳，梅格立刻跑進書房，由瑪區太太獨自接見這個罪犯。喬怕他不肯過來，所以沒有告訴他爲什麼要他來，但是他一看到瑪區太太的面容就知道了。瑪區太太要喬離開，不過她還是在門廳來回走著，像個哨兵一樣，怕犯人逃走。客廳裡的聲音忽高忽低地持續了半個小時，但是在這場會談中發生了什麼事，兩個女孩子都不知道。

她們被叫進客廳以後，只見羅瑞站在她們母親身邊，一臉的懺悔之色，使喬當場就原諒了他，只是不想讓他看出來。梅格接受了他謙卑的道歉，他也保證布魯克對這個玩笑毫不知情，給她很大的安慰。

「我到死也不會告訴他的——就算是野馬的蠻力也休想讓我說出來。就請你原諒我吧，梅格，我願意不計一切地表達我的歉意。」他加上一句，看起來很慚愧的樣子。

「我會盡量看著，不過這件事非常地卑劣，我眞的沒想到你竟然會這麼狡猾又惡毒，羅瑞。」梅格回答，她努力想用嚴厲的譴責姿態掩藏少女的混亂迷惑。

「這眞是一件很可惡的事，我有一個月的時間都不配跟你說話，可是你還是會跟我說話的吧？」羅瑞握住兩隻手苦苦哀求，又用他那教人難以拒絕的說服語氣說著，使人無法對他皺眉頭，雖然他做出那麼可惡的事。梅格原諒他了，瑪區太太雖然想要保持嚴肅，但是當她聽到他說他的各種贖罪方法，又在這位受到傷害的少女面前把自己貶得一文不值，她那板著的臉也變得和顏悅色了。

這時候喬卻冷冷地站在一旁，想要對他硬起心腸，不過她也只能把臉板成一種深深不以爲然的表情。羅瑞看了她一、兩次，不見她有任何寬容的跡象，自己也覺得自尊受到損傷，就轉過身去不理她，等到其他人把他發落完了，他才微微行了個禮，一言不發地走出去。

他一走，她就後悔自己沒能更寬容，等梅格和母親上樓去以後，她又感到孤單，想有羅瑞在一旁了。抗拒了一段時間之後，她還是向自己的衝動屈服了，於是她拿著一本要歸還的書就到大房子去了。

「羅倫斯先生在嗎？」喬問一個正走下樓的女僕。

「在家呢，小姐。可是我想他現在不能見人呢。」

「爲什麼？他生病了嗎？」

「不是的，小姐，因爲他才跟羅瑞先生吵了一架。羅瑞先生爲了什麼事在發脾氣，結果惹得老先生很生氣，所以我現在不敢走近他呢。」

「羅瑞在哪裡呢？」

「他關在自己房裡，我怎麼敲門他都不回答。我不知道晚餐要怎麼辦，都準備好了，可是都沒有人要吃。」

「我去看看是怎麼回事。他們兩個人我都不怕。」

喬便上樓，輕巧地敲了敲羅瑞小書房的門。

「不准敲門，不然我就要開門強迫你別敲了！」房裡的年輕人用恐嚇的口吻往外喊。

喬立刻又敲了起來，門忽地打開來，她趁羅瑞還沒從驚訝中恢復過來就衝進去。而看到羅瑞果眞發了脾氣，知道怎麼對付他的喬也就換上一個懺悔的表情，用一個花式的動作雙膝跪地，溫順地說：「請原諒我之前那麼生氣。我是過來講和的，不達目的絕對不走。」

「不要緊的，起來啦，別像傻瓜一樣了，喬。」羅瑞對她的請願做了這麼合乎騎士風度的回答。

「謝謝你了，那我起來了。我可不可以問是怎麼回事啊？你看起來心神很不寧呢。」

「我被痛罵了一頓，很受不了！」羅瑞氣憤地咆哮著。

「誰罵你？」喬問。

「我爺爺。要是別人罵我的話，我早就——」這個自尊心受傷的青年右手用力一揮，代表他未說完的話。

「那也沒什麼。我常常罵你，你也不在乎啊。」喬安慰地說著。

「呸！你是女孩子耶，而且那很好玩，可是我不要讓男人罵我。」

「如果你看起來像你現在這樣光火的話，我想沒有人敢惹你的。為什麼你會挨罵呢？」

「因爲我不肯說出你媽媽要我去你家做什麼。我答應你媽媽不說，當然我不能食言。」

「你不能用別的方法安撫你爺爺嗎？」

「不能，他只要聽實話，別的什麼都不行。如果我能不把梅格扯進來，我就可以說出我這個麻煩的部分，可是我不能，所以只好不說，而任憑他臭罵我，一直到他抓住我的領子，我才生氣地衝了出去，因爲我怕我會忘了分寸。」

「這樣眞的很不好，不過他很後悔，我知道。你下樓去跟他和好吧，我會幫你。」

「我死都不去！我才不要只是因爲開個玩笑就被每個人訓話、痛打。我對梅格感到很抱歉，也像個男子漢一樣請求她原諒了，可是我才不會爲沒有做錯的事去請人原諒！」

「他不知道哇。」

「他應該相信我的，不該把我像個嬰兒那樣子對待。沒有用的啦，喬，他必須學會我能夠照顧自己，不需要任何人的操縱。」

「你怎麼那麼急躁哇！」喬嘆了口氣。「那你說要怎麼解決這件事呢？」

「噢，他應該請求我原諒，而且相信我說我不能告訴他這是怎麼回事。」

「哎呀！他不會的。」

「他不這麼做我就不下樓。」

「羅瑞，你要講道理呀。別管它了，我會盡量解釋的。你又不能一直待在這裡，你弄得這麼誇張有什麼用？」

「反正我也不打算在這裡待很久。我會出去旅行，等到爺爺想念我的時候，他就會很快恢復理智了。」

「我相信是沒錯，可是你不應該走掉，讓他擔心。」

「你別說教了。我要去華盛頓找布魯克，那裡很快樂，我可以在這些麻煩過後在那裡快活一下。」

「你會玩得很快樂的！我希望我也能去。」喬說道，在首都過著軍事化生活的生動景象竟教她忘了自己精神導師的角色了。

「那就一起來呀！爲什麼不行？你可以去給你爸爸一個驚喜，我也可以去嚇布魯克一跳。那會是個很棒的玩笑呢，咱們去吧，喬。我們留一封信，說我們沒有什麼事，然後立刻騎馬走掉。我有足夠的錢，你去找你爸爸，對你有好處，不會有壞處的。」

一時間喬看起來像是要同意了的樣子，因爲這個計畫雖然瘋狂，卻很對她的胃口。她過膩了照顧病人、局限在家裡的日子，很想要改變一下，而對父親的想念也和軍營、醫院、自由自在、玩樂等新鮮魅力誘人的混合在一起。她的眼睛朝窗外看去時爲之一亮，但是目光落在對面的那幢老房子上，她懷著遺憾的決定搖了搖頭。

「如果我是男生，我們就可以一起溜走，快活地玩上一陣子，可是我是個倒楣的女孩子，所以行爲一定得端正，只能待在家裡。別誘惑我了，羅瑞，這是個瘋狂的計畫。」

「就是這樣才有趣呀。」羅瑞說，他忽然間任性了起來，非要用某種方式打破束縛不可。

「不要再說了！」喬掩住耳朵大叫。「天馬行空的想法是我的宿命，我也就認了呢。我是來這裡勸你的，可不是來聽些會讓我想離家出走的事的。」

「我知道梅格對這種提議一定會大澆冷水，可是我還以爲你比較有膽識呢。」羅瑞拐彎抹角地激她。

「壞孩子，安靜些吧！你坐下來想想自己的罪過吧，別再增加我的罪了。如果我能讓你爺爺爲了罵你的事向你道歉，你可不可以放棄逃走的想法？」喬正色問道。

「可以，可是你辦不到的。」羅瑞回答，他也想和解了，可是他覺得自己盛怒的自尊要先被安撫才行。

「如果我能對付小的，我就能對付老的。」喬一邊走開一邊喃喃自語，留下羅瑞兩隻手托著頭，低頭看著一幅鐵路圖。

「進來！」喬在羅倫斯先生的門上敲了敲，他那粗嗄的聲音聽起來更沙啞了。

「是我啦，先生，我來還書。」她走進房裡，不帶任何感情地說著。

「還要借別的嗎？」老先生問，他看起來嚴肅又心煩，卻又想要不顯露出來。

「好。我很喜歡老山姆，我想我來試試看第二冊。」喬回答道，她希望能討好他，於是接受了包斯威爾的《約翰生傳》的第二集，這是老先生極力推薦的。

老先生把梯架推向放著約翰生文學著作的書櫃時，那兩道濃眉略略舒緩了一些。喬很快爬上梯架，坐在最上面一層，假裝在找她要看的書，實際上卻是在思索該怎麼做才能引出她來此的那個危險目的。羅倫斯先生似乎料到她心裡頭正在醞釀什麼念頭，所以他迅速地在房裡繞了幾圈後，他猛地面對著她，突然間開了口，嚇得她把《拉塞勒斯》都不小心面朝下摔到地上了。

「這孩子做了什麼呀？不要護著他。從他回家以後的行爲，我知道他做了調皮搗蛋的事了。我從他身上問不出一個字，而當我威脅說要把實情從他身上搖出來的時候，他就衝上樓，把自己鎖在房裡了。」

「他的確做錯了事，不過我們原諒他了，而且也都答應不跟任何人說起。」喬不太情願地說。

「不行！他休想躲在你們這些心腸軟的女生的保證後面，如果他做了什麼有差錯的事，他就應該承認、請求人家原諒、接受懲罰。說吧，喬，我不希望被蒙在鼓裡。」

羅倫斯先生看起來好嚇人，說起話來又那麼兇，喬恨不得趕快跑走，但是她坐在高高的梯架上，他站在梯腳下，像是擋住去路的獅子，所以她只好待在原處，鼓起勇氣撐下去。

「的確是的，先生，我不能說，我媽媽不准我說。羅瑞認了錯，請求我們原諒，也受到適度的處罰了。我們不說出來，不是爲了要護著他，而是要保護另外一個人，而如果您介入的話，事情會更麻煩的。請不要介入，這件事我也有一部分的錯，不過現在都沒問題了，我們把它忘了吧，讓我們討論《漫談者雜誌》或是一些快活的事吧。」

「別管什麼《漫談者》了！快下來，向我保證我這個冒冒失失的孫子沒有做任何討人厭或是莽撞的事。如果你們這麼好心地對待他，他還做這種事，我會親手痛打他一頓。」

這番威脅聽起來很可怕，但是喬倒不害怕，因爲她知道這個暴躁的老先生再怎麼說狠話，都不願意用根指頭去碰他孫子的。她乖乖地下了梯架，盡量在不洩漏梅格的事情或是忘了實情的情況下把這個惡作劇輕描淡寫地說了。

「嗯——哈——那好，如果這孩子是因爲答應了人家才不肯露口風，而不是因爲頑固，那我就原諒他吧。他是個頑固的孩子，很難對付。」羅倫斯先生說，他搔著他的頭髮，把頭髮弄得像是才在狂風中吹過一樣，眉頭也舒展開來。

「我也是這種人，可是只要一句好話，就比多少的人馬都能說得動我了。」喬說，她想要替朋友說句好話，這個朋友的麻煩是去了一個又來一個。

「你認為我對他不好嗎，嗯？」老先生犀利地反問。

「噢，天哪，不是的。有時候您可能還太好了，只是在他要試煉您的耐心時，您有點兒心急了，您覺得不是嗎？」

喬已打定主意要說出來，她力圖鎮靜，雖然說完這番大膽的言詞後她也有些發抖。不過教她放了心而又吃驚的是，老先生只是「喀」的一聲把眼鏡丟在桌上，坦白地說了：

「你說得沒錯，小姑娘，我是有點心急！我愛這孩子，可是他磨我的耐心已經超過我能忍受的程度，而如果這種情形一直這樣下去，我不知道哪時候才能有個了結。」

「我可以告訴您，他會逃走。」話才一出口，喬就後悔了，她的本意是要警告他，讓他知道羅瑞不會願意受到太多的約束，希望他能對這個孩子更寬容一些。

羅倫斯先生紅通通的臉突然神情一變，他坐了下來，用困惑的眼神望著掛在他桌上的一個英俊青年的畫像。這是羅瑞的父親，他在年輕時逃離家庭，不顧這個專橫的老人的意願結了婚。喬猜想他是想起了從前，並且為從前的事後悔，她眞恨不得自己沒有說這話。

「除非他是太擔憂了，否則他是不會這麼做的，而且他也只在唸書唸得厭煩的時候才會威脅說要這麼做。我也常常想我會很願意離開家，尤其自從我剪了頭髮以後，所以，如果您找不到我們了，您可以登廣告說要找兩個男孩，然後到開往印度的船上去找。」

她邊說邊笑，羅倫斯先生看起來鬆了一口氣，顯然是把這些都當成了玩笑。

「調皮丫頭，你竟敢這樣說話？你對我的尊敬到哪裡去了？還有你的教養呢？天保佑這些男孩和女孩吧！他們可眞是折磨人，可是沒有他們又不行！」他說，一邊開心地捏了捏她的臉頰。「去把那孩子帶下來吃晚餐吧，告訴他說沒事了，要他別跟他爺爺擺出那種悲劇味道。我可不准。」

「他不肯來呢，先生，因爲您不相信他，他感到很難過。我想您搖晃他的身體很傷他的心。」

喬想要做出可憐的樣子，但想必是裝不成，因爲羅倫斯先生開始哈哈大笑，她知道她打贏了這一仗。

「那我很遺憾了，而且我猜我還應該謝謝他沒有搖晃我的身體囉！這傢伙究竟想要怎麼樣？」老先生爲自己的性急顯得有一點點的愧疚。

「如果我是您的話，我就會寫封道歉信，先生。他說除非您向他道歉，否則他不下樓，他還說到華盛頓，還一定要荒唐地鬧下去。如果您給他正式的道歉信，他就會看清楚自己有多愚蠢，也可以讓他軟化。試試看嘛，他喜歡嬉鬧，這種方法要比跟他說有用。我會把信拿上去，告訴他他的責任。」喬說。

羅倫斯先生凌厲地盯了她一眼，戴上眼鏡，緩緩說道：「你是個鬼靈精，不過我不在意被你和貝絲擺佈。好吧，你給我一張紙，我們快把這齣鬧劇給演完吧。」

這張紙條的措辭是一位紳士對另一位紳士做了很大的侮辱後，表達歉意所使用的。喬在羅倫斯先生的光頭上輕輕親了一下，跑上樓把紙條塞進羅瑞房門下面，再透過鑰匙孔勸他要聽話、要有禮貌，還勸他要做到幾件非常好但是卻不可能做到的事。她發現門又鎖起來，就讓紙條去發揮它的效果，而正準備靜靜走開，這個年輕人卻從樓梯欄杆上滑下，在樓梯底下等她，還用他最最和善的表情說：「你眞是個好人呢，喬！你有沒有被痛罵一頓？」他還笑著加上一句。

「沒有，大致上說來他態度還挺溫和的。」

「啊！我想通了。連你都會把我丟在上頭，我實在是太該死了！」他語帶歉意地說。

「別這樣說話。你要打開新的一頁，重新開始，孩子。」

「我老是打開新的一頁，可是一次次的又搞砸了，就像我把習字簿寫糟了一樣，而我老是從頭開始，從來也沒有一次好的結尾。」他悲傷地說。

「去吃你的午餐吧，吃過飯以後你的心情就會好了。男生餓肚子的時候就會哀哀叫。」說完這話，喬從前頭一溜煙跑掉了。

「這是對我『性情』（『性別』）加上的『標貼』（『標籤』）。」羅瑞故意學愛美說話，然後就去和爺爺一起面對認錯後的低聲下氣的氣氛，在這天其餘的時間裡，爺爺脾氣簡直好得不得了，態度也都驚人地客氣。

每個人都以爲這件事就結束了，小小的烏雲也已遠去，但是這個玩笑已經發揮了作用，因爲雖然別人都忘了，梅格卻記住了。她從來沒有跟誰提過某個人，但是卻時常想到他，做夢也夢到他。有一次喬在姐姐書桌上翻找郵票，發現有一小片紙上潦草寫著「約翰・布魯克太太」的字眼，她悲慘地哀嘆一聲，把紙條丟進火中，感覺到羅瑞的惡作劇加速了她不幸日子的到來。

22 坦途

之後幾週平靜的日子就像是暴風雨後的陽光一樣。家中的病患進步神速，瑪區先生也開始提到會在新年時早點回家。貝絲不久後也能躺在書房沙發上一整天，找事情給自己解悶了，她先是跟她喜歡的貓兒玩，不久後她就開始縫起娃娃的衣物了，因爲這些活兒的進度都已經落後了。她從前那麼靈巧的手腳，如今僵硬又虛弱，所以喬每天都會用她強壯的手臂抱著她在屋子附近透透氣。梅格高高興興地爲「小乖乖」做美味的食物，而把她白皙的雙手都弄得黑忽忽，還燙傷了；而忠於那枚戒指的愛美，爲了慶祝自己終能回家，也拚命把自己的寶貝分送給姐姐們。

聖誕節逐漸逼近，家中又開始籠罩著以往那種神祕氣氛，喬也經常提議舉行一些完全不可能或是荒誕無比的儀式，說要慶祝這個難得的歡樂聖誕，而讓全家人笑彎了腰。羅瑞也是同樣的不切實際，要是照他的意思去做，他會要生營火、放煙火，還立一座凱旋門呢。經過許多次的小小衝突和別人的冷落之後，這對滿懷壯志的人終於算是死了心，就掛著可憐兮兮的表情四處走動，不過只有兩人在一起的時候不時爆出的笑聲，倒是揭穿了他們假作的愁容。

好幾天暖和的氣候果然帶來了一個晴朗的聖誕節。漢娜說「骨頭裡就能感覺到」當天會是少見的好天氣，事後證明她的預言可眞準，因爲每個人和每件事似乎都一定會順利。先是瑪區先生寫信來，說他很快就會回到她們身邊，然後是貝絲當天早上感覺身體格外地好，穿上了母親送的禮物——一件柔軟的深紅色美利諾羊毛長袍——後，就被很神氣地抬到窗前，觀賞喬和羅瑞獻上的禮物。這對打不倒的寶貝盡心盡力使自己不負盛名，因爲他們像是傳說中的小精靈，在夜裡做活，變出一個滑稽的驚喜出來。只見花園裡站著一個好大的白雪堆起來的女孩子，頭上戴著冬青的葉冠，一隻手提著一個裡頭有水果和鮮花的籃子，另一隻手上拿著一大本樂譜，一條彩虹色的毛毯披在她那冰雪的肩膀上，從她嘴裡伸出一條粉紅色的紙帶子，上頭是一首聖誕歌曲：

少女向貝絲謳歌，
上天保佑你，親愛的貝絲女王！
願你沒有任何憂煩，
在這個聖誕節
唯有健康、平靜和幸福。

這些水果給我們勤勞忙碌的小蜜蜂，
還有鮮花讓她嗅聞，

樂譜送給她的小鋼琴，
毛毯給她蓋住腳趾。

一幅喬安娜的畫像，看哪，
是拉斐爾再世的作品，
小畫家辛辛苦苦
要把畫畫得美妙又逼眞，

再請你收下一條紅緞帶，
繫在喵喵夫人尾巴上；
可愛的梅格做的冰淇淋——
就是木桶裡一座白朗峰。

堆出我的人把他們最深的愛
放進我的白雪胸膛，
收下它吧，也收下我這個高山的少女，
這是羅瑞和喬的心血。

貝絲看到這張紙條笑得樂不可支，羅瑞來來回回跑著，把禮物一一送進來，而喬送禮物時說的那些話又是多麼滑稽呀！

「我快活極了，要是爸爸也在這裡的話，我恐怕就會高興得承受不了了。」貝絲心滿意足地嘆著氣說，喬把貝絲抱到書房裡休息一下，並且吃點「少女」送給她的香甜葡萄。喬加上一句「我也是」，還拍了拍她的口袋，她口袋裡是那本她想了好久的《水精靈和辛純》。

「我很確定我也是。」愛美也回應著說，一邊對著聖母聖子的雕刻沉思，這是她母親送給她的，放在一個很漂亮的畫框中。

「我當然也是！」梅格也叫道，她正在撫平她生平第一件絲質洋裝上銀光閃閃的衣褶。羅倫斯先生堅持要送她這件衣服。

「我怎麼可能不是？」瑪區太太心懷感激地說，她的目光從丈夫的信移到貝絲那張綻放笑容的臉，她的手輕撫著女兒們才剛剛別在她胸前的那個胸針，那是由灰色、金黃色、紅棕色、黑暗棕色四種顏色的頭髮做出來的。

在這個平凡的世界上，偶爾事情也會像故事書上那樣的發生，讓人開心，而這是多大的安慰呀！在每個人都說她們已經快活得再也承受不了任何快樂的事以後半小時，這最後一件快樂的事也來了。羅瑞打開客廳門，靜靜地探頭進來。他還不如翻個觔斗，學印第安人發出那種打仗時的吶喊算了，因爲他的臉上滿是壓抑住的興奮表情，他的聲音有像是藏了什麼祕密似的快活，所以雖然他只是用一種奇怪的平淡語氣說：「這是送給瑪區家的另一份聖誕禮物。」但是每個人卻都跳了起來。

他的話還沒有完全說完，人就像是被拉開了一樣，在他位置上的是一個高大的男人，圍巾圍住了口鼻，正靠在另一個高個子男人的手臂上，這個人想要說話卻說不出來。當然屋裡所有人都迎過去，有幾分鐘的時間每個人似乎都不知道該怎麼辦，因爲這麼一件最最奇怪的事發生了，卻沒有一個人說一個字。瑪區先生淹沒在四雙深情手臂的擁抱下，喬很丟臉地幾乎要昏過去，還得由羅瑞爲她在放瓷器的櫃子裡找東西救治一番；布魯克先生斷斷續續解釋著，不小心親吻了梅格；而一向端莊的愛美也被一張凳子絆倒，索性連站也不站起來，逕自摟住父親的靴子，令人動容地大哭了起來。瑪區太太是第一個恢復正常的人，她舉起一隻手警告說：「噓！別忘了貝絲也在！」

不過已經來不及了，書房打開了，小小的紅色袍子出現在門口，喜悅將氣力注入貝絲虛弱的四肢中，她直奔過來，撲進父親懷中。這以後發生的事，我們就別管了吧，因爲這些滿足的心滿溢出快樂，沖走過去的愁苦，只留下此刻的甜美。

這情景一點也不浪漫，但是一陣哈哈大笑卻讓家人再次清醒了，因爲他們發現漢娜正站在門後面，對著肥美的火雞掉眼淚呢。她從廚房衝過來時竟然忘記把火雞放下來了。笑聲散去之後，瑪區太太開始感謝布魯克先生這段時間對她丈夫的忠心照顧，而布魯克先生也突然想到瑪區先生需要休息，於是他抓住羅瑞，急忙退下。然後他們要這兩個病人稍微休息一下，這一大一小兩人就一起坐在一張大椅子上，起勁地說著話。

瑪區先生說他很想要給她們一個驚喜，等到好天氣來臨以後大夫准他利用這個時機，他又說布魯克有多麼盡心盡力、他是個多麼值得尊敬又正直的年輕人。話說到這裡，瑪區先生停頓了一下，朝著正用力撥著柴火的梅格看了一眼，再詢問式地對妻子抬了眉毛，爲什麼這麼做，留待讀者自己去想像；而瑪區太太輕輕點點頭，頗突兀地問他要不要吃點東西，這是什麼原因呢，也留待讀者去猜測了。喬看到這一切，也明白這目光是怎麼回事，就悶悶不樂地邁著大步走去拿酒和牛肉汁。她用力把門甩上時還喃喃自語：「我最討厭棕色眼睛的值得尊敬的年輕人！」

從來沒有一頓聖誕大餐有他們這頓那麼精采。光是看漢娜端上來的肥美火雞就很可觀了，火雞肚裡塞滿了餡料，烤得黃澄澄，裝飾得漂漂亮亮；棗子布丁也是同樣的美觀可口，幾乎是入口即化。入口即化的還有果凍，愛美像是一隻追到蜂蜜罐裡的蒼蠅，開懷大吃。每件事都很順利，這眞是拜天之賜，漢娜說：「因爲我腦子亂成一團。我沒把布丁放進烤箱，把葡萄乾塞進火雞肚裡，這還眞是奇蹟哩。」

羅倫斯先生和他的孫子也和他們共餐，還有布魯克先生——喬偷偷對著他露出不悅之色，讓羅瑞樂不可支。餐桌首位並排放著兩張安樂椅，貝絲和父親各據一位，少量地吃著火雞肉和一點水果。他們舉杯互祝健康、說故事、唱歌，像老人家說的那樣「緬懷往日」，過了非常快活的一段時光。本來計畫了要坐雪車出遊，但是女孩子們不肯離開父親，所以客人們也早早離開，這快樂的一家人圍著爐火坐著。

「才一年以前，我們還在爲了我們要過個悽慘的聖誕節哀嘆，你們還記得嗎？」閒聊許多事情的漫長談話過後，喬打破了短暫的靜默開口。

「大體上說來，這一年還挺愉快的！」梅格說，她對著爐火露出微笑，爲了自己保持端莊地對待了布魯克先生而慶幸。

「我覺得這一年很辛苦呢。」愛美用若有所思的眼神望著照亮在她戒指上的火光說道。

「我很高興這一年已經結束了，因爲爸爸回到我們身邊。」坐在父親膝頭上的貝絲輕聲說。

「這是一條很艱難的路呢，我的小朝聖者們，尤其在這條路的後半。不過我們很勇敢地往前走了，我想你們的重擔可以說很快就要卸下了。」瑪區先生用做父親的滿意神情看著圍在他旁邊的四張年輕臉孔。

「你怎麼知道？是媽媽告訴你的嗎？」喬問。

「媽媽說的不多，從小草就可以看得出風向。而且我今天也有些發現呢。」

「噢，你告訴我們是什麼樣的發現嘛！」坐在父親旁邊的梅格喊著。

「這就是其中一樣，」父親說著拿起搭在他椅子扶手上那隻手，指了指粗糙的手指、手背上一處燙傷的地方，和手心兩、三處起硬皮的地方。「我還記得從前這隻手是白皙而且光滑的，而你一心一意，就是要保持它的美麗。從前這隻手很漂亮，但是對我來說，現在它更漂亮，因爲在這些看似瑕疵的地方，我能看出它的過往情形。這處燙傷是拋開虛榮才換得的，而這隻粗硬的手心換來的是比水泡要好的東西，而我相信這些被針刺到的手指縫出來的東西會維持得更久，因爲在它的一針一線中，縫進了太多的善良。梅格，我親愛的女兒，我對於女孩子的持家本領是要比一雙細白的手或是時尚方面的本事更爲珍視的。我對於能夠握住這麼一隻善良、勤勞的手感到很自豪，我希望不要很快就有人來提親，把這雙手的主人給帶走了。」

如果梅格希望得到耐心工作好幾個小時的報酬，那麼她父親大手用力地握緊和他投給她的讚許笑容就是這個報酬了。

「那喬怎麼樣呢？請爸爸說些好話吧，因爲她很努力，而且對我好好喲。」貝絲對著父親耳朵說。

他笑了，注視著坐在對面、棕色臉上有少見的溫柔表情的高個子女孩。

「雖然鬈髮剪短了，但是我卻看不到我一年前離開時那個『喬兒子』了。」瑪區先生說。「我看到的是一個衣領夾得挺直、鞋帶綁得整齊的年輕淑女，她既不吹口哨、說粗話，也不像以前那樣躺在地毯上。現在她的臉因爲看顧病人和焦慮而瘦了，也蒼白了，但是我喜歡看著這張臉，因爲它變得柔和了，她的聲音也放低了。她不再橫衝直撞，走起路來是靜悄悄的；她還像個母親一樣照顧一個小朋友，這讓我很欣慰。我挺懷念從前那個野丫頭，但是如果取而代之的是一個堅強、助人的溫柔女郎，我也會非常滿意了。不知道是不是剪去了頭髮讓我們這個桀驁不馴的女孩變得沉穩端莊了，但是我知道，我在整個華盛頓都找不到任何美麗得可以讓我用那個乖女兒送我的二十五塊錢買到的東西。」

聽到父親的稱讚，喬那雙銳利的眼睛黯淡了一分鐘，瘦削的臉孔在爐火照射下淡成粉紅色，她覺得自己倒的確有些受之無愧。

「輪到貝絲了。」愛美說，她很希望輪到自己，不過她願意等一等。

「她能說的不多，我怕說太多她就會溜走了，不過她已經不像從前那麼地害羞了。」父親高興地說。但是想起他差一點就要失去這個女兒，便把她摟得更緊，並且用臉頰貼著她的臉，溫柔地說：「你總算平安無事了，貝絲，求主保佑，我要盡力讓你平安。」

過了一陣子的安靜之後，他低頭看看坐在他腳邊小凳子上的愛美，揉了揉她那頭閃亮的頭髮，「我注意到愛美在吃晚餐時幫忙拿火雞腿，整個下午幫媽媽跑腿，晚上還把位置讓給梅格，對每個人又有耐心脾氣又好。我也注意到她不常煩躁或是看鏡子，甚至對她戴的漂亮戒指也沒有提起，所以我的結論是，她已經學會多替別人設想，少顧到自己，而且她也決定要像她用黏土塑小人兒那樣小心謹愼地塑造她的性情了。我很高興，因爲雖然我應該爲她那優雅的風度感到驕傲，但是我更爲了擁有一個能使自己和別人生活更美好的可愛女兒而驕傲。」

「你在想什麼呀，貝絲？」愛美謝過父親，並且說了戒指的事情之後，喬問道。

「我今天在看《天路歷程》，裡面說到基督徒和『希望』在經歷許多困難後來到一片宜人的綠色草地，那裡的百合花終年開放，而他們在走到旅程終點之前在那裡快樂地休息，就像我們現在一樣。」貝絲回答，然後她從父親懷裡溜下來，慢慢走到鋼琴旁，又加上一句：「現在是歌唱時間，我想要坐到我的老位置上。我要唱那些朝聖者聽到的牧童唱的歌。我爲爸爸作了曲，因爲爸爸喜歡那個歌詞。」

於是貝絲坐在她心愛的小鋼琴前，輕輕彈著琴鍵，用他們以爲再也聽不見的甜美嗓音配著她自己的伴奏唱了出來，這是首古怪的讚美詩，但是對她而言卻是再適合不過的了。

既已低落，便不需畏懼墜落，
既已低下，便不需畏懼傲慢；
謙卑的人總會
有上主給他指引。

不論有多有少，
我已心滿意足；
而主呀！我仍然渴望滿足，
因爲您的珍藏在此。

漫漫旅途中，
他們肩負沉重包袱；
此世匱乏，來世至福，
這是年年歲歲永不變的道理！

23 無心的撮合

第二天，做母親的和做女兒們的全都像是簇擁著女王蜂的蜜蜂一樣，前前後後跟著瑪區先生，只顧著看這個新回家的病人、侍候他、聽他說話，而忘記別的一切。這個新的病人只差沒被這番好意給害死。當他被支撐著坐在貝絲沙發旁邊的一張大椅子上，另外三個人就在不遠處，漢娜偶爾還會探頭進來，「瞧瞧這個可愛的人」的時候，他們的幸福似乎已經完備，再也不需要什麼了。但是事實上確實還少了某樣東西，年紀大的人都能感覺得到，只是沒有人承認。瑪區夫婦兩人視線緊跟著梅格，彼此用焦急的表情望著。喬會突然間一陣子陰沉下來，有人還看她對著布魯克先生忘在門廳裡的那把傘揮著拳頭。梅格變得心不在焉，容易害羞，沉默不語，門鈴一響就嚇一大跳，別人提到約翰的名字她就臉紅。愛美說：「每個人好像都在等一件事，心神不定的樣子，這可眞怪呀，因爲爸爸已經好端端地在家裡了。」貝絲還純眞地納悶起來，不知道她們的鄰居爲什麼不像平常那樣子過來了呢。

羅瑞下午過來了，看到梅格站在窗前，突然間似乎想要耍寶，他單膝跪在雪地上，搥胸扯頭髮，又雙手合十做懇求狀，像是在祈求什麼恩賜。梅格叫他正經些，快走開，他又假裝從手帕裡擰出眼淚，又垂頭喪氣地繞過屋角，好似灰心絕望了一般。

「那個傻瓜在做什麼？」梅格笑著說，並且努力做出不知情的樣子。

「他在表演你的約翰以後會做的動作。眞感人哪，不是嗎？」喬語帶嘲諷地說。

「別說『我的約翰』，又不妥當也不正確。」但是梅格的聲音卻似乎在這幾個字上徘徊，好像這些字聽起來很悅耳。「拜託別煩我好不好，喬？我說過我沒有很喜歡他，而且我們之間也沒有什麼事好說的，我們全都是朋友，以後也像從前一樣。」

「可是我們不行，因爲有人說了什麼話，而羅瑞的惡作劇已經害到你了。我看得出來，媽媽也看得出來，你一點也不像從前了，而且你現在和我距離得好遠。我不是存心要煩你，而且我也會像個男子漢一樣的承受這件事，可是我眞的希望這一切都快快定下來。我討厭等你，所以如果你有心要這麼做，你就動作快一點，快快把事情弄好。」喬急躁地說。

「他沒開口，我不能說什麼，也不能做什麼，而他又不會開口，因爲爸爸說我還太小。」梅格說著，她低頭在手裡的活兒上，臉上掛著奇異的微笑，這笑容讓人覺得她對父親的看法頗不同意。

「就算他眞的開口，你也不知道該說什麼，而只會哭或者面紅耳赤，或者讓他稱心如意，而不會堅決地跟他回絕掉。」

「我才沒有你以爲的那麼傻、那麼沒有用哩。我知道我該說什麼，因爲我已經都計畫好了，以免突如其來時不知道該怎麼辦。我不知道會發生什麼事，但是我希望自己有所準備。」

對梅格不自覺擺出的了不起神情，喬忍不住笑了起來，而這個神情和她臉頰上的紅暈又是多麼地配呀。

「你願不願意告訴我你會怎麼說？」喬用一種比較尊敬的語氣問。

「好哇。你現在已經十六歲，可以知道我的祕密了，而我的經驗也可能會對你有用，當你遇到這一類的事情時。」

「我才不想要有這種事。看別人打情罵俏很有趣，但是我自己這麼做就會覺得像是個呆瓜。」喬說，這個想法倒讓她頗震驚。

「我想不會的，如果你很喜歡一個人，而那個人也喜歡你的話。」梅格像是在跟自己說話一樣，她也往屋外的巷子看過去，在夏天黃昏時她經常會看到情侶一起走過那裡。

「你不是要告訴我你打算對那男人說的話嗎？」喬說，她魯莽地把姐姐小小的幻想打斷了。

「噢，我只會平靜而且堅決地說：『謝謝你，布魯克先生，你很好心，可是我和家父的看法一致，就是我年紀還小，目前不會和任何人訂終生，所以請不要再說什麼了，就讓我們繼續做朋友吧。』」

「嗯！這話夠冷漠無情了，不過我不相信你會說出來，而且就算你說出來，我知道他也不會滿意的。如果他像書裡那些被拒絕了的情人一樣繼續鍥而不舍，你就會軟了心腸，不肯傷他的心了。」

「我不會的。我會告訴他說我已經打定主意，然後充滿尊嚴地走出房間。」

梅格邊說邊站了起來，正要表演充滿尊嚴地退出房間動作，突然門廳裡傳來一陣腳步聲，把她嚇得連忙坐回位置，開始縫起衣物，好像她的性命全繫在要在某個時間裡縫完這道接縫一樣。喬忍住了笑。當有人客氣地敲了敲門時，她神色嚴肅地開了門，這張臉毫無慇懃待客之意。

「午安，我是來拿回我的傘的——我是說，我來看看你父親今天怎麼樣了。」布魯克先生說，他的目光從一張有心事的臉轉到另一張有心事的臉上，使他也面帶困惑。

「傘很好，我父親在架子上，我去拿我父親，並且告訴傘你來了。」喬的回答把父親和傘都弄混了，說完她立刻溜出房間，要給梅格一個發表她那番話、展現尊嚴的機會。但是她才一走，梅格就側著身子朝門過去，一邊喃喃說道：

「我媽媽會想要見你。請坐，我去叫她。」

「別走。你怕我嗎，瑪格麗特？」布魯克先生流露出很受傷害的表情，使得梅格認為自己一定是做了非常不客氣的事，她的臉也立刻漲紅到了額頭髮鬢的地方，因為他從來沒有叫她瑪格麗特過，而她很驚訝地發現，他說起來竟是那麼地自然、甜蜜。她急著想要表現得友善，又很自在的樣子，所以做出很親熱的樣子伸出一隻手，很感激地說：

「你對我爸爸那麼好，我怎麼可能會怕你？我只希望我能夠感謝你的照顧呢。」

「你可以告訴我，你要怎麼感謝我嗎？」布魯克先生問道，同時兩隻手也緊緊握住她那隻小手，低頭用充滿愛戀的棕色眼睛望著她，眼中的深情使她的心撲通撲通跳，她又想逃走又想留下來聽他說。

「噢，不要，請不要——我想還是不的好。」她說，她想要抽出她的手，而雖然說不怕，但是她神情卻顯得很害怕。

「我不會打擾你，我只想知道你會不會有一點喜歡我，梅格。我非常愛你，親愛的。」布魯克又溫柔地加上一句。

這正是發表那篇平靜而妥當的演說的時候，但是梅格卻沒有說，她已經把每個字都忘了，只能垂著頭說：「我不知道。」但是聲音太小，約翰得彎下腰才能聽到這句愚蠢的回話。

而他似乎認為這個麻煩動作也挺值得，因為他對自己微微一笑，彷彿十分滿意，並且感激地捏了捏這隻豐腴的手，用他最能說動別人的語氣說：「你肯不肯試試看，找出答案？我多麼希望知道啊，因為除非我知道我最後能不能得到感情的回報，否則我是無心工作的。」

「我年紀太小了。」梅格猶豫地說，不知道自己為什麼會這麼心慌，卻又挺喜歡這種感覺。

「我可以等，而在這同時，你也可以學著喜歡我。這會是一門很困難的功課嗎，親愛的？」

「如果我選擇去學習的話就不會，但是——」

「求你選擇去學習吧，梅格。我喜歡教人家，而這要比德文還好學呢。」約翰打斷她的話，同時把她另一隻手也握住了，如此一來她就沒辦法掩住臉了，他低頭注視著她。

他的語氣是懇求的，但是梅格含羞偷偷看了他一眼時，卻看到他的眼神既溫柔卻也很快活，而且他臉上還露出那種很有把握自己會成功的滿意笑容。這可惹惱了她，腦中立刻出現安妮·莫法特那些關於收拾男人的招數，而沉睡在最善良的小女人胸中的那對權力的愛，突然間醒了過來，掌控了她的人。她只覺得很激動而且很怪異，而由於不知道該怎麼辦，就任性地發作出來，她抽出兩隻手，暴躁地說：「我是不會去選擇的。請你走開，別惹我！」

可憐的布魯克先生看起來像是空中構築的城堡坍塌在他身邊了一樣，他從沒有看過梅格發這樣子的脾氣，使他很困惑。

「你說的話是眞的嗎？」他焦急地問，邊追著走開的她。

「是的，是眞的。我不想要煩這種事。我爸爸說我還用不著。這事情來得太快了，我還是不要理會的好。」

「我可不可以希望你會慢慢改變心意呢？我願意等，而且在你有更多時間去想以前，什麼話都不要說。不要逼我，梅格，我不認爲你是這樣的人。」

「你根本連想都不用想我。我希望你不要。」梅格說，對於考驗情人的耐心以及試試自己的力量有一種調皮的滿足。

此刻他神色嚴肅，臉色蒼白，看起來可更是像她崇拜的那些小說中的英雄人物了，可是他卻沒有像他們那樣拍打自己額頭，也沒有在房裡來回踱著步子，只是站在那裡，用那麼充滿渴望、那麼溫柔的眼神看著她，使她發現自己心已經軟了。而要不是瑪區嬸婆在這個有趣的時刻蹣跚走進來，接著會發生什麼事我都不知道呢。

這位老太太忍不住想要去看看她的姪子。她出門散步的時候遇到羅瑞，聽說瑪區先生回來了，就立刻坐著馬車來探望了。全家人都在屋子後半部忙，她又悄悄走進房裡，本來要給他們一個驚喜的。不過她倒是讓這一對男女嚇了一跳，梅格一驚，像是見了鬼一樣，布魯克先生則隱入書房。

「哎呀，這是怎麼回事啊？」老太太大聲問，她用帽簷在地上敲了敲，目光從那個面色蒼白的男生移到滿臉漲紅的少女。

「那是爸爸的朋友。我沒料到您來了！」梅格結結巴巴地說，心想她少不了要聽到一些話了。

「看得出來。」瑪區嬸婆回了她一句，坐了下來。「可是這個爸爸的朋友跟你說了什麼，讓你看起來氣成這個樣子？這中間一定有什麼把戲，我一定要知道這是怎麼回事。」她又敲了敲帽簷。

「我們只是在說話呢。布魯克先生是來拿他的傘的。」梅格說，她心裡眞希望布魯克先生和那把傘都已經安然出了房門。

「布魯克？那個男孩子的家庭老師？啊！我明白了。我全明白了。喬有一次不小心看到你爸爸的信裡寫的東西，我就要她告訴我了。你還沒有接受他吧，孩子？」瑪區嬸婆露出駭異的表情嚷道。

「噓！他會聽見。我去找媽媽來好嗎？」梅格說，她的心都慌亂了。

「還不要。我有事情要跟你說，我必須一吐爲快。你告訴我，你眞的要嫁給這個布魯克嗎？如果你要嫁他，我一毛錢也不會給你。你記住這件事，腦筋清楚一點。」老太太凜然地說。

瑪區嬸婆有獨到的本事，能把最最溫和的人的反抗心激發出來，而她也樂此不疲。就算是最善良的人，心中也都會有一丁點的叛逆，尤其當我們年輕又在戀愛當中的時候。如果瑪區嬸婆求梅格接受約翰．布魯克，她或許還會說她連想都不會去想，可是當她斷然地命令她不要去喜歡他的時候，她當下就打定主意她偏要。原有的好感和叛逆的性情使她的決定下得非常容易，而因爲已經很激動了，所以梅格以少見的勇氣反抗這位老太太。

「我願意嫁給誰就嫁給誰，瑪區嬸婆，而你也可以愛把錢留給誰就留給誰。」她說，並且毅然決然地點點頭。

「哎喲，你瞧瞧！你對我的勸告是這麼說話的嗎，小姐？等到你在小木屋裡試煉了你的愛情，發現它根本是失敗了以後，你會後悔的。」

「那也不會比有些人住在大房子發現到的糟。」梅格反唇相譏。

瑪區嬸婆戴上眼鏡，好生打量了這個女孩，因爲她從來沒看過發這樣脾氣的她。梅格自己也幾乎不認識自己了，她覺得自己好勇敢、好獨立，她也很高興替約翰說話，並且伸張她愛他的權利，只要她高興。瑪區嬸婆發現她用錯了方法，於是在稍稍停頓之後，再重新開始，她盡可能和藹溫和地說：「梅格呀，乖孩子，要理智，聽我的勸。我是好心好意，不希望你因爲開頭犯了錯而害了你全家。你應該嫁到好人家，幫助你的家人，你有義務嫁給有錢人，你應該牢牢記住這一點。」

「我爸爸媽媽不這麼認爲，他們喜歡約翰，雖然他的確沒有錢。」

「我親愛的，你那對父母在現實的智慧不比嬰兒多。」

「我很高興。」梅格頑強地叫著。

瑪區嬸婆不理會，繼續訓她的話。「這個布魯克沒有錢，也沒有什麼有錢親戚吧？」

「是沒有，不過他有很多好朋友。」

「你不能靠朋友過活，試試看，你就會知道朋友會變得多麼冷漠。他也沒有做什麼生意吧？」

「還沒有。羅倫斯先生會幫他。」

「那也維持不久。詹姆斯・羅倫斯是個怪老頭，不能依靠。所以你打算嫁給一個沒有錢、沒有地位、沒有事業的人，而明明可以聽我的話成天舒舒服服過日子卻不肯，還得比你現在還要辛苦地工作？我覺得你應該是比較有腦筋的，梅格。」

「就算我要等上半輩子，也不會比現在更好了！約翰很善良，很聰明，他多才多藝，又願意工作，他一定會成功的，他這麼有活力，又勇敢。每個人都喜歡他、尊敬他，我很驕傲他喜歡我，雖然我又窮又年輕又愚蠢。」梅格說，這番誠心的話使她看起來比以往都要漂亮。

「孩子，他知道你有有錢的親戚，這才是他喜歡你的原因呢，我猜。」

「瑪區嬸婆，你怎麼這樣說話？約翰才不會這麼卑鄙哩，如果你再這樣子說話，我連一分鐘都不要聽。」梅格氣急敗壞地喊著，除了老太太的疑心以外，什麼都忘了。「我的約翰才不會為了錢結婚，就像我也不會為錢結婚一樣！我們願意工作，我們也願意等。我不怕窮，因為我到目前為止都很快樂，而且我知道我會和他在一起，因為他愛我，而我——」

說到這裡，梅格住口了，因爲她突然想起她還沒有打定主意呀，她起先是要「她的約翰」走開，而且他或許聽到了她那番並不連貫的話了呢。

瑪區嬸婆大爲震怒，她老早打定主意要把她這個漂亮的孫姪女配戶好人家，但這個女孩快樂的年輕臉龐上有某種東西教這個孤寂的老女人感到既哀傷又不是滋味。

「好，這整件事我都不管了！你是個任性的孩子，而你這件錯事會讓你失去的比你想像的要多。不，我不待在這兒了。我對你眞是失望，現在也沒心情見你爸爸了。別指望你結婚我會送你任何東西。你那位布先生的朋友得照顧你們了，我永遠也不管你了。」

說罷瑪區嬸婆當著梅格的面砰然一聲甩上門，氣呼呼地坐著馬車走了。她似乎也把這個女孩子的勇氣全都帶走了，因爲當房裡只剩下梅格一個人的時候，她站了一會兒，不知道自己是該哭還是該笑。她還沒有決定，就被布魯克先生一把抱住，他一口氣說了：「我忍不住聽了你們的話，梅格。謝謝你替我說話，也謝謝瑪區嬸婆證明了你的確是有一點喜歡我的。」

「我也不知道自己有多喜歡你，一直到她侮辱你以後。」梅格說。

「而我用不著走開，可以留下來，做個快樂的人嗎？我可以嗎，親愛的？」

此刻又是一次發表那決定性的演說，並且莊嚴退場的好機會，只是梅格一樣也沒有想到，反而做了一件在喬眼裡丟臉丟一輩子的事——她嬌弱地輕聲說：「可以，約翰。」並且把臉貼著布魯克先生的背心。

瑪區嬸婆走後十五分鐘，喬輕步走下樓，在客廳門口停了一下子，聽不到裡面有聲音，就帶著滿意的表情點頭微笑，還自言自語：「她已經照我們計畫的把他打發走了，這件事就解決了。我要去聽聽這件有趣的事，好好地笑它一笑。」

但是可憐的喬根本笑不出來，因爲她已經被一幕景象震驚得呆站在門口，嘴巴張得跟她眼睛瞪得一樣的圓。本來是要前去爲了一個落敗的敵人歡慶，爲了讚揚意志堅決的姐姐逐走了一個討人厭的情人，不料卻看到前面提到的這個敵人竟平靜地坐在沙發上，而那個意志堅決的姐姐端坐在他膝頭，臉上是最最卑屈的服從表情，這當然是莫大的震驚啦。

喬倒抽了一口氣，像是突然被澆了一頭冷水——這種毫未料到的情勢大逆轉眞的讓她喘不過氣來了。這對情侶聽到不尋常的聲音便轉過頭來看到她。梅格一躍而起，神情是既得意又害羞的，而「那個人」——喬這麼稱呼他——還笑了起來，一邊親吻這個驚駭的新來者，一邊冷靜地說：「喬妹妹，你要恭喜我們喔！」

這是傷心之外再加上侮辱了——這簡直是太過分了——於是喬激動地雙手比畫了一番後，一句話也沒說就走了。她衝上樓，進到房間裡，悽慘的叫聲把兩個病人都驚動了：

「噢！誰快下去吧！約翰．布魯克的行爲太可怕了，梅格還很喜歡呢！」

瑪區夫婦迅速離開房間。喬重重地在床上坐下，又哭又罵地把這個糟糕的消息告訴貝絲和愛美。這兩個小一點的妹妹都覺得這件事很好玩、很有趣，喬從她們那裡得不到什麼安慰，於是就到她在閣樓的避難所，把她的困擾告訴小老鼠們。

沒有人知道這天下午在客廳裡發生了什麼事，不過他們說了很多的事，而一向不多話的布魯克先生倒是讓他的朋友們大爲驚異了，因爲他言辭流利，興致高昂地提出他的示愛請求、說出他的計畫，並且說動他們照他希望的安排每件事。

他還沒有說出他打算爲梅格打造的天堂生活，喝茶鈴已經響起，於是他驕傲地帶著梅格一起去吃晚餐，而他倆看起來都是那麼地快活，使得喬不忍心嫉妒或是不悅。愛美對於約翰的癡情和梅格的莊重深爲感動，貝絲隔著一段距離朝他倆微笑，而瑪區夫婦則以充滿溫柔的滿意之情打量這對年輕人，瑪區嬸婆說他們「現實的智慧不會比嬰兒多」，看來還眞說對了呢。這頓飯誰都吃得不多，可是每個人看起來都好快樂，這間老舊的房間在家中第一樁浪漫愛情在此展開而神奇地明亮燦爛多了。

「你現在可不能說從來沒有一件快樂的事情發生了吧，梅格？」愛美說，她正在決定要怎麼樣把這對情侶安排在她打算畫的素描中。

「是的，我絕對不能這麼說了。自從我說了那句話以後發生了多少事呀！那好像是一年前的事了。」梅格回答。她此刻正置身在一場幸福的美夢中，高高飄浮在日常瑣事之上。

「這次是喜事蓋過了憂慮，我認爲我們已經開始要轉運了，」瑪區太太說。「大多數人家不時會碰上多事的一年，這一年就是這樣的，不過最後結局還是好的。」

「希望明年的結局會更好。」喬低聲說。她覺得看到梅格當她的面全神貫注在一個陌生人身上是不好受的事，因爲喬深愛著幾個人，她很怕失去他們的愛，或是他們對她的愛有絲毫的減少。

「我希望從今年起的第三年會有更好的結局，我是說如果我的計畫能實現，到時候就會更好。」布魯克先生說著，一邊對著梅格微笑，彷彿現在每件事對他而言都是可能的了。

「那不是要等很久嗎？」愛美問，她急著想要看到婚禮。

「在我準備好之前我還有好多要學習的，這對我來說似乎還太短了。」梅格回答，她臉上出現一種甜蜜的嚴肅神情，這是從前沒有看過的。

「你只要等就行了，事情由我來做。」約翰說，他已經開始爲她效力，幫她拿起餐巾，而他臉上的表情看得喬直搖頭。前門砰的一聲關上，這時喬鬆了一口氣，對自己說：「羅瑞來了，現在我們總可以有段合乎理智的談話了。」

不料喬錯了，因爲羅瑞生氣蓬勃、蹦蹦跳跳地進來，手捧著好大一束像是新娘捧花的花束，說要送給「約翰．布魯克太太」，而且顯然錯認爲這整件事多虧他絕佳的安排才成功。

「我就知道布魯克一定會達成心願，他一向是這樣。當他打定主意要做到一件事，事情就能做成，即使天塌下來也要做成。」羅瑞獻上他的花和他的道賀之後說道。

「多謝你的稱讚，我把它看成未來的一個好兆頭。我現在就邀請你參加我的婚禮。」布魯克先生說，此刻他心平氣和地看待世人，即使是他這個頑皮的學生。

「即使我在天涯海角，我也會來參加的。因爲光是在那個場合的喬的表情就值得我長途跋涉了。這位女士，你看起來並不怎麼歡樂，是怎麼回事啊？」羅瑞一邊問一邊跟著她走到客廳的角落，其他人則都走過去迎接羅倫斯先生。

「我不贊成這門婚事，可是我已經打定主意要接受，不說一句反對的話。」喬莊嚴地說。「你不會知道要我放開梅格有多難。」她繼續說，聲音都有點不穩了。

「你並不是放開她，而只是跟別人共同擁有她而已。」羅瑞安慰地說。

「那再也不一樣了。我已經失去我最親的朋友了。」喬嘆口氣說。

「反正你還有我。我不夠好，我知道，可是我會一直在你旁邊，喬，在我這輩子的每一天。我發誓！」羅瑞說這話可是眞心的。

「我知道，而且我也非常感激。你一直給我很大的安慰，羅瑞。」喬回答道，並且感激地握著他的手。

「好啦，別難過了，他是個好人。不要緊的，你知道。梅格很快樂，布魯克會很快安定下來，爺爺會照顧他的，我們也會很高興看到梅格有自己的小小家園。她離開以後我們也會過快活的時光，因爲我不久就會讀完大學，到時候我們可以出國，去旅行或是什麼的。這樣子能不能讓你安慰一些？」

「我希望可以，可是我們不能知道三年裡會發生什麼事。」喬邊思索邊說。

「這倒是眞的。你難道不想往前看，知道我們到時候會在哪裡嗎？我是想的。」羅瑞回答。

「我不想，因爲我也許會看到一些悲傷的事，而此刻每個人看起來都是這麼地快樂，我不相信他們還可以更快活了。」喬的眼睛慢慢環顧著房裡，房裡的景象十分歡樂，使她的目光也隨著一亮。

爸爸媽媽坐在一起，他們正靜靜回味大約二十年前他們的浪漫情懷開始的第一章。愛美正在畫這對戀人，這對戀人坐離衆人一小段距離，正沉浸在兩人的美麗世界中，那個世界的光芒照在他倆臉上，其中有種優雅是這位小畫家無法摹畫的。貝絲躺在沙發上，正開心地和她的「老」朋友說著話，而這位老朋友握著她的一隻小手，彷彿感受到這隻手擁有牽引他走在她所走的平靜路途的力量。喬懶洋洋地坐在她最喜歡的矮椅子上，那種嚴肅而沉靜的神情是最適合她的。而羅瑞則靠在她的椅背上，他的下巴正好在她那頭鬈髮之上。他露出最最友善的笑容，在長長玻璃窗的倒影中，他朝她點了點頭。

在梅格、喬、貝絲和愛美前方，幕落了。幕還會不會升起，要看各位讀者對於這齣名叫《小婦人》的戲中第一幕的喜好了。

愛經典 012

小婦人【時尚夜光版】
Little Women

作　　者　露意莎．梅．艾考特（Louisa May Alcott）
譯　　者　張琰
出 版 者　愛米粒出版有限公司
地　　址　台北市10445中山北路二段26巷2號2樓
編輯部專線　（02）25622159
傳　　真　（02）25818761

如果您對本書或本出版公司有任何意見，歡迎來電

總 編 輯　莊靜君
特約編輯　金文蕙
印　　刷　上好印刷股份有限公司
電　　話　（04）23150280
初　　版　二〇一九年（民108）六月一日
定　　價　288元
總 經 銷　知己圖書股份有限公司　郵政劃撥：15060393
（台北公司）台北市106辛亥路一段30號9樓
電話：（02）23672044／23672047
傳真：（02）23635741
（台中公司）台中市407工業30路1號
電話：（04）23595819
傳真：（04）23595493
法律顧問　陳思成
國際書碼　978-986-97203-6-6　CIP：874.57/108004081

愛米粒出版有限公司
Emily Publishing Company, Ltd.

因為閱讀，我們放膽作夢，恣意飛翔——
在看書成了非必要奢侈品，文學小說式微的年代，愛米粒堅持出版好看的故事，讓世界多一點想像力，多一點希望。

愛米粒出版
Emily

當 讀 者 碰 上 愛 米 粒

線上回函
QR Code

掃回函 QR Code 線上填寫或填寫回函資料後，拍照以私訊愛米粒臉書或寄到愛米粒信箱 emilypublishingtw@gmail.com，即可獲得晨星網路書店 50 元購書優惠券。

得獎名單會於愛米粒臉書公布，敬請密切注意！
愛米粒 FB：https://www.facebook.com/emilypublishing

更多愛米粒出版社的書訊

晨星網路書店愛米粒專區
https://www.morningstar.com.tw/emily

愛米粒的外國與文學讀書會
https://www.facebook.com/groups/emilybooks

愛米粒出版
Emily

- 書名：小婦人【時尚夜光版】
- 您想給這本書幾顆星？☆☆☆☆☆
- 這本書是在哪裡買的？

____

- 是如何知道或發現這本書的？

____

- 會被這本書給吸引的原因？

____

- 對這本書有什麼感想？想對作者或愛米粒說什麼話？

____

____

____

- 姓名：__________ □男 □女 出生年月日：__________
- 職業/學校名稱：__________
- 地址：__________
- E-mail：__________

購書優惠券將mail至您的電子信箱（請以正楷填寫，未填寫完整者，恕無法贈送。）